KAMERAAD

Paul Dowswell

Kameraad

Callenbach

© Uitgeverij Callenbach – Utrecht, 2014
www.uitgeverijcallenbach.nl
Eerder uitgegeven door Bloomsbury Publishing, London
Oorspronkelijke titel: Red Shadow
© Tekst Paul Dowswell 2014
Nederlandse vertaling: Ernst Bergboer 2014
Opmaak binnenwerk ZetSpiegel, Best

ISBN 978 90 266 1182 7
ISBN e-book 978 90 266 1196 4
NUR 285

Proloog

Moskou
oktober 1940

Misha kijkt naar de grijze wolken en huivert. Het is koud deze middag. De plassen op de stoepen van Moskou zijn bedekt met een dun laagje ijs. Ergens is hij er wel blij mee, met dit eerste teken van de naderende winter. Het betekent dat de *raspoetitza*, het seizoen van de gestaag vallende regenbuien en de modderbende dat altijd aan de winter en de zomer voorafgaat, snel voorbij zal zijn.
Hij neemt de grote brug over de Moskva naar het Kremlin. De wind rammelt aan zijn jas en hij trekt hem dicht om zijn ranke lijf. Het is een halfuur lopen van school naar huis. Nog een klein stukje.
Vijf minuten later staat hij in het Kremlin voor het appartement waar hij met zijn vader en moeder woont.
'Mam, ik ben thuis,' roept hij als hij de gang binnenstapt.
Er komt geen antwoord. Anna Petrov is altijd eerder thuis dan hij.
Hij stapt de woonkamer in en ziet in een oogopslag dat er iets niet in de haak is. Op de vloer liggen een dienblad en een porseleinen theeset; op het Perzische tapijt, tus-

sen de scherven, prijken donkere melk- en theevlekken. Misha roept nog een keer, met dichtgeknepen keel. 'Mam! Is alles goed met je?'

Misschien is ze niet lekker geworden en ligt ze op bed? Hij loopt de slaapkamer van zijn ouders in, die er precies zo bijligt als zijn moeder hem vanochtend achtergelaten heeft. Hij loopt naar de andere slaapkamers. Allemaal leeg. Is ze naar een ziekenhuis gebracht?

Hij wil net in beweging komen als hij de voordeur hoort. 'Mam?' roept hij. 'Wat is er aan de hand?'

Het is zijn vader, Igor Petrov. Hij ziet er lijkbleek uit, zweetdruppels glinsteren op zijn voorhoofd. 'Ze hebben haar meegenomen, Mikhail,' zegt hij. Dan krimpt hij in elkaar en stromen er tranen over zijn wangen.

Het is de eerste keer dat Misha zijn vader ziet huilen. Hij blijft bewegingloos staan, geschokt door het vreselijke nieuws; hij heeft geen idee wat hij moet doen en voelt zich vreselijk onhandig en nutteloos. 'Ik zal even wat koffie voor je zetten, pap,' zegt hij.

Misha zit aan de eettafel te wachten tot zijn vader wat kalmeert en kijkt toe hoe zijn bevende hand het kopje koffie naar zijn lippen brengt. Eindelijk doet zijn vader zijn mond open. 'Kolonel Volodin riep me op zijn kantoor, rond een uur of vijf. Mam is gearresteerd door de NKVD. Ze is een volksvijand, zeggen ze.'

* * *

Een week later weten Misha en zijn vader dat ze voor tien jaar naar een kamp in het oosten is gestuurd, zonder 'recht op correspondentie'. Misha voelt zich radeloos. Hij blijft een aantal dagen thuis van school. Wie heeft hier opdracht voor gegeven? Welke reden hebben ze gehad om zijn moeder weg te voeren?

Een maand later probeert Misha zijn vader over te halen om nog eens met kolonel Volodin te gaan praten en te proberen meer te weten te komen. Zijn vader vertelt hem dat de kolonel ook verdwenen is, spoorloos. Fluisterend en bang voegt hij eraan toe dat ze denken dat de kolonel is geliquideerd en dat het beter is om het maar niet meer over mam te hebben.

1

mei 1941

Mikhail Petrov is zijn haar in de wasbak van de badkamer aan het wassen als er kort op de deur wordt geroffeld. Hij herkent het ritme meteen. *Tap, tapap.* Dat kan alleen Valentina Golovkin zijn, die hem komt halen om samen naar School 107 te lopen voor het middagprogramma. Hij trekt snel een shirt over zijn hoofd en haast zich door de gang om haar binnen te laten. Ondertussen doet hij verwoede pogingen om zijn haar aan een handdoek te drogen. Ze glimlacht als hij de deur openzwaait. 'Goedemiddag, Misha. Leuk kapsel. Heel stijlvol,' zegt ze, gniffelend om zijn warrige verschijning. Misha had al wel bedacht dat het misschien tijd zou worden om weer eens naar de kapper te gaan, maar hij heeft zijn haar bovenop liever wat langer.

'Bijna klaar, Valya,' zegt hij. 'Kom erin. Geef me een minuutje.'

'We moeten de Prinses ook nog ophalen, hè?' zegt ze. 'Die houdt ons altijd enorm op, dus opschieten met dat haar van je.'

De klok van de Verlosserstoren begint de openingstonen van 'de Internationale', het communistische volkslied, te beieren, zoals ieder kwartier, en Valya roept: 'We gaan te laat komen!'

Een paar dagen in de week halen ze Galina Zhiglov op om haar onderweg bij haar basisschool af te zetten. Valya zegt altijd dat Galina haar doet denken aan het Russische sprookje over de *tsarevna* – de prinses – die nooit lacht. Galina woont in dezelfde gang als Misha, op minder dan een minuut lopen. Haar vader, kapitein Zhiglov, bezorgt hem kippenvel. Zijn ouders gingen ooit vriendschappelijk met hem om, tot de relatie vrij plotseling bekoelde. Misha vraagt zich soms af of kapitein Zhiglov misschien iets met de verdwijning van zijn moeder te maken heeft.

Er is geen mevrouw Zhiglov. Misha heeft een gerucht opgevangen over een affaire met het hoofd van het Sovjet Exportmuseum en een echtscheiding. De kapitein heeft de voogdij over Galina gekregen, wat iedereen die hem kent een raadsel is. Zhiglov is NKVD. Agenten van de geheime dienst van de Sovjet-Unie staan niet bepaald bekend om hun opvoedkundige kwaliteiten.

Ze komen bij Zhiglovs appartement. Valya klopt aan en ze wachten. De deur gaat op een kier en het gezicht van een zenuwachtige jonge vrouw verschijnt. Het is Lydia, Zighlovs dienstmeid. Ze lijkt opgelucht als ze ziet wie er voor de deur staan en zwaait hem helemaal open.

'Galina! Je vrienden zijn er,' roept ze over haar schouder. Ze keert zich naar Valya en Misha en kijkt hen aan met een blik alsof ze zeggen wil dat ze afgepeigerd is. Ze weten dat zij het merendeel van haar tijd bezig is Galina te vermaken. Zhiglov zelf werkt lange dagen in de Loebjanka, het hoofdkwartier van de NKVD. Er wordt gezegd dat hij een van de belangrijkste adviseurs van Lavrenti Beria is, het hoofd van de geheime politie.

Misha heeft Beria weleens in het Kremlin gezien: een gedrongen man met een kale kop en een rond, stalen brille-tje. Hij zou zomaar voor een of andere belastinginspec-teur uit de provincie kunnen doorgaan, als het air van ver-dorvenheid niet als een wolk aftershave om hem heen zou hangen.

Uit de schaduw in de hal stapt een zwijgzaam en gesloten meisje dat hen groet met een formeel hoofdknikje. Ze draagt een prachtig bedrukte bloemetjesjurk, haar goud-blonde haar is tot twee keurige staarten gevlochten. Het roodgouden emaillen speldje van de Jonge Pioniers blikkert in het licht.

'En, hoe is het met u vandaag, jongedame?' zegt Valya.

'Heel goed, dank je. En met jou?' antwoordt ze, op haar typische, overdreven keurige manier.

Lydia komt het huis uitlopen met een jas, handschoenen en een sjaal in haar handen. Galina blijft stokstijf staan en laat zich door de dienstmeid kleden alsof ze een mannequin is. Misha vindt het niks om Galina naar school te brengen. Valya is de enige met wie hij open kan praten, maar met dat grietje erbij gaat dat niet.

Valya is ook de enige van zijn schoolvrienden die weet dat zijn moeder is gearresteerd. Hij heeft haar meteen nadat het gebeurd is in vertrouwen genomen. Maar zelfs met Valya praat hij bijna niet over zijn moeder. De laatste tijd vraagt hij zich af of er toch ook anderen zijn die het weten. Mis-schien omdat hun ouders connecties binnen de NKVD heb-ben. Iemand die zijn mond voorbij heeft gepraat. Hij voelt zich daarom de laatste dagen een beetje gespannen als hij naar school gaat. Kinderen van volksvijanden worden in het bijzijn van klasgenoten getreiterd en gekleineerd en kunnen een verdere opleiding wel op hun buik schrijven. Mams arrestatie is nu zeven maanden geleden en tot nu toe is hem dat bespaard gebleven.

Het verbaast hem nog meer dat pap in het appartement in het Kremlin kan blijven wonen. De weken na de arrestatie van mam schrok hij 's nachts bij ieder geluidje wakker, bang dat zij nu aan de beurt zouden zijn. Maar ook dat is niet gebeurd. Misha denk dat het misschien iets te maken heeft met het feit dat pap een van Stalins persoonlijke secretarissen is. Er bestaat een soort van vriendschap tussen beide mannen.

Valya, Galina en Misha stappen uit de schaduwen van het voormalige Arsenaal het helle zonlicht in. Misha houdt van de lente. Geldt dat niet voor iedereen in Moskou? Op deze middag, vroeg in mei, is het zelfs zo warm dat ze hun mutsen afdoen en de jassen over hun arm slaan.

De autoriteiten hebben twee verschillende schooltijden geïntroduceerd om de groei van het aantal inwoners van Moskou bij te kunnen benen. Misha vindt de tweede ploeg het prettigst – van half drie tot acht – dan heeft hij de ochtend vrij voor huiswerk en taken in huis. En hij kan uitslapen. Pap werkt meestal tot 's avonds heel laat; soms, als kameraad Stalin wat eerder klaar is met vergaderen, zien ze elkaar nog even voor hij tussen de lakens kruipt.

Vlak voordat ze het terrein van het Kremlin verlaten, ziet Misha een bekend gezicht. Toen hij en zijn ouders net in het Kremlin waren komen wonen, hebben ze in hun nieuwe appartement kennisgemaakt met generaal Rokossovski. De generaal had zijn vader op de hoogte gebracht van marine-activiteiten langs de demarcatielijn met Japan, zodat Igor Petrov een rapport kon opstellen voor de *Vozhd* – de Baas. Rokossovski is een galante man en er wordt gefluisterd dat hij voor de Revolutie een hoge post bij de cavalerie van de tsaar bekleedde. Pap heeft Misha verteld dat hij iedereen, van de Vozhd tot de schoonmaaksters, altijd even hoffelijk behandelde en dat maakte hem tot een van de meest geliefde mannen in het Kremlin. Misha heeft hem altijd gemogen. De generaal had altijd een glimlach voor hem als hij hem ergens in de gangen tegenkwam. De meeste andere volwassenen keuren hem geen blik waardig. Maar kort na die eerste ontmoeting verdween hij, samen met nog een hoop andere officieren. Iedereen gaat ervan uit dat ze geliquideerd zijn. Maar daar loopt hij, springlevend.

Misha loopt naar hem toe. 'Kameraad generaal! Wat leuk u weer te zien. Hoe gaat het met u?'

Rokossovski glimlacht en kijkt hem vriendelijk aan. 'Het gaat me goed, jongeman,' antwoordt hij. 'Ik heb wat rust gehad.' Hij begroet Valya en Galina met een knikje. Misha stelt hem aan de meisjes voor en Rokossovski zegt tegen Valya: 'Ah! Juist. Ik ken jouw vader.'

De generaal strijkt een haar uit zijn wenkbrauwen en Misha ziet dat er geen nagels meer aan zijn vingers zitten. Hij doet zijn best om geen krimp te geven. 'Als ik... zo vrij mag zijn, kameraad generaal: ik... ik ben erg blij dat u er weer bent,' stamelt Misha. Zijn hart gaat als een razende tekeer. Wat moet hij tegen Galina zeggen als zij vraagt hoe dat zit met die vingers? Doen of hij niets gezien heeft?

Terwijl ze verder lopen keert Valya zich met een glimlach naar Galina en vraagt: 'Wat heb jij vanmorgen gedaan? Lydia flink beziggehouden?'

Valya weet altijd precies wat ze tegen Galina moet zeggen en Misha is blij dat het grietje er in elk geval op reageert, al is het dan op dat gebruikelijke toontje van haar.

'Lydia heeft me gisteren, toen ik naar bed ging, verteld over Domovoj, het huisspook,' zegt Galina. 'Hij woont achter het fornuis in de keuken en komt 's nachts tevoorschijn om kleine meisjes die onaardig en ondankbaar zijn, in de billen te knijpen.'

'En? Heeft hij jou geknepen?' vraagt Misha. Hij probeert zijn grijns te verbergen.

'Natuurlijk niet. Ik ben niet onaardig en ook niet ondankbaar,' zegt Galina geprikkeld. 'Maar ik heb in een van papa's boeken wat meer over Domovoj gelezen. Hij wordt ook kwaad als het huis niet goed schoon is gemaakt. Daarom heb ik tegen Lydia gezegd dat ze alles heel goed moet poetsen en boenen, zodat er nergens meer een stofje te vinden is.'

Misha moet onwillekeurig glimlachen. Galina is Lydia te slim af geweest. Ze wordt groot en begint te lijken op de meiden waar hij de rillingen van krijgt.

Nadat ze haar bij school hebben afgezet, vraagt Misha: 'Zag je zijn hand?' Valya knikt. Ze lijkt net zo geschokt als hij.

Op dat moment lopen ze de hoofdstraat in en wordt het te link om er verder over te praten. Er lopen duizenden mensen op de stoep, als hordes vee die naar de stal gedreven worden. Ze vormen stromen en tegenstromen, als water in een rivier. Het is een bizarre ervaring. Misha weet zeker dat het niet altijd zo druk is geweest in Moskou. Maar het lijkt wel alsof er ieder jaar meer mensen van het platteland naar de stad trekken, op zoek naar werk en een dak boven hun hoofd. Er worden almaar nieuwe fabrieken gebouwd, en de stad is gevuld met het geratel van machines en het gekletter van metaal op metaal. Er hangt een constante, branderige en zure geur van vloeibaar teer. Waar je ook maar kijkt, zijn

straten op de schop genomen en worden nieuwe riool-
buizen of kabels in de grond gelegd.

In het centrum van Moskou is het overdag bijna net zo ver-
velend om je lopend een weg door de drukte te banen als
met de tram; het enige voordeel is dat je dan in elk geval
buiten bent, weg van de penetrante geur van mensenlicha-
men. Het treft Misha hoe sjofel de meeste mensen op straat
eruitzien. Hij woont nu vier jaar in het Kremlin en is gewend aan de maatpakken van de politieke elite en het kasj-
mier, de zijde en de parels van hun vrouwen. Buiten het
Kremlin draagt bijna iedereen tweede- of derdehandskleding
van de markt. Niemand lijkt te weten hoe je glimlachen
moet. In de kranten staat dat in kapitalistische staten niemand
lacht. De Sovjetarbeiders en -boeren daarentegen staan breed
lachend op de foto's en de filmbeelden in de media, blij met
hun leven en met de vooruitgang die de Revolutie hun heeft
gebracht. Misha begint te beseffen dat je niet alles wat je
ziet of leest, blindelings moet geloven.

Een meter of honderd verderop klinkt plotseling, boven het
rumoer uit, het gekrijs van banden, gevolgd door een sner-
pende kreet. Verderop zien ze een vrachtwagen met de
achterzijde halverwege in een zijstraat steken. Voetgangers
lopen gehaast door.

Wanneer ze dichterbij komen, zien ze een jongen op straat
liggen. De chauffeur van de vrachtwagen zit geknield naast
hem en probeert hem bij kennis te brengen, verder niemand. Niemand wil er iets mee te maken hebben. Als je bij
zoiets betrokken raakt, kun je erop wachten dat de *militie*,
de politie van Moskou, je aanspreekt. En dat betekent dat je
allerlei lastige vragen kunt verwachten.

Valya grijpt Misha bij zijn arm. 'Kom. We moeten helpen.' Ze draven naar de plek van het ongeluk en blijven er licht hijgend staan. De oude chauffeur lijkt nerveus en bang. 'Dat arme joch,' zegt hij. Dan richt hij zich tot de knaap op de grond, half verwijtend, half in paniek. 'Waarom keek je dan ook niet uit, kluns! Wat moeten ze je moeder nu vertellen?'

Het linkerbeen van de jongen ligt in een vreemde hoek, maar wat meer zorgen baart zijn de bloedvlekken bij zijn mondhoeken.

'Houd hem stil, niet verplaatsen of bewegen,' zegt Valya. 'We moeten op een ambulance wachten. Hij kan zijn rug gebroken hebben.'

Ze schrikken op van een harde, ruwe stem. 'Jij, meisje! Heb jij gezien wat er gebeurd is?' Er zijn twee mannen van de militie gearriveerd.

'Nee, kameraad. We zijn hier net.'

'Wat doen jullie hier dan, burger?' zegt de grotere van de twee agenten. Hij klinkt wat redelijker.

'We proberen alleen maar te helpen,' zegt Misha.

'Klep dicht,' zegt de kleinere militie. 'Mijn kameraad had het tegen het meisje.'

'Ik reed achteruit die zijstraat in, en dat joch liep ineens de straat op,' zegt de chauffeur.

'Jullie twee,' blaft de kleinere tegen Misha en Valya. 'Passen.'

Ze rommelen onder verschillende lagen kleren en halen hun identiteitsbewijzen tevoorschijn.

De langere agent stapt naar voren en pakt ze aan. Hij knikt en zegt: 'In orde, burgers. Jullie kunnen gaan.'

Eenmaal buiten gehoorsafstand fluistert Misha: 'Geen wonder dat niemand een poot uitsteekt. Als dat de dank is die je krijgt.'

De start van deze middag is niet zo best. Hij vraagt zich af wat de rest van de dag zal brengen.

2

Misha en Valya zijn geschrokken van het voorval en lopen een tijdje zwijgend voort.

Even verderop passeren ze een groot bord met een poster van heldin en piloot Shura Kuvshinova, met vliegerhelm en overall. Ze poseert voor een tandpastareclame en glimlacht haar volmaakte tanden bloot.

Valya probeert de bedrukte stemming te doorbreken en stoot hem aan. 'Dat doet me eraan denken dat ik een toets heb vandaag. Wens me maar succes.'

'Luchtvaart?' gokt Misha. Daar heeft ze pas iets over gezegd. Valya is goed in wis- en natuurkunde. Algebra en trigonometrie doet ze uit haar hoofd en ze weet precies wat ze na school wil gaan doen. Ze wil piloot worden, net als Shura Kuvshinova, en brengt nu al het merendeel van haar vrije tijd door bij de vliegersclub van de Jonge Pioniers, waar ze uitgelaten jongere meisjes en jongens meeneemt voor een vlucht met een zweefvliegtuig.

'Deze moet ik echt halen om naar de Universiteit van Moskou te kunnen, Misha. Ik heb een goed cijfer nodig, een heel goed cijfer. Het stikt van de aanmeldingen voor die opleiding. En wat kameraad Stalin of andere leden van het Politbureau ook zeggen over de gelijkwaardigheid van vrouwen, je moet nog altijd een stuk beter zijn dan jongens, willen ze je serieus nemen.'

'Wat een verspilling van talent. Jij kookt zo verschrikkelijk goed,' plaagt Misha. 'En je bent zo handig met naald en draad.'

'Misha! En jij hebt een houten kop.' Ze tikt met haar knokkels op zijn hoofd. 'Het klinkt hol hierboven.'

Tien minuten later nemen ze afscheid bij het hek van School 107. Misha haalt een keer diep adem en loopt richting zijn klaslokaal. Vandaag wordt een opgave. Dat is Dag Twee van de schoolweek altijd – trigonometrie, evolutietheorie, scheikunde. Misha is niet zo'n wetenschapper, al doet hij wel zijn stinkende best. Hij is veel meer geïnteresseerd in toneel en in boeken: Tsjechov, Tolstoj en, het meest van alles, Shakespeare. Hij houdt van woorden, van wat die met je verbeelding doen. Hij kan goed schrijven, zo goed dat zijn jaargenoten vinden dat hij redacteur van *De Pionier* moet worden, de schoolkrant van School 107. Dat vlijt hem en hij heeft door laten schemeren dat hij er misschien wel voor te porren is, maar daar begint hij nu spijt van te krijgen. Barikada Kozlov is de zittende redacteur, en dat is iemand die je liever te vriend houdt. Barikada's vader werkt voor de NKVD, net als Galina's vader, kapitein Zhiglov. Misha vraagt zich af of die twee elkaar kennen, maar hij is wijs genoeg om dat niet te vragen. Met dat soort vragen kun je zomaar de indruk wekken dat je aan het spioneren bent. Soms vraagt hij zich af of Barikada iets over zijn moeder heeft gehoord. Die vent kijkt hem zo nu en dan met zo'n meewarige grijnslachje aan; alsof hij iets weet.

Daar komt nog bij dat het wekelijkse menu van *De Pionier* – de sportprestaties van school, de noodzaak van de wereldwijde revolutie en de gevaren van anti-Sovjetgesprekken – Misha eigenlijk ook niet echt trekt. En hij heeft allang bedacht dat het gevaarlijk is om een tijdschrift te maken dat wat interessanter is.

Wanneer Misha het lokaal op de eerste verdieping nadert, wordt hij begroet met luid gejoel van Sergei en Nikolai, die hem hebben zien aankomen met Valya. 'Beetje te hoog gegrepen voor je, die dame, Mikhail!'

'Heb je haar al gekust? Mag je al?'

'Donder op,' zegt Misha, maar hij voelt dat hij begint te blozen.

Yelena zit er ook, bij het raam. Haar blonde boblijn glinstert in het licht van de binnenvallende lentezon.

Ze schenkt hem een brede glimlach wanneer hij naast haar schuift, en fluistert: 'Geen meisje keurt die twee een blik waardig, al waren zij de laatste twee jongens in heel Moskou.'

'Ze is een vriendin, meer niet,' zegt Misha, een tikje in de war. 'We wonen naast elkaar.' Ze kijkt een tikje verrast en hij meent even een glimp van opluchting in haar blik te zien.

Yelena werkt voor de handwerkclub van school aan een borduurwerk van Lenin. Ze heeft hem er eerder al eens iets over verteld, veel uitgebreider dan hij had gevraagd. Het wordt een hele rits vignetten over het leven van de leider van de Revolutie, van zijn geboorte in 1870 tot zijn dood in 1924.

'Hij lijkt sprekend, Yelena,' zegt hij, kijkend naar het borduursel. 'Goed getroffen, die stalen blik in zijn ogen.'

Nu is zij het die bloost, en ze vraagt zich af of hij haar voor de gek houdt. Dat doet hij.

Ze kletsen wat over de lessen die ze vrijwillig verzorgen, als onderdeel van hun taken bij de *Komsomol*. Net als bijna iedereen, en zeker iedereen die iets bereiken wil in zijn leven, zijn ze beiden lid van de Komsomol, de communistische jeugdbeweging voor aspirant-Partijleden. Yelena geeft sinds kort les aan plattelandskinderen die net in Moskou zijn komen wonen. Ze is ervan geschrokken hoeveel van hen geen letter kunnen lezen of schrijven.

Misha geeft op Dag Eén voor schooltijd literatuurles aan de arbeiders van de Stalin Automobielfabriek, tijdens hun middagpauze. Hij doet dat zo goed dat zijn studenten hem gevraagd hebben om ook nog een extra avondles te komen geven. School heeft daar toestemming voor gegeven, zodat hij iedere Dag Vier twee uur eerder weg mag. Hij is een geboren onderwijzer en geniet van het enthousiasme van de arbeiders. Hij leest oprechte interesse in hun gezichten, heel anders dan het opgelegde enthousiasme dat ze laten zien tijdens de verplichte politieke bijeenkomsten en parades. Pasgeleden is zelfs Stalins dochter, Svetlana, hem komen opzoeken in het Kremlin, zodat hij haar kon helpen met haar huiswerk voor literatuur. Misha houdt daar zijn mond over. Een goede Komsomol schept niet op. Zijn vader en Valya zijn de enigen die het weten.

Yelena vraagt: 'Ga jij naar de bijeenkomst, tijdens de pauze? Dan kunnen we misschien samen gaan. Lijkt me leuk.'

'Ik zit eraan te denken om te gaan, ja,' antwoordt Misha. Alsof een lid van de Komsomol zou kunnen kiezen om niet te gaan. 'Waar gaat het ook weer over?'

'Barikada weer. Over hoe belangrijk het is dat klassenvijanden ontmaskerd worden.' Ze laat haar stem zakken tot het niet meer is dan een fluistering. 'Ik mag die kerel niet, maar ik vind wel dat hij de kameraden een goed moreel kompas voorhoudt.'

Misha mag Yelena, maar ze irriteert hem ook. Ze wil te graag aardig gevonden worden, is te gretig als het gaat om de juiste Partijlijn, zoals die in de *Pravda* wordt uitgelegd. Ze geloven allemaal in het Sovjetideaal, maar Yelena praat over haar missie als communist alsof het om een religie gaat, met een overgave waar Misha zich niet prettig bij voelt. Vorige maand gaf ze tijdens de pauze een lezing met als titel: 'Kameraad Stalin, het grootste genie van alle tijden en alle volkeren.' Misha's tenen krulden van plaatsvervangende schaamte in zijn schoenen! Maar dat is het lastige van wonen in het Kremlin. Hij heeft Stalin in levenden lijve gezien. Zijn grijzende haar, pokdalige gezicht en doorborende blik zijn heel anders dan de vriendelijke figuur waarover je in kranten en tijdschriften leest.

Misha's scheikundeles lijkt die middag een eeuwigheid te duren, zo lang zelfs dat hij bijna uitziet naar de pauze en de toespraak van Barikada om zes uur. Hij loopt met Yelena naar de kantine en ze strijken neer op een brede vensterbank. Zijn vriend Nikolai komt bij hen zitten.

Hij en Nikolai kennen elkaar al vanaf hun tiende en Nikolai is een van de weinigen geweest die bij zijn verhuizing naar het Kremlin niet groen en geel zagen van jaloezie.

Het onderwerp dat Barikada uitgekozen heeft, is er een waar hij maar al te bekend mee is: klassenvijanden, zoals landgoedeigenaren, priesters en mensen van adellijke komaf die met een valse identiteit net doen of ze deel uitmaken van het proletariaat en zich gedeisd houden in fabrieken en scholen. Barikada verzekert hun dat dit soort vertegenwoordigers van de 'oude elite' eropuit zijn om alles wat de Revolutie hun gebracht heeft, te saboteren en het land uit te leveren aan de vijanden in het buitenland.

Misha's gedachten dwalen af, totdat hij zijn naam hoort noemen. Hij voelt een knoop in zijn maag. Iedereen kijkt naar hem. 'Het is van belang dat we hier open over zijn, kameraden: Komsomolcadet Mikhail Petrov is afgelopen Rustdag gezien bij het uitgaan van een kerk.'

Er ontstaat rumoer in de zaal, maar Misha ontspant zich een beetje. Dit is ernstig, maar het gaat in elk geval niet over zijn moeder. Hij voelt Yelena's hand op zijn arm.

Hij reageert geprikkeld. 'Kameraad Kozlov, kun je die beschuldiging hardmaken?' Misha is niet van plan om het te ontkennen, maar hij wil graag weten wie hem heeft gerapporteerd.

'Kameraad Petrov, je moet toch weten dat een goede communist nooit de naam prijsgeeft van een burger die zijn plicht jegens de Partij nakomt en melding maakt van dit soort wangedrag?'

Misha schudt zijn hoofd. Maar voordat hij iets kan zeggen, neemt Barikada opnieuw het woord. 'Ik heb hierover gesproken met de *Komsorg* van de school en voorgesteld kameraad Petrov met onmiddellijke ingang het lidmaatschap van de Komsomol te ontnemen.'

De zaal vult zich met ontevreden geroezemoes.

Dit is een stuk ernstiger. De Komsorg, Leonid Gribkov, is een zure ambtenaar, een jonge vent nog, met een harde boerenkop. Een jaar of dertig, schat Misha hem. Hij houdt toezicht op alles wat de leerlingen die lid zijn van de Komsomol, doen. Misha mag hem net zo min als Barikada; die twee zijn uit hetzelfde hout gesneden. Hij vraagt zich af hoeveel Gribkov over zijn gezin weet.

Met deze twee tegenover zich heeft hij een overtuigende verdediging nodig.

'Kameraden, jullie weten allemaal dat ik geen respect voor religie heb. Vorige maand nog heb ik een artikel voor *De Pionier* geschreven waarin ik mijn steun aan de Bond van Goddelozen uitspreek. Maar mijn grootmoeder, zoals zo veel ouderen, is nog altijd in de ban van achterhaalde en achterlijke praktijken van het oude regime. Zij kan nauwelijks zelf lopen; ik heb haar opgehaald en naar huis gebracht.'

De zaal applaudisseert en Misha haalt opgelucht adem; de verontwaardiging van net was tegen Barikada gericht, niet tegen hem. Hij voelt zich een stuk zekerder van zijn zaak. 'Het lijkt me dat we toch mededogen mogen hebben met mensen die voor de Revolutie geboren zijn en niet het voorrecht van een fatsoenlijke wetenschappelijke opleiding hebben gehad.'

Barikada werpt Misha een vernietigende blik toe. 'Ik respecteer de democratische wil van de school, kameraden, en ook het verweer van kameraad Petrov. Ik trek mijn voorstel dan ook in.'

Met dit incident is Barikada de wind uit de zeilen genomen. Hij maakt nog een paar opmerkingen over de noodzaak van waakzaamheid voor klassenverraders en saboteurs en gaat dan onder een lauw applausje weer zitten.

Het zit Misha niet lekker. Deze slag is voor hem, maar wat staat hem nog te wachten? Barikada's rode kop verraadt dat hij zich vernederd voelt.

Ze slenteren de kantine uit en Yelena leunt nog wat dichter tegen hem aan. 'Hij is bang voor je,' fluistert ze. 'Hij denkt dat jij redacteur van *De Pionier* wilt worden en op zijn baantje aast.'

'Hij mag 'm houden,' zegt Misha. Hij probeert deze publieke aanval met een lach van zich af te schudden. Als dit alleen maar was omdat een heel aantal vrienden hem hebben genoemd als nieuwe redacteur van *De Pionier*, dan ziet hij daar definitief vanaf.

Hij voelt zich een beetje slap en misselijk en klampt zijn boeken stevig tegen zich aan, bang dat ze anders uit zijn handen vallen.

Yelena legt een hand op zijn arm. 'Maak je niet druk om hem, Misha. Hij maakt je niks; niemand mag hem.'

Misha knikt, maar is niet gerustgesteld. Een van de lessen die hij onderhand wel heeft geleerd, is dat het in de Sovjet-Unie niet zo veel uitmaakt of je wel of niet aardig gevonden wordt. Macht is belangrijk, zorgen dat anderen bang voor je zijn, de juiste mensen kennen. Dat weet Barikada net zo goed als hij, en Misha weet zeker dat die vent daarom zo vaak met de Komsorg zit te smoezen. Als hijzelf met Leonid Gribkov wil praten, negeert die hem of krijgt hij hooguit een enkel woord als reactie.

Misha heeft behoefte aan frisse lucht. Ze wandelen het schoolplein op en Yelena zegt: 'De komende Rustdag ga ik met een paar vriendinnen naar *Een meisje met karakter*. Zin om mee te gaan?'

Misha voelt niks voor een musical over een jonge, vurige acti-viste die de corrupte directeur van een graanbedrijf van de Staat ontmaskert en aangeeft. Gelukkig heeft hij een prima excuus. Hij heeft afgesproken om met zijn vrienden Nikolai en Sergei naar Dynami Moskou tegen Spartak Moskou te gaan.

Wanneer de lessen eindelijk afgelopen zijn, is het buiten nog steeds een beetje warm. Het maakt deze vroege lenteavond aangenaam zacht. Valya staat bij de schoolpoort te wachten en Misha is blij haar te zien. 'Heerlijk om weer bij licht naar huis te wandelen, hè?' zegt ze.

Ze merkt dat hij niet helemaal zichzelf is. 'Wat is er, Misha?' Hij vertelt haar welke streek Barikada hem geleverd heeft en dat hij zich zorgen maakt om de Komsorg. 'Gribkov heeft me nooit recht aangekeken. Die vent heeft de pik op me.'

Valya heeft een theorie. 'Leonard Gribkov is een techneut, Misha. Een ingenieur, en een mislukte ingenieur, als ik mag geloven wat ik gehoord heb. Hij vindt dat iedereen drijf-stangen voor tractoren moet maken, of kleppen voor vleu-gels van vliegtuigen. Jouw belangstelling voor literatuur vindt hij meer dan een beetje bourgeois. Wedden dat dat het is?'

Toen Misha voor het eerst naar school ging, werden goede manieren, correct taalgebruik en naar het theater gaan als bourgeois beschouwd; het waren de gewoonten en gebrui-ken van de oude heersende klasse. Wie dat soort dingen deed, kon erop rekenen dat hij als een vijand van het volk werd gezien. Maar dat is in de afgelopen tien jaar veranderd. Misha weet zeker dat kameraad Stalin en de andere leden van het Politbureau het belangrijk vinden dat er ook mensen zijn die de arbeiders wat cultuur bijbrengen. Ballet, theater en literatuur horen er weer bij, zeker voor wie een 'geculti-veerde' communist wil zijn. In de jongerenbladen uit de schoolbibliotheek wordt er bijna dagelijks over geschreven. 'Ik heb echt geen zin om me druk te maken om dat soort stomme vooroordelen, hoor,' zegt Misha.

Valya legt een hand op zijn schouder. 'Wees alsjeblieft voor-zichtig. Een negatief woord van Gribkov kan je een hoop last bezorgen.'

Misha verandert van onderwerp. 'Hoe ging je toets?'

'Best,' antwoordt ze. 'Het meeste heb ik goed, volgens mij. Best makkelijk, eigenlijk, als je het verschil tussen snelheid en vectorsnelheid maar weet.'

Misha knikt wijs. Hij heeft geen idee, maar dat hoeft zij niet te weten.

'Wij hebben geluk, vind je niet?' zegt ze. 'Volgens pap was het na de Revolutie een chaos. Toetsen, examens, huiswerk; alles werd afgeschaft. Ik ben zo blij dat wij nu naar school gaan, en niet tien of vijftien jaar geleden.'

'Ik ben sowieso blij dat we nu leven,' zegt Misha. 'Het is onvoorstelbaar wat we in de afgelopen twintig jaar bereikt hebben.'

'Hoor ons!' lacht Valya. 'We lijken de *Pravda* wel.'

Misha schiet ook in de lach. 'Nog even en we zingen samen *"Het leven wordt steeds mooier"*.' Hij begint te neuriën. Dat lied zongen ze bij de Pioniers altijd bij het kampvuur, toen hij jonger was. Het leven was destijds een stuk eenvoudiger. Het leven is altijd eenvoudiger als je niet nadenkt over dingen en geen vragen stelt. Even zou hij best weer elf of twaalf willen zijn en met de rest van zijn klas aan het eind van de schooldag "Dank u, kameraad Stalin, voor onze gelukkige jeugd" willen zingen. Dan zou hij niets te duchten hebben van ratten als Barikada en Gribkov, zou hij nog geloven dat kameraad Stalin 'de Grootste Man op Aarde was'. Mam zou er nog zijn om hem te verwelkomen wanneer hij thuiskwam van school.

Vlak voordat ze bij de brug naar het Kremlin zijn, zegt Valya dat ze nog even langs een vriendin moet die vlakbij woont en dat ze hem morgen wel weer ziet. Ze nemen afscheid, maar Misha bedenkt ineens dat hij haar nog iets wilde vragen.

'Hé, Valya! Er is morgen een groot banket van het volks-commissariaat van Buitenlandse Zaken. In het Kremlinpaleis. Dat wordt echt enorm. Het hele Politbureau komt, minister van Buitenlandse Zaken Molotov natuurlijk, en Beria. De maître zei me dat hij alle kelners die hij kan krijgen, nodig heeft; of ik nog iemand wist... Ik wilde jou vragen.'

Valya spert haar ogen open; ze lijkt verrast, maar is toch niet zo enthousiast als Misha verwacht had.

'Ze betalen twintig roebel voor een avond,' voegt hij eraan toe.

Ze schokschoudert. 'Beria is een verschrikkelijke gluiperd, zeggen ze. Ik heb zoiets weleens eerder gedaan. Je moet een strak uniformpje aan, die kerels zuipen als ketters en zitten de hele tijd naar je te loeren.'

Misha ziet de gedrongen, vadsige gestalte van het hoofd van de veiligheidsdienst voor zich en huivert. De man is van middelbare leeftijd. Hij is blij dat hij geen last van dat soort dingen heeft.

'Beria kun je wel ontlopen, toch? Het stikt er van de mensen.'

'Ik heb het Groot Kremlinpaleis altijd al eens vanbinnen willen zien,' zegt Valya peinzend. 'En twintig roebels voor een paar uur werk is niet slecht. Ik doe het.'

Misha herinnert zich zijn eerste banket als de dag van gisteren. Het was in de zomer van 1939, vlak voordat in Europa de oorlog uitbrak. Hij had het heel erg spannend gevonden. Het was een enorm banket voor de Duitse minister van Buitenlandse Zaken geweest, voor Herr Von Ribbentrop, als bezegeling van het niet-aanvalsverdrag dat beide landen net hadden ondertekend.

Dat verdrag is hem tot op de huidige dag een raadsel geweest. Tot een week voor de ondertekening was de Sovjetbevolking voorgehouden dat de nazi's de grootste vijanden van de Revolutie waren en dat communisten in Duitsland gruwelijk werden vervolgd. Toch hadden de twee landen ineens vriendschap gesloten. Pap en mam hadden gezegd dat het soms het beste is om maar gewoon mee te hobbelen en niet al te veel lastige vragen te stellen.

Die eerste kelnerklus was puur geluk geweest. Een van de obers was ziek geworden. Ze hadden hem gevraagd of hij in kon vallen. Moeilijk was het niet. Hij hoefde niet met kommen soep of zware dienbladen te sjouwen, hij hoefde alleen maar achter in de zaal te staan en bij te springen waar en wanneer dat nodig was. Ze hadden een kelneruniform gevonden dat hem paste, en omdat hij behoorlijk lang was, ook als veertienjarige, was Misha niet uit de toon gevallen.

Hij weet nog dat Herr Von Ribbentrop niet erg op zijn gemak leek, al had hij tijdens het hele feest een glimlach op zijn gezicht gehad. Misha had gelezen dat de vijanden van nazi-Duitsland hem een 'champagnehandelaar' noemden; hij had er inderdaad uitgezien als een man die het als zijn levenstaak ziet om de rijken en de gierigaards van de wereld flink in de watten te leggen.

Er werd de ene toost na de andere uitgebracht op de gezondheid van Stalin of Hitler, of beiden, en op de voorspoed en het succes van de beide naties. Sommigen werden dronken van zoete champagne uit De Krim, de meesten van wodka. Misha had weleens wat wodka van zijn vader gedronken, op familiefeestjes en een enkele keer als zijn vader niet thuis was. Na een paar slokjes van dat spul voelde hij zich altijd al draaierig en giebelig, en hij had met verbijstering gekeken hoe de heren diplomaten en politici het met liters tegelijk achteroversloegen. Tegen het einde van de avond had hij de opdracht gekregen om een vers voorraadje naar de Vozhd te brengen. Misha was naar de keuken gegaan en kreeg daar een al opengemaakte fles Beluga wodka in zijn handen gedrukt, een van de beste wodka's die er in de Sovjetrepubliek worden gemaakt. Hij was nieuwsgierig een gangetje ingedoken, waar hij zeker was dat niemand hem zou zien, en had even aan de fles genipt. Het smaakte naar niets. Daar was hij zo van geschrokken, dat hij het bijna had uitgespuugd. Wat hij Stalin bracht, was zuiver water.

3

Misha loopt de brug naar het Kremlin over. Het begint al te schemeren. Hij stopt en blijft een tijdje naar het Kremlin staan kijken. Een paar jaar geleden voelde hij altijd trots als hij dit uitzicht zag. Sinds de dag dat mam verdween, is dat gevoel gesmolten als sneeuw voor de zon. Als hij nu naar de prachtige gebouwen kijkt, voelt hij een stille dreiging. Misschien is dat waarom hij zich zo aangetrokken voelt tot Valya, denkt hij. Haar moeder is ook verdwenen, al gebeurde dat tijdens de bevalling van een babybroertje, dat ook overleed. Valya was toen veertien. Haar vader, Anatoly, werkt bij Stalins secretariële staf, net als zijn eigen vader. Dat smeedt een bijzondere band tussen hen. Jammer dat zij twee jaar ouder is.

Hij loopt langs prachtige appartementen en paleizen naar het plein voor de kathedraal, dat belachelijk klein lijkt door de vier enorme kerken die eromheen staan, elk gekroond met een eigen gouden koepel. Als kind vond hij altijd dat het net enorme uien leken, en eigenlijk vindt hij dat nog steeds. Het hele Kremlincomplex heeft iets van een sprookjespaleis.

De laatste lichtstralen verdwijnen achter de horizon en hij voelt regenspatten op zijn gezicht. Misha loopt snel langs

'Het Hoekje' bij de Senaat, waar kameraad Stalin zijn kantoren en privévertrekken heeft. Hij is bijna thuis.

Maar hij moet eerst nog iets doen: Galina's vader vragen of hij haar morgenmiddag ook naar school moet brengen.

Kapitein Zhiglov doet zelf open. Hij draagt het bekende uniform met de kniebroek en hoge, zwarte laarzen en heeft ook de groene NKVD-baret nog op. Misha ziet blauwe plekken op zijn knokkels en huivert. Hij vraagt zich af wat de man vandaag op zijn werk heeft uitgespookt. Zhiglov heeft iets van een filmster, ondanks het sinistere uniform. Hij heeft een klein snorretje en soepel, ravenzwart haar dat hij losjes achterwaarts over zijn schedel kamt. Valya heeft een keer gezegd dat zij hem een erg aantrekkelijke man vindt en Misha grijpt elke gelegenheid aan om haar te zeggen dat hij dat kapsel waarschijnlijk nodig heeft om een kale plek te verbergen, en dat zijn snor precies lijkt op die van Hitler. Hij vraagt zich af of Valya hem heeft gezegd dat ze Zhiglov knap vindt om hem geen valse hoop te geven. Waarschijnlijk heeft ze best in de gaten dat hij behoorlijk verliefd op haar is.

'Ah, Petrov junior,' zegt de kapitein. 'En waar is je vriendin Valentina?'

'Die is vertrokken naar een vriendin, kapitein,' zegt Misha. Hij heeft het gevoel alsof hij met zijn Komsomolcommandant praat.

Zhiglov houdt zijn blik een paar tellen langer vast dan nodig is en Misha begint het warm te krijgen. Dan glimlacht hij. Een onaangename glimlach is het, waarmee de kapitein, ondanks zijn spierwitte en gelijkmatige gebit, iets van een krokodil krijgt.

'Ik kom vragen of u wilt dat ik Galina morgen weer kom

halen,' zegt Misha. Soms had het wicht andere bezigheden op Dag Drie.

'Dat wil ik,' antwoordt Zhiglov. 'Ik zal Lydia zeggen dat ze ervoor moet zorgen dat Galina op tijd klaarstaat.' Hij knikt kort en sluit de deur met een zachte klik.

Een korte wandeling door een grijze gang van steen en marmer brengt Misha bij de imposante voordeur van het appartement waar hij woont. Hij steekt de sleutel in het slot en stapt de verlaten woning binnen. Pap komt waarschijnlijk pas na middernacht thuis. Kameraad Stalin werkt tot in de kleine uurtjes en houdt zijn staf vaak tot een uur of twee, drie aan het bureau gekluisterd. Misha heeft de indruk dat niemand zo hard werkt als zijn vader. Igor Petrovs leven wordt helemaal beheerst door werk. Hij lijkt op de karakters in Tsjechovs *Drie zusters*, die 'niet eens meer in de gaten hebben of het zomer of winter is'.

Ze hebben met zijn vijven in dit luxueuze appartement gewoond: mam, pap en zijn oudere broer en zus, Viktor en Elena. Die zijn nu zesentwintig en eenentwintig en beiden naar republieken in het westen getrokken, Viktor naar Kiev en Elena naar Odessa. De lege plek die zijn moeder heeft achtergelaten, zeurt als een rottende kies, maar meestal vindt Misha het niet erg om alleen te zijn. Al kan hij het met zijn vader doorgaans prima vinden.

Hij beseft opnieuw dat hij heel graag ergens anders zou willen wonen. Toch had hij zijn geluk niet op gekund toen ze hier net waren komen wonen. De ene week zaten ze nog in een gore en kleine *kommunalka*, een arbeiderswoning waar ze de keuken met het fornuis en het toilet met vier andere gezinnen deelden en een keer in de week naar een gemeenschappelijk badhuis moesten om zich goed te kunnen wassen, de week erop woonden ze binnen de muren van het Kremlin. Ze hebben zelfs een kleine *datsja* gekregen, een vakantiewoning ergens ten zuidwesten van Moskou. Pap heeft geluk gehad. Hij kent de juiste mensen. Hij heeft met kameraad Stalin in de burgeroorlog gediend. Ze hebben zij aan zij gevochten.

Misha herinnert zich vaag het verhaal dat hij als kind gehoord heeft, over zijn vader die kameraad Stalin redde tijdens de Slag om Tsaritsyn. Er was een aanslag op Stalin voorbereid. Een van de overgelopen officieren van de tsaar probeerde hem neer te schieten tijdens een bijeenkomst waar de legerleiding van de bolsjewieken de verdediging van de stad voorbereidde. Igor Petrov had de man net op tijd het wapen uit de hand geslagen. De daaropvolgende slag om de stad vestigde Stalins reputatie voorgoed en Tsaritsyn werd omgedoopt tot Stalingrad.

Ergens begin 1937 publiceerde de *Pravda* een artikel over leraren die probeerden iets te doen aan het analfabetisme onder de duizenden mensen die maandelijks vanuit het platteland Moskou binnenstroomden. Igor heeft met twee van zijn studenten op een foto op de voorpagina gestaan. Stalin zal die foto gezien hebben, ook dat zijn oude strijdmakker nog leefde en in Moskou woonde, en stuurde hem een brief met het verzoek om in het Kremlin te komen wonen en werken.

Maar Stalin is onberekenbaar. Rondom hem verdwijnen mensen zonder dat iemand weet waarheen of waarom. En ook het leven van mensen die wel blijven, hangt soms aan een zijden draadje. Wie dat precies zijn, weet niemand; Misha heeft gehoord dat zij 'de levende doden' worden genoemd. Dat geldt voor hem en pap misschien ook wel. Wie zal het zeggen?

Mama's verdwijning kan best het begin van het einde zijn. Of een loyaliteitstest.

Een andere reden voor haar arrestatie kan hij niet verzinnen. Anna Petrov komt uit een straatarm dorpje in Wit-Rusland. Ze heeft honger geleden, tot de Revolutie, zoals ze Misha vaak genoeg heeft voorgehouden als hij zijn warme prak weer eens niet lustte. Ze schreef zich in op een van de nieuwe scholen die de Sovjets stichtten, en kon als een van de eersten in haar dorp lezen en schrijven. Pap was vaak heel druk met zijn werk en het was dan ook vooral hun moeder die Misha en zijn broer en zus stimuleerde en opvoedde. Kijk maar naar Viktor, zijn oudere broer. Hij ging naar school in de periode dat examens en huiswerk waren afgeschaft, maar heeft desondanks een baan gekregen bij de staalfabriek in Magnitogorsk, de grootste ter wereld, zoals de nieuwszenders vaak trots melden.

Zijn moeder was een voorbeeldig communiste. Ze werkte als lerares op een basisschool en was, voor zover Misha weet, in haar vrije avonduren altijd vrijwillig in de weer om taallessen te geven. Dat zij als volksvijand is aangemerkt, slaat nergens op.

Zijn gedachtestroom wordt onderbroken door het geluid van een sleutel in het slot van de voordeur.

'Hallo, pap. Jij bent vroeg thuis,' zegt hij.

Igor glimlacht. Hij oogt ontspannen. 'De Vozhd is bijtijds naar zijn datsja gegaan,' zegt hij. 'Hij was aardig aan het bekvechten met een paar hoge omes, ik hoorde ze schreeuwen aan de andere kant van de deur. Er is een veiligheidsrapport uit Engeland binnengekomen waarin wordt beweerd dat de nazi's plannen aan het maken zijn om in de lente de Sovjet-Unie binnen te vallen. Krankzinnig, natuurlijk. Waarom zouden ze zoiets stoms doen? De Vozhd zei me na afloop dat hij denkt dat de Britten hem bang willen maken en hopen dat hij een alliantie met hen wil sluiten. "Churchill heeft alle steun nodig die hij krijgen kan," zei hij. "Maar daar doe ik niet aan mee. Laat die imperialistische machten zichzelf maar naar de bliksem helpen, daar hebben ze ons niet voor nodig.'"

Misha overweegt even om pap te vertellen wat Barikada heeft gezegd en te vragen of het goed is dat hij oma voortaan niet meer naar de kerk brengt. Maar zijn vader is zo opgeruimd en vrolijk dat hij het hart niet heeft om dit moment met zoiets te verpesten.

4

*D*e dag na het banket van het volkscommissariaat van Buitenlandse Zaken wordt Misha log en traag wakker. Het
is erg laat geworden. Twintig gangen kaviaar, borsjtsj, kip,
bief, lam, steur, zalm, gestoomde groenten en vers fruit, weg-
gespoeld met champagne en gekruide of gepeperde wodka.
Valya was er ook, een beetje tot Misha's verrassing, en hij had
gezien hoe ze de ongewenste aandacht van verschillende
gasten op haar eigen elegante manier omzeilde. Zij was na
afloop nog vermoeider geweest dan hij.

Hij ontbijt gehaast en trekt zijn Komsomoluniform aan. Dat
is verplicht als hij lesgeeft aan de arbeiders van de Stalin
Automobielfabriek.

Hij kijkt in de spiegel en voelt zich enorm. Iedereen kent de
rode sjaal en de Sam Brown-riem en weet dat de jonge man
of vrouw die dat draagt iemand is om rekening mee te houden. Alleen de besten worden als ze zestien zijn lid van de
Komsomol. Het is de weg naar lidmaatschap van de Communistische Partij, iets wat iedere student met ambitie op
het verlanglijstje heeft staan. En misschien, denkt Misha,
werkt het in zijn voordeel als iemand hem ooit aan zou
geven. Misschien betekent het dan het verschil tussen de
kogel of een werkkamp.

Hij vertrekt een uur eerder van school om op tijd bij de automobielfabriek te zijn, waar tot zijn verrassing al minstens twintig arbeiders in het klaslokaal op hem zitten wachten. Het wordt rondgebazuind, kennelijk. Vandaag introduceert hij Shakespeares *Richard II*. Ze luisteren aandachtig en lijken de thema's die hij uit het toneelstuk haalt, wel te waarderen. Na afloop van de les probeert een aantal fabrieksarbeiders hem te porren voor een drankje in een cafeetje om de hoek. Veel zin heeft hij er niet in – hij is bang dat hij met een borreltje op wat te loslippig wordt, en met al die mensen om je heen weet je nooit wie er iets hoort wat hem niet aanstaat en wat misschien zelfs wel wordt doorgebriefd – maar hij wil ook niet arrogant lijken.

Op het moment dat ze het barretje binnenstappen, begint het hard te regenen. De kroeg, vol roodpluchen krukken en stoeltjes en houten tafels met gietijzeren poten, ligt verscholen in een hofje, net even buiten de doorgaande route, aan de rand van het arbeidersdistrict. Zo vroeg op de avond is er nog bijna niemand, maar het duurt niet lang of het stroomt vol sjofele klanten die er beschutting komen zoeken tegen het vuige weer.

Een van zijn studenten – Misha meent dat hij Vladlen heet – staat erop om een biertje voor hem te halen. Misha mag hem wel. Tijdens de les is hij snel met antwoord geven, maar hij let er ook op dat anderen een kans krijgen en zorgt ervoor dat hij niet alleen aan het woord is. De knaap, een jongen eigenlijk nog, is assistent-voorman; hij heeft een veelbelovende toekomst voor zich. Net als Misha.

In de hoek van het café gloeit een kolenkachel, die een

behaaglijke warmte verspreidt. Misha begint zich langzaam steeds meer op zijn gemak te voelen en accepteert zonder tegensputteren het tweede biertje dat Vladlen hem aanbiedt, als hij het eerste bijna op heeft.

Het cafeetje zit inmiddels stampvol en het rumoer binnen is oorverdovend, zeker nu er in de hoek een grammofoon staat te blèren: de jazzsoundtrack van *The Jolly Fellows* staat op. Zijn drinkmaten beginnen moppen te tappen.

Vladlen vertelt er een van een Fransoos, een Amerikaan en een Rus, die stranden op een onbewoond eiland. 'Een van hen vangt een vis, maar het is een wondervis, die kan praten. Ze mogen drie wensen doen, maar dan moeten ze hem wel terugzetten. "Ik wil drie miljoen dollar en dan terug naar huis," zegt de Amerikaan. "Ik wil drie beeldschone vrouwen en terug naar huis," zegt de Fransoos. De Rus blijft in zijn eentje achter. Hij zegt: "We konden het zo verrekte goed met elkaar vinden: geef mij een krat wodka en laat die andere twee terugkomen!"'

Ze lachen, al heeft Misha hem al eens eerder gehoord.

Vladlen is zichtbaar in zijn nopjes; zijn mop valt goed. Het valt Misha op dat hij sneller drinkt dan de rest, terwijl hij toch literglazen bestelt. Vladlen leunt voorover en wenkt de rest om dichterbij te komen en te luisteren.

'Kunnen jullie een geheim bewaren?' vraagt hij. Ze knikken. 'Drie mannen in een werkkamp,' begint hij, zo zacht als het rumoer in de bar toelaat. 'De eerste zegt: "Ik zit hier omdat ik Jezjov steun."'

Misha versteent. Hij gelooft zijn oren niet. Vladlen tapt een mop over Beria's voorganger, het voormalig hoofd van de NKVD dat spoorloos verdwenen is. Hij gluurt naar de anderen. Het is ijzig stil geworden, maar de stalen gezichten om hem heen verraden niets. Vladlen heeft niks in de gaten en blundert vrolijk verder.

'De tweede zegt: "Ik zit hier omdat ik tegen Jezjov ben." Dan zegt derde: "Ik zit hier omdat ik Jezjov ben!"'

Vladlen buldert van het lachen, maar krijgt dan ineens in de gaten dat niemand met hem meelacht. Hij zakt als een lek geprikte ballon in elkaar. 'Wat hebben jullie nou?' mompelt hij.

Even later stormt hij het café uit, de donkere avond in.

Iedereen is aangeslagen en stil. Wat als een leuke avond begon, gaat als een nachtkaars uit en het wordt benauwd in de gezellige bar. Misha stapt opgelucht de koelte van de avond weer in; de regen heeft de lucht schoongespoeld. Hij wandelt over de natte straten naar het dichtstbijzijnde metrostation en moet er ineens aan denken dat pap en mam zich nooit hebben laten gaan als het om drank gaat. Zij gingen er altijd prat op dat ze ontwikkelde en gecultiveerde burgers waren. Ook toen ze nog in die kommunalka woonden, met maar een kamer, hebben ze er altijd voor gezorgd dat Misha en zijn broer en zus een eigen handdoek en tandenborstel hadden. Ze droegen ondergoed en aten met mes en vork.

Misha neemt een impulsief besluit. De kommunalka, zijn oude huis, bevindt zich in het arbeidersdistrict, een paar minuten lopen hiervandaan.

Binnen vijf minuten staat hij voor het gebouw en kijkt omhoog. Er komt licht uit hun oude appartement. Misha's gezin bewoonde een deel van wat ooit de eetkamer was, waar piekfijn geklede heren en dames groots dineerden. Toen de Petrovs er hun intrek namen, woonden er in die ene ruimte vier gezinnen, dicht opeengepakt. Het eerste dat

hun werd verteld, was dat er voor elk gezin een strak tijd-
schema gold voor het gebruik van de badkamer en de keuken. De muren tussen de woongedeelten waren zo dun dat
je ieder kuchje van het gezin naast je kon horen, om maar
te zwijgen van de ruzies.

Hij kijkt om zich heen en herinnert zich de keren dat ze
op straat Rooien en Witten speelden. Niemand wilde een
Witte zijn, de klassenverraders en reactionaire elementen
uit de burgeroorlog. Zijn broer Viktor had, naar het model
van het rooster in de kommunalka, een 'klassenverraders-
rooster' bedacht, zodat ze om de beurt een Witte moesten
zijn.

Terwijl Misha op straat staat te mijmeren, gaat de deur open
en komt er iemand naar buiten. Misha wacht tot de vrouw
uit het zicht verdwenen is en probeert de deur. Hij sluit
nog steeds niet goed. Misha stapt naar binnen en betreedt
de hal. Het ruikt er nog precies zoals vroeger: die allesoverheersende geur van ontsmettingsmiddel, koude kool
en schraal geworden vet, die diep in de vezels van je kleren
gaat zitten. Hij is weer tien, ineens.

Nu hij in deze hal staat, komen ook andere herinneringen
terug, herinneringen aan wat hij diep heeft weggestopt.
Boven hen woonde een gezin waar ze weleens mee om-
gingen. De vader was geen aardige man. Regelmatig hoor-
den ze hem vreselijk ruzie maken met zijn vrouw. Een keer
hebben ze haar keihard horen krijsen: 'Had jij die stomme
kop van je maar gehouden! Dan hadden we nog gewoon in
Charkov gewoond!'

Op een ochtend bleef het gebruikelijke gestommel boven
hen achterwege en wisten ze dat er iets niet in de haak
was. Tussen de middag was er ook niemand thuisgeko-

men; normaal kwam er dan namelijk altijd iemand thuis. Die avond is hij, samen met Elena, de trap op geslopen. Op de voordeur was een officieel document geplakt, verzegeld met het logo van de NKVD, waarop stond dat niemand het appartement mocht betreden of de kennisgeving van de deur verwijderen. Ook toen al wist Misha wat de NKVD was: voor hem de boeman uit een kinderverhaal. Dit was de eerste keer dat hij merkte dat de geheime dienst ook echt bestond.

Maar het werd nog erger. Twee weken daarna, op een avond dat Misha alleen thuis was, klonk er opnieuw geschreeuw in het trappenhuis. Hij ging kijken. Twee mannen in een vaalgroen uniform met een kniebroek en hoge, zwarte laarzen sleurden een doodsbange man door de gang. Achter hen kwam een andere man in uniform de trap af, in zijn beide armen een klein kind. De man stampte lomp langs hem heen en duwde hem bijna omver, en Misha zag een van die twee kleintjes wanhopig naar hem kijken. Hij ziet het nog voor zich: dat gezichtje, de tranen op haar wangen. De mannen beten hem sissend toe dat hij moest maken dat hij wegkwam. Hij vluchtte weg, een geur van leer en oud zweet in zijn neusgaten.

Eenmaal terug in het appartement voelde hij zich vreselijk eenzaam. Meestal was het heel erg rumoerig in het gebouw, maar die avond klonken er alleen zo af en toe wat schuifelende voetstappen op de planken boven hen. Niemand in de kommunalka was in de stemming om te praten.

Nu, op deze lenteavond, hier in die vertrouwde hal, heeft Misha het gevoel of zijn ribbenkast wordt samengeperst. Scherper dan ooit tevoren beseft hij hoezeer de NKVD ieder aspect van zijn bestaan beheerst.

Het is weer gaan regenen. Hij steekt zijn handen in de zakken van zijn jas, trekt de panden stijf om zich heen en haast zich naar de metro.

5

*A*ls Misha thuiskomt, herinnert hij zich dat zijn vader hem gevraagd heeft om voor hij gaat slapen de boel nog even op te ruimen. Hij stapelt de tijdschriften op die over de koffietafel in de woonkamer bezaaid liggen, en zoekt een plekje om ze op te bergen. Hij opent de gangkast, die ze zelden gebruiken.

De kast ligt vol rotzooi uit hun kinderjaren. Hij glimlacht als hij de doos *Arbeiders en Kapitalisten* ziet, de Sovjetversie van het Ladderspel met leden van de Revolutionaire Garde en rijke bazen met hoge hoeden. Er ligt ook nog een schaakspel met stukken in de vorm van bolsjewisten en contrarevolutionairen. Zijn vader is er erg trots op; het is een cadeau van de voorzitter van de Opperste Sovjet geweest. Misha vraagt zich altijd af wie met de contrarevolutionaire stukken moet spelen en of het uitmaakt wie er wint. Is het de bedoeling dat je verliest, als je met die stukken speelt? Misha was al bijna vergeten dat ze dat spel hadden; het verdween kort nadat mam werd weggevoerd.

Zijn oog valt op iets glinsterends, achter in de donkere kast. Het is een leeg blik waar chocoladekoekjes in gezeten hebben; alleen de wikkels zitten er nog in. Ze hebben het nog niet over hun hart kunnen verkrijgen om het weg te gooien.

Mam heeft dat blik een keer meegenomen uit de *Insnab* – het was een van de vele lekkernijen die ze daar ontdekte – de winkel voor westerse diplomaten en ambassadepersoneel in Moskou, waar gezinnen van de Partijtop ook mochten winkelen.

Verpakkingen uit de Sovjet-Unie zijn kaal en grauw, en Misha en zijn broer en zus hadden nog nooit zoiets prachtigs gezien. Elke koekje in dat blik was verpakt in zilver- of goudfolie of in krakend en doorzichtig rood of groen cellofaan. Het had een dag geduurd voordat het eerste opengemaakt en opgegeten werd. Toen was het hek van de dam geweest: ze waren zich te buiten gegaan aan die heerlijke, zachte chocolade en kruimige koekjes, en hadden het blik in een avond leeggegeten.

Misha staart naar het lege blik in zijn handen en realiseert zich dat pap en mam zich eigenlijk verbazend gemakkelijk hebben aangepast aan het leven in het Kremlin. Hij herinnert zich dat mam, toen ze de eerste uitnodigingen voor banketten in het Kremlin kregen, haar haar soms los gedragen had; ze had prachtige, volle lokken, met krullen die tot vlak boven haar schouders vielen, net als Valya. Soms droeg ze een elegante, groene avondjurk. Aan de ontbijttafel had ze weleens laten doorschemeren dat kameraad Stalin hoogstpersoonlijk interesse in haar had getoond. De herinnering geeft Misha nog steeds een onprettig gevoel. Hij was toen nog jong, maar had heel goed in de gaten gehad hoe zij op haar leeftijd van die aandacht had genoten en hoe ongemakkelijk pap keek toen ze het daarover had.

Dan had je ook nog de nieuwe vrienden die ze kregen. Het appartement was ineens vol chique mensen geweest, zo leek het wel. Mensen als de Usatovs, bijvoorbeeld. Hij was een marineman, gedetacheerd naar het Kremlin; een heel charmante kerel uit Leningrad, die de hele wereld had gezien en boordevol verhalen zat over de grootsheid van New York en Tokyo en Parijs. Hij had een bloedmooie, jongere vrouw. Mam trok graag met haar op. Zij kwam vaak op de koffie en dan kletsten en lachten ze honderduit. Het was de invloed van dit stel geweest waardoor pap en mam goede Franse wijn waren gaan waarderen en hun neus ophaalden voor 'die zoete rommel' uit Rostov of Stavropol.

Maar toen begonnen er mensen die zij in het Kremlin hadden leren kennen, te verdwijnen, midden in de nacht. Het waren niet alleen arbeiders en dorpelingen uit de kommunalka's die tijdens de Grote Zuivering verdwenen; ook als je in het centrum van de macht zat, was je niet veilig. Helemaal niet, zelfs.

Van de ene op de andere dag kochten pap en mam geen dure levensmiddelen meer en was mam haar eenvoudige kleren en hoofddoek weer gaan dragen. Opeens leek hun zorgeloze bestaan voorbij. De etentjes die zijn ouders gaven, werden serieuze aangelegenheden, zonder het uitbundige lachen dat hem daarvoor altijd uit de slaap hield. En toen werd mam opgepakt.

Er zijn een paar herinneringen waar hij nog altijd niets van snapt. Vlak voordat mam verdween, hadden zij en pap verschrikkelijke ruzie gehad. Hij had hen beiden horen schreeuwen. 's Ochtends was het bijgelegd, maar hij vraagt zich tot nu toe nog steeds af waar die ruzie over ging. En vlak na de verdwijning van zijn moeder vond hij een envelop in de kast, volgepropt met een kapitaal aan roebels. Dat moet iets met mams verdwijning te maken hebben gehad, maar hij heeft geen idee wat. Hij heeft pap er nooit naar durven vragen.

6

Een week later, als hij op de avond van Dag Vier opnieuw de Stalin Automobielfabriek binnenstapt om les
te geven, ontbreekt er een lid van Misha's studiegroep. Hij
voelt weer die knoop in zijn maag van angst, maar kan niet
zeggen dat het hem verrast. In de Sovjet-Unie wordt een
rekening heel snel gepresenteerd en Misha was er al bang
voor dat Vladlen in de problemen zou komen. Hij zou zelf
nooit iets bij de autoriteiten melden, maar er zijn altijd
mensen die dat wel doen. Vladlen heeft misschien wel een
appartement waar iemand belangstelling voor heeft. Of
iemand wil zijn baantje inpikken. Nu is hij weg. Misha kijkt
naar de gezichten voor hem en vraagt zich af of het zin
heeft om hun te vragen waar hij is. Hij zou natuurlijk ook
gewoon ziek kunnen zijn. Maar hij heeft het hart niet. Hij
probeert niet te denken aan wat er op dit moment met
Vladlen aan de hand kan zijn en concentreert zich op de
tekst die voor vanavond op het programma staat. 'Richard
II, acte drie, scène drie; daar zijn we gebleven.'
De klas is mat vanavond en Misha is blij als de les voorbij is.
Hij pakt zijn aantekeningen bij elkaar en ziet dan de secretaris van het Partijcomité van de fabriek de klas binnenkomen. Misha heeft hem wel eens eerder gezien: een ge-

drongen man in een pak dat hem niet goed past, met een vaalbleek gezicht. Hij doet Misha denken aan de Komsorg van school. Leonid Gribkov ziet er over een jaar of twintig waarschijnlijk net zo uit.

De man stelt zich niet voor; waarschijnlijk vindt hij dat het speldje van de Communistische Partij op zijn jasje hem al het gezag geeft dat hij nodig heeft. 'Burger, ik hoor goede berichten van de kameraden die jouw lessen bezoeken.' Hij pauzeert even. 'Maar ik heb ook gehoord dat je omgaat met het antisovjet-element Vladlen Melnikov.'

Misha voelt zijn benen slap worden. Hij wordt ineens misselijk.

'Kameraad, ik heb maar één keer met burger Melnikov gesproken. Dat was na een les en in het gezelschap van andere kameraden.' Misha voelt een mengeling van verontwaardiging en het misselijkmakende gevoel verlinkt te zijn. 'Hij is een van mijn leerlingen hier; en een goede ook,' zegt hij, een beetje bijkomend van de eerste schrik.

De *Partkom* grijpt hem bij een arm en trekt hem naar zich toe. Misha moet zich inhouden om niet terug te deinzen voor de geur van schraal zweet en sigaretten. 'Dat is geen beste observatie, burger Petrov.' De man kijkt Misha een moment onderzoekend aan. 'Ik heb begrepen dat je moeder een volksvijand is en ik maak me zorgen om je keuze van het thema voor de lessen hier. *Richard II* kan als contrarevolutionair worden beschouwd, niet? Dat heb je je niet gerealiseerd, vrees ik, en ook dat getuigt van politieke naïviteit.'

Misha's brein kraakt. Wat weet deze vent van zijn moeder? Hoe weet hij het? En het is geen moment in hem opgekomen dat een toneelstuk over de moord op een middeleeuwse

Engelse koning contrarevolutionair zou kunnen zijn. Hij heeft heel veel zin om de Partkom te zeggen dat Shakespeare wel een heel vooruitziende blik moet hebben gehad als hij vierhonderd jaar geleden contrarevolutionaire propaganda heeft kunnen schrijven, maar hij bijt op zijn tong en wacht af wat de vent nog meer te zeggen heeft. Beelden van verbrijzeld porselein en een doodsbange buurman die uit de kommunalka wordt weggesleept, spoken door zijn hoofd.

De greep op Misha's arm verslapt. 'Je bent nog jong,' zegt de Partkom toegeeflijk. '*Much Ado About Nothing* is een betere tekst voor je lessen. Dat heb ik een jaar of twee geleden in het Realistisch Theater gezien. Erg grappig.'

Misha kan weer ademhalen en knikt vlug. 'Ik ben me niet van mijn politieke naïviteit bewust geweest, kameraad secretaris. Het spijt me.' Misha probeert zo oprecht te klinken als hij kan. De man glimlacht koeltjes en vertrekt.

Misha haast zich naar de metro en naar huis. Dat zijn moeder erbij gehaald is, heeft hem meer geschokt dan de waarschuwing over het thema van zijn lessen. Als die Partijsecretaris het weet, wie weten het dan nog meer? Hij zou er heel graag met Valya over praten, maar hij heeft haar de hele week nog niet gezien. Sterker: de laatste keer dat hij haar zag, was op de avond van het banket. Hij loopt in een opwelling richting het Arsenaal, waar het appartement van de Golovkins zich bevindt, en klopt op de deur. Geen reactie. Zou ze ziek zijn? De afgelopen dagen heeft hij Galina Zhiglov alleen naar school gebracht en miste hij Valya en het speelse gemak waarmee zij het gesloten meisje altijd aan het kletsen krijgt. Ook op school heeft hij Valya niet gezien.

's Avonds vraagt hij zijn vader of Anatoly Golovkin op zijn werk was.

'Hij is weg deze week,' zegt zijn vader.

'Is alles goed met hem?'

Igor Petrov begint een tikje ongeduldig te worden. 'Da's niks ongewoons. De Vozhd neemt op zijn werkbezoeken aan de Republieken altijd secretarieel personeel mee. Deze keer zal Anatoly wel aan de beurt zijn. Ik ga ook wel eens, dat weet je. Waarom vraag je dat?'

Misha voelt zich een beetje stom. 'Ik heb Valya al dagen niet gezien. Ik wil gewoon weten hoe het met haar is.'

Zijn vader zucht. 'Valentina is een heel mooi meisje. Dat snap ik. Maar als het om dat meisje gaat, gedraag je je als een lammetje dat mekkerend achter zijn moeder aanhobbelt. Je bent te jong voor haar, knul. Leg je daar bij neer, alsjeblieft. Je maakt jezelf zo alleen maar ongelukkig.'

Misha wordt vuurrood. 'Pap!' zegt hij boos. 'Valentina is gewoon een goede vriendin, hoor! Maar ze mag mij ook. Zie je dat dan niet?'

Igors gezicht wordt hard. 'Mikhail, zo'n toon duld ik niet. Naar je kamer!'

Misha kan er niets aan doen. Hij kookt. 'Had jij maar half zo veel om mam gegeven. Dan had je ten minste geprobeerd om nog iets voor haar te doen.'

Zijn vader vliegt overeind en geeft Misha een ziedende draai om zijn oren, waardoor hij bijna achterover van zijn stoel tuimelt. 'Naar je kamer,' zegt hij op een kille, vlakke toon, die in schril contrast staat tot het geweld van de klap van zonet.

Een halfuur later, als Misha nog steeds vechtend tegen zijn tranen op bed zit te lezen, wordt er op zijn deur geklopt.

Zijn vader komt binnen, zonder op een reactie te wachten. Hij heeft een kom koud water en een sponsje bij zich, die hij op het nachtkastje neerzet. Dan komt hij op het bed zitten. Tot Misha's verbazing slaat zijn vader een arm om hem heen.

'Het spijt me dat ik je geslagen heb. Zo hoort een goede communist zich niet te gedragen.'

Hij voelt aan de zijkant van Misha's hoofd en knijpt het sponsje uit boven de kom. 'Daar zit een bult, een kleintje. Houd deze er maar een tijdje tegenaan, als je wilt. Dat helpt. Wil je een aspirientje?'

Misha schudt zijn hoofd. Zijn boosheid is verdwenen, hij voelt alleen nog verdriet. Om hen beiden. 'Sorry, dat ik je zo boos heb gemaakt,' zegt hij.

'Geeft niet. Vergeven en vergeten.'

'Ik moet nog heel vaak aan mam denken,' zegt Misha. 'Elke keer als ik de voordeur opendoe, hoop ik dat zij er zal zijn.'

Zijn vader omhelst hem heel stevig. 'Mikhail, het is voor ons alle twee beter om het niet meer over je moeder te hebben.'

Hij staat op, wil gaan, maar blijft bij de deur even staan. 'Je moet gaan slapen, Misha. Het spijt mij ook dat ik je heb gekwetst met mijn opmerkingen over Valentina. Maar denk na over wat ik je zei, alsjeblieft. Zij zal nooit meer dan een grote zus voor je zijn.'

Misha voelt opnieuw boosheid opwellen, maar hij probeert het niet te laten merken. Hun vriendschap is voorbij op het moment dat hij haar zou proberen te kussen, dat weet hij heel goed, maar dat is niet iets wat hij van zijn vader horen wil of waar hij het met hem over hebben wil. Hij knikt en wendt zijn blik weer naar zijn boek.

Hij leest nog een poosje, voelt zijn oogleden langzaam

zwaar worden en klikt het licht uit. Vlak voordat hij weg-
dommelt, schrikt hij klaarwakker van een plotselinge gedachte. Zou de NKVD Valya zijn komen halen? Zij hebben
vaak genoeg meningen en gedachten met elkaar uitgewis-
seld die gevaarlijk kunnen zijn. Hij verwerpt de gedachte,
maar toch blijft het idee aan hem knagen. Hij zou haar nooit
verraden, maar misschien bespreekt ze dat soort dingen
ook weleens met anderen? En stel dat ze haar gearresteerd
hebben, wat zal ze dan over hem loslaten als ze onder-
vraagd wordt?

Er klinkt gestommel bij de deur en zijn hart slaat over. *Doe
niet zo stom, Misha,* houdt hij zichzelf voor. *Dat is pap, meer
niet.*

Dit slaat nergens op. Maar veel van wat de NKVD doet, slaat
ook nergens op.

Midden in de nacht wordt hij wakker uit een afschuwelijke
droom. Hij had bij het hek van school met Valya staan praten en zij was aardig, maar ook heel afstandelijk geweest.
Op het moment dat ze haar haarband wat had verschoven,
had hij gezien dat er geen nagels meer aan haar vingers
zaten. Ze had rustig verder gepraat over de een of andere
toets. Hij had haar van alles en nog wat willen vragen, maar
de woorden waren niet over zijn lippen gekomen. Toen had
hij naar zijn eigen handen gekeken. Ook zijn nagels waren
verdwenen.

7

Valya is ook de volgende dag niet op school en wie hij ook vraagt, niemand lijkt te weten wat er met haar aan de hand is. Hij klopt opnieuw bij haar aan, maar ook dit keer wordt er niet gereageerd. Die avond worstelt hij alleen met zijn gedachten en duikt zijn bed in zonder zijn vader gezien te hebben.

De volgende ochtend als Misha zijn ontbijt staat klaar te maken, sloft Igor Petrov de keuken in. Hij ziet er hondsmoe uit. 'De vergadering gisteren duurde tot half drie 's nachts,' vertelt hij Misha. Er was een hevig debat ontstaan over een paar Duitse vliegtuigen die boven Sovjet grondgebied gevlogen zouden hebben. Het thema had de Vozhd al snel verveeld, maar een aantal andere leden van het Politbureau vonden het wel heel ernstig. Na afloop waren de anderen meegegaan naar Stalins dichtstbijzijnde datsja; Igor was niet meegevraagd dit keer. Stalin nodigt zijn getrouwen vaak uit om daar met hem mee naartoe te gaan, als de dag er opzit. Meestal wordt er tot een uur of vier, vijf in de ochtend gedronken en gefeest, soms wordt er een film gedraaid.

Igor vindt het niet erg dat hij dit keer niet mee mocht. 'Kameraad Stalin zag hoe moe ik was, denk ik. Ik had medelijden met de mensen die wel gevraagd zijn.' Hij vertelt dat de minister van Buitenlandse Zaken, Vjatsjeslav Molotov, er grauw en afgepeigerd uit had gezien, maar niemand haalt het in zijn hoofd om zo'n uitnodiging af te slaan.

'Het wordt altijd zo verschrikkelijk laat op de datsja,' mijmert Igor verder. 'Wodka drinken, kijken wie de hardste scheten kan laten, dat soort dingen. En hij zit 's ochtends om negen uur echt niet achter zijn bureau, zoals wij. Meestal zien we hem pas na het middaguur.'

Misha vindt het heerlijk als pap dit soort kleine geheimpjes prijsgeeft. Hij vraagt zich af of Igor probeert iets goed te maken, na de ruzie van een paar dagen geleden. Hij zou dat wel hebben gedaan.

'Ik bak een eitje voor je,' zegt Misha. Ze gaan zitten en ontbijten samen.

Als Misha zijn laatste slok koffie naar binnen giet, vraagt zijn vader of hij, voordat hij aan zijn huiswerk begint, eerst even wil helpen om het kantoor van de Vozhd aan kant te maken. Igor heeft al verschillende keren gezegd dat hij wel een secretarieel baantje voor hem kan regelen in het Kremlin. Misha weet niet of hij dat wel wil. Hij bewondert zijn vader om het werk dat hij doet, maar hij benijdt hem niet. Toch vindt hij het altijd wel leuk als zijn vader hem vraagt om te helpen. Het heeft iets heel opwindends om rond te lopen in de enorme zalen waar de leiders van de Sovjet-Unie beslissen over de levens van miljoenen Russen.

Vanuit hun appartement is het maar een paar minuten lopen naar de kantoren in Het Hoekje. Igor en Misha lopen met niet meer dan een hoofdknikje langs de verschillende wachtposten en leden van de staf.

Ze ruimen paperassen op en vullen de inktpotten in de

grote, met groen vilt ingelegde tafel in Stalins kantoor. Misha heeft zijn vader al verschillende keren geholpen, maar Igor laat hem nooit met Stalins papierwerk alleen. Dit keer lijkt zijn vader wat afwezig; vermoeidheid, waarschijnlijk. Misha weet niet goed wat hem overkomt als zijn vader het naastgelegen vertrek binnenstapt en hem alleen laat. Tussen de officiële regeringsdocumenten zit een handgeschreven briefje met een kus bij de handtekening. Heel even vraagt hij zich af of het van een geheime geliefde is. Volgens de officiële lezing heeft Stalin na de dood van zijn vrouw geen relatie meer gehad, maar er gaan geruchten dat hij iets zou hebben met een dienstmeid op zijn datsja in Kuntsevo. Er doen ook andere geruchten de ronde, geruchten dat Nadja, zijn vrouw, niet aan een blindedarmontsteking is overleden, maar zichzelf een kogel door het hoofd heeft gejaagd.
Misha verzekert zich ervan dat zijn vader druk bezig is in het andere vertrek en kijkt dan wat preciezer.

Papaatje,
Het doet me deugd je te kunnen vertellen dat je huishoudster een uitstekend cijfer voor haar schrijfopdracht heeft gekregen. Duizend kusjes. Huishoudster.

Dat briefje kan maar van een persoon zijn: Svetlana, Stalins vijftienjarige dochter.
Er staat ook een antwoord op gekrabbeld, in het onmiskenbare en onberispelijke handschrift van Stalin:

Dan zenden wij onze huishoudster onze hartelijkste felicitaties. Papaatje, J. Stalin.

Misha voelt zich er een beetje ongemakkelijk bij. Dit is wel heel vertrouwelijk. Maar hij kan er niks aan doen dat hij het ook een beetje kinderachtig vindt. Het is hem al een paar keer opgevallen dat Stalin zijn dochter nog altijd optilt en knuffelt en kust alsof het een klein meisje is, terwijl Svetlana toch al een aardige dame wordt. Heel raar is dat, om die oppermachtige Vozhd zo dweperig te zien doen met zijn dochter. Best kans dat zij heel goed in de gaten heeft dat hij het liefst zou zien dat ze altijd zijn kleine meisje zou blijven en het spel daarom maar een beetje meespeelt. Misha heeft haar met Stalins lijfwachten zien flirten, als haar vader niet in de buurt is. Ze kan heel ontwapenend en vrijpostig zijn. Misha wordt altijd wat nerveus van Svetlana. Ze paradeert door het Kremlin met een air alsof ze Beria is, of Stalin zelf.

Misha blijft ijverig opruimen, blij met dit unieke kijkje in de keuken van de machtige Sovjetrepubliek. Hij leest een tikje schuldbewust met een schuin oog een stukje uit een verslag over de toenemende schendingen van het Sovjet luchtruim door Duitse jagers, tot zijn oog ergens anders op valt. Tussen wat andere paperassen op het propvolle bureau ziet hij een blaadje met een NKVD-stempel, volgekrabbeld met een priegelig handschrift. Hij hoort zijn vader telefoneren in een van de aangrenzende kamers en neemt het vel papier op. Hij leest razendsnel. Het is een bekentenis.

Ik heb tussen 1939 en 1940 samengewerkt met aartsverrader Trotski en andere antirevolutionaire krachten, en doelbewust geknoeid met de ontwerpen voor onze bommenwerpers van het type Jakovlev Jak 4...

Zijn blikken glijden over het papier en ineens ziet hij een vlek in de rechtermarge, waarvan hij zeker weet dat het geronnen bloed is. Hij deinst vol afschuw achteruit. Zijn vader is aan het afronden. Hij legt het document razendsnel terug en probeert een onschuldige houding aan te nemen.

'Je mag wel weer naar huis gaan, Misha,' roept zijn vader. 'Maak je maar klaar voor school. Dankjewel.'

De middag gaat als in een waas voorbij. Misha maakt zich zorgen en hij is met zijn hoofd niet bij de lessen. Telkens doemt die met bloed bevlekte bekentenis op, en hij vraagt zich angstig af of Valya ook zoiets ondertekend heeft. Misschien heeft ze wel een verklaring afgelegd waarin allerlei contrarevolutionaire uitspraken van hem staan. Hij heeft er in de afgelopen weken genoeg gemaakt.

Maar bij het uitgaan van de school, om acht uur, staat ze bij het hek. Hij rent op haar af en pakt haar hand. 'Valya! Hoe is het met je?'

Ze ziet bleek en lijkt humeurig. 'Ik ben ziek geweest, Misha,' zegt ze. 'Zou je met me mee naar huis willen lopen?'

'Natuurlijk!' Hij probeert niet te veel te laten merken hoe blij hij is om haar te zien.

Hij wil haar van alles vertellen: over die arme Vladlen van de automobielfabriek, over Svetlana's briefje aan haar vader. Maar niet over die bekentenis. Dat is te gevaarlijk.

Valya is zo stil dat hij zich begint af te vragen of hij iets verkeerds heeft gedaan.

Hij vertelt haar van Svetlana, van de goede cijfers die ze voor haar schrijfopdracht kreeg. 'Die heeft haar hele leven al alleen maar slijmjurken en jaknikkers om zich heen, wedden? Allemaal lui die een wit voetje willen halen bij de Vozhd,' fluistert hij.

Valya knikt. 'Ik heb medelijden met haar aanstaande man, wie dat dan ook zal zijn,' zegt ze vlak. 'Stalin vergeeft hem nooit dat hij haar van hem heeft afgepikt.'

'Ja,' knikt Misha. 'Die arme kerel zit de rest van zijn leven aan twee kanten klem. Hij moet het niet in zijn hoofd halen om het ooit met een van die twee oneens te zijn.'

'Misschien heeft ze wel een oogje op jou,' zegt Valya, even wat vrolijker. 'Je hebt haar een paar keer met huiswerk geholpen, toch?'

Misha bloost. Dat klopt. Ze moest iets over Shakespeare schrijven en is toen bij hem geweest. 'Weet je, eigenlijk valt ze best wel mee. Ze krijgt alleen nooit nee te horen, volgens mij, van niemand. Blij dat ik dat ook nog niet heb hoeven doen.'

Valya lacht spottend. 'Als jij je kaarten goed speelt, zou zij op een dag zomaar eens mevrouw Petrov kunnen zijn.'

Misha geeft haar een por met zijn elleboog. 'Pas op, jij! Anders bazuin ik hier rond dat jij iets met Vasili Stalin hebt! Geef maar toe: jij hebt hem altijd leuk gevonden!'

Valya huivert. Het lijkt, heel even maar, dat er in haar ooghoek een traan opwelt. Vasili, Stalins jongste zoon, is maar een paar jaar ouder dan zij en ze hebben de meest verschrikkelijke verhalen gehoord over hoe hij meisjes van de secretariële staf lastigvalt.

Valya valt weer terug in haar eerdere zwijgzaamheid en het gesprek stokt. Maar als ze vlak bij het Kremlin zijn, haakt ze haar arm door die van Misha en loopt zo de laatste kilometer gearmd met hem mee, tot ze thuis zijn.

* * *

Die week staat ze Misha elke dag op te wachten. De ochtenden laat ze verstek gaan. Ze is niet onvriendelijk, integendeel, maar ze blijft zwijgzaam. En telkens als ze de straten rond het Kremlin naderen, haakt ze haar arm in de zijne en loopt zo samen met hem verder.

Misha weet dat ze nijdig zal worden als hij haar vraagt wat er aan de hand is. Ze is niet alleen maar ziek geweest, dat weet hij wel zeker. Hij vraagt zich af of het uit is met een vriendje waar ze hem niks van verteld heeft. Of er is ruzie thuis, over de universiteit waar ze heen wil, misschien?

Hij probeert het met een omweg. 'Hoe is die toets over luchtvaart eigenlijk gegaan? Heb je al een cijfer terug?'

Ze schokschoudert en glimlacht; dat is voor het eerst deze week. 'Vijfennegentig procent. Beste van de klas. Zo doorgaan, zeiden ze, dan word ik zeker toegelaten op de universiteit.'

Dat is het dus niet.

Halverwege de Oelitsa Serafimovicha verstijft ze ineens. 'Doorlopen,' mompelt ze. 'Recht voor je kijken.' Misha voelt hoe al haar spieren zich spannen, maar zegt niets. Na een minuutje gluurt ze over haar schouder en voelt Misha dat de spanning langzaam uit haar lijf vloeit. Hij kijkt haar vragend aan. Ze slikt een keer en knikt. 'Kom, dan gaan we ergens op het Bolotnajaplein zitten. Ergens waar geen mensen zijn. Ik moet je iets vertellen.'

Ze zoeken een rustig plekje. Zij gaat dicht tegen hem aan zitten en steekt op gedempte toon van wal.

'De dag na dat banket, je weet wel, liep ik alleen naar huis. Jij moest lesgeven in de automobielfabriek, volgens mij. Het regende en ik was kletsnat. Ik liep net hier,' ze wijst met haar duim over haar schouder, 'de Oelitsa Serafimovicha in, toen ik in de gaten kreeg dat er een grote auto achter me reed, heel langzaam. De slee van een of andere hoge pief, dacht ik meteen. Ik deed net of ik niks in de gaten had, maar hij bleef vlak achter me. Toen kwam hij naast me rijden. Er ging een raampje open en iemand zei: "Stap in," alsof het een bevel was. Ik draaide me om en wilde net zeggen dat hij op moest hoepelen, toen ik zag dat het kameraad Beria was. Ik weet niet of hij vanaf het begin al wist dat ik het was. Alles is een beetje wazig als ik eraan terugdenk. Het kan best zijn dat hij eerst dacht dat ik zomaar een jonge vrouw was, maar dat ik hem kende kon hem niet veel schelen, geloof ik. "Kameraad Golovkin," zei hij. "Het is hondenweer, *devotsjka*. Laat me je een lift naar het Kremlin geven." Nou ja... Ik wilde hem niet beledigen en dacht dat hij me misschien wel echt alleen maar een lift wilde geven. Ik ben ingestapt. Ik heb hem gevraagd hoe hij mijn naam kende en hij vertelde dat hij me bij dat banket had gezien. Dat vond ik al een beetje eng. Ik merkte dat hij gedronken had. Hij bood me een sigaret aan en ik zei hem dat ik niet rookte, natuurlijk. Toen greep hij mijn arm en probeerde me te zoenen.'

Misha kent dit soort scènes uit films over het leven van voor de Revolutie. Meestal gaat het dan om een bloedmooi meisje van het platteland en een dikke, patserige landeigenaar. Het meisje vertelt later huilend aan haar vader of haar broer wat er gebeurd is, die dan wraak neemt en uiteindelijk wordt geëxecuteerd, omdat hij haar eer verdedigd heeft.

Valya vertelt verder, even monotoon als net. 'Hij betastte me, overal. Het was zo goor... Ik verstijfde helemaal. Ik wist niet wat ik moest doen. Misschien dat hij zich daarom toch nog een keer bedacht, het kan ook zijn dat hij er daardoor geen zin meer in had; hij hield er in elk geval mee op. Daar zaten we dan, midden tussen het verkeer, dikke regendruppels op het dak. Dat waren de langste vijf minuten van mijn leven. Hij zei niks, ik ook niet. Ik hoorde alleen zijn ademhaling. Zwaar, diep, pisnijdig. Vlak voor de brug tikte hij tegen die glazen scheidingswand tussen hem en de chauffeur, en de auto stopte langs de stoeprand. "Je weet wat er gebeurt met mensen die staatsgeheimen verraden, hè?" zei hij. "Kop eraf, dat is wat er gebeurt." Hij glimlachte, de meest verschrikkelijke grijns die ik in mijn leven ooit gezien heb, en zei: "Goedemiddag, kameraad Golovkin.'''

'O… Valya,' stamelt Misha. 'Verschrikkelijk…' Hij weet niet goed wat hij moet zeggen.

'Er is nog iets,' zegt ze. 'Toen ik uitstapte, ving ik een glimp op van kapitein Zhiglov. Die zat achter het stuur. Hij keek de andere kant op; wilde me natuurlijk niet zien. Maar hij was het, dat weet ik zeker. Dat is dus wat hij doet als hij niet bezig is volksvijanden in elkaar te meppen. Ik kan die vent echt niet meer zien.'

'We kunnen zeggen dat jouw rooster is veranderd. Dan haal ik eerst Galina op en dan komen we daarna wel bij jou langs, goed?'

Ze buigt zich voorover en kust de zijkant van zijn hoofd. 'Dank je, Misha. Dat zou heel fijn zijn. Maar luister: je houdt je mond hierover, hoor. Niemand iets vertellen. Kop eraf, weet je?'

'Heb je Beria daarna nog gezien?' wil Misha weten.

Ze knikt. 'Later die avond, op de gang bij het Arsenaal. Hij keek dwars door me heen, alsof er niets gebeurd was.'

Valya rilt een beetje.

Misha pakt haar hand. 'Had ik je maar nooit gevraagd om met dat banket mee te doen...'

'Misha, hij heeft me al zo vaak in het Kremlin gezien. Hij kent mijn vader. Als hij me zag, kreeg ik altijd zo'n eng glimlachje van hem. Hier kun jij niks aan doen, echt niet.'

Ze lopen arm in arm naar huis.

8

eind mei 1941

Het schooljaar loopt ten einde. Misha is blij dat Valya weer wat meer ontspannen lijkt. Haar examens zijn voorbij en ze weet inmiddels dat ze na de herfst op de Universiteit van Moskou kan beginnen. Valya's droom om piloot te worden, of vliegtuigontwerper, ligt binnen handbereik. Kameraad Beria heeft zich verder koest gehouden. Ze gaat nog steeds niet met Misha mee om Galina op te halen, maar ze kreeg het wel voor elkaar om kapitein Zhiglov een vriendelijke glimlach toe te werpen toen ze hem pas geleden een keer tegenkwamen. Misha merkte alleen dat haar handen naderhand een beetje trilden.

De zon wordt elke dag warmer en ze hebben de korte zomer en de schoolvakantie voor de boeg. Ze zien uit naar een paar weken niets doen, trips naar de kleine datsja van de Petrovs in Mesjkovo, ten zuidwesten van de stad; als het weer een beetje meezit, kunnen ze zelfs zwemmen in het meertje daar.

Misha en zijn vader kunnen het samen steeds beter vinden, lijkt wel. Igor vertelt Misha zo nu en dan zelfs dingen waarvan hij weet dat ze vertrouwelijk zijn en moeten blijven.

Vreemde dingen over de Duitsers, bijvoorbeeld, en dat de berichtgeving van de naziregering steeds beknopter en algemener wordt. Misha weet dat ze beiden een risico lopen, maar zijn vader heeft niemand anders meer om mee te praten nu mam er niet meer is. Dat zal de reden zijn dat hij hem nu in vertrouwen neemt. Misha vindt het prettig. Het geeft hem een gevoel van verwantschap en verbondenheid.

Nu de lente langzaam plaatsmaakt voor de zomer kijkt hij met een mengeling van angst en opwinding uit naar de maaltijden met zijn vader, 's avonds laat. Wat zal hij dit keer vertellen? Hij weet heel goed dat de geheimen die Igor Petrov met hem deelt, hen beiden in gevaar kunnen brengen. Niet dat Igor niet voorzichtig is: voordat ze gaan zitten eten, zet Igor de radio altijd aan. Zo hard dat het al een paar keer is gebeurd dat de bovenburen aan de deur kwam klagen over verstoring van hun avondrust.

Igor had Misha verteld dat hij voorzorgsmaatregelen had genomen voor het geval ze getapt zouden worden. Meteen daarna had hij zich bedacht en gezegd: 'Ach, ik zie spoken. Waarom zouden ze zich druk maken om een grijze muis als ik?' Maar Misha is blij met die voorzichtigheid. Hij had nog nooit van 'getapt worden' gehoord. Afluisteren, daar kan iedereen in de Sovjet-Unie over meepraten. Maar getapt worden is iets nieuws. Hij hoopt maar dat de radio hard genoeg staat en dat hun gesprekken aan tafel niet door microfoontjes kunnen worden opgepikt.

Misha speurt inmiddels zelfs het appartement af. Sinds pap hem erover verteld heeft, kijkt hij eerst alles na als hij uit school komt. Een vaas bloemen, een schaal fruit, een boek op het grote bureau in de eetkamer; hij controleert alles.

Misha wil er zeker van zijn dat hij en pap zijn moeder niet achterna gaan.

Vanavond hoort hij nieuwe bijzonderheden tijdens het eten. Behoorlijk schokkende, ook. 'De Vozhd weet het verschil tussen goed en kwaad niet meer,' fluistert pap hem toe. 'Vandaag waren er een paar officieren van de luchtmacht die klaagden over de kwaliteit van de trainingsvliegtuigen die ze gebruiken. Die dingen storten veel vaker neer dan je zou verwachten. Een van die mannen verloor zijn zelf-beheersing en zei dat Stalin zijn piloten in doodskisten laat vliegen. Je kon een speld horen vallen. De Vozhd beende het kantoor op en neer en ik zag aan de onrustige blik in zijn ogen dat er storm op komst was. Na een hele tijd stak hij zijn pijp op en zei: "Dat had u beter niet kunnen zeg-gen." De arme man werd lijkbleek. Ik denk niet dat we hem nog terugzien. Nadat ze weg waren, begon de Vozhd te razen en te tieren over saboteurs, knoeiers, buitenlandse spionnen. En niemand, niemand durfde zijn mond open te doen. Niemand durfde de vraag te stellen of er misschien iets mis is met het ontwerp van die vliegtuigen, of er wel voldoende is getest. Niemand.'

Misha weet niet wat hij zeggen moet. Hij denkt aan de met bloed bevlekte bekentenis die hij op het bureau van de Vozhd gezien heeft, maar het lijkt hem wijzer om dat voor zich te houden. Als hij opkijkt, ziet hij dat zijn vader tranen in zijn ogen heeft. 'Soms,' begint hij. 'Nee, vaak zou ik wil-len dat we nog in de kommunalka woonden en dat mam en ik nog gewoon lesgaven. Ik heb lang gehoopt dat jij hier ook zou komen werken, Misha. Je bent een slimme knaap, tenslotte. Maar ik denk dat het beter is dat je maakt dat je hier wegkomt; hoe verder weg, hoe beter. Ik weet niet hoe dit gaat aflopen. Ik denk daar liever ook niet te veel over na.'

* * *

Het is de laatste schooldag. Iedereen heeft zijn rapport gekregen en Misha heeft om acht uur met een paar vrienden afgesproken in het Gorkipark voor Cultuur en Ontspanning. Aan de oever van het meer dat in het park ligt, in een met hekken afgezet gedeelte, wordt gedanst. Er is een band en een bar. De entree is maar vier kopeken, maar Nikolai heeft hen zover gekregen dat ze het aan de achterkant van het feestterrein proberen. Daar zit een gat in de omheining. 'Dat scheelt ons mooi een flesje bier per persoon,' was zijn argument.

Het is een van die heerlijk zwoele zomeravonden en Misha heeft de tijd van zijn leven. Hij is er even wat beduusd van als hij ziet dat Valya op komt dagen met een of andere jonge kerel van de vliegclub, die ze verder ook niet aan iemand voorstelt. Ze houdt afstand en bemoeit zich verder alleen met haar date en diens vrienden. Maar Yelena danst de hele avond met Misha. Zij kent alle nieuwe passen uit Latijns-Amerika, die deze zomer populair zijn in Moskou. De tango, bijvoorbeeld, maar de foxtrot kan ze ook. Die dansen zijn inmiddels geaccepteerd, maar Misha weet nog goed dat het in zijn vroege jeugd echt niet door de beugel kon. Te bourgeois. Aan het eind speelt de band een langzame wals. Yelena houdt hem dicht tegen zich aan en ze kussen zelfs, tot ze Nikolai en Sergei met elkaar zien smoezen en de magie van het moment voorbij is.

Nu lopen ze met z'n allen naar huis, de armen om elkaar

heen geslagen. Iedereen roept om het hardst dat het een briljante avond is geweest. Yelena schenkt hem bij het afscheid een betoverende glimlach en knijpt even in zijn hand. Het is pas aan het eind van de avond, als al hun vrienden tijdens de wandeling naar het Kremlin een voor een zijn afgehaakt, dat Valya voor het eerst iets tegen Misha zegt.

'Aardig meisje, Yelena. En knap! Ze heeft jou altijd al leuk gevonden.'

Misha bloost. Valya klinkt een tikje aangeschoten.

'Wie was die jongen die jij bij je had?' Misha probeert nonchalant te klinken.

'O. Dat is Vitaly. Die ken ik van de vliegclub. Ziet er goed uit, vind ik, en hij kan heel charmant zijn, maar hij praat me te graag over zichzelf. Hij bleef maar drankjes voor me kopen, alsof hij me dronken wilde voeren, of zo. Hij bood aan met me mee naar huis te lopen, maar volgens mij is hij niet echt geïnteresseerd in me. Ik heb hem gezegd dat ik vrienden genoeg heb die dezelfde kant op moeten als ik. Volgens mij was dat een opluchting voor hem.'

Misha weet niet zeker of ze teleurgesteld is of een beetje geïrriteerd. Dan zegt ze: 'Weet je, al dat geklets over vrouwen die in die prachtige, nieuwe Sovjet-Unie van ons gelijkwaardig zijn aan mannen... Dat klinkt mooi, maar volgens mij vinden de meeste jongens het maar niks: vrouwen met ambities, vrouwen die de wetenschap in willen of piloot willen worden.'

Ze klinkt aangeslagen en dat is hij niet van haar gewend. Maar dan lacht ze en veert weer op. 'Het was toch niks geworden. Vitaly Ustjuzhanin, zo heet hij. Zo'n naam wil ik echt niet. Je breekt je tong. Bovendien was het dan Vitya en Valya geworden en dat is veel te verwarrend!'

9

begin juni 1941

De gesprekken tussen Misha en zijn vader tijdens het avondeten worden steeds alarmerender. Zo erg zelfs, dat Misha zich begint af te vragen of zijn vader niet een beetje aan het doordraaien is. Hij had zijn vader om de sleutels van de datsja willen vragen om daar een paar dagen met vrienden heen te gaan, maar dat stelt hij uit. Hij durft zijn vader niet alleen te laten. Zo nu en dan hoort hij midden in de nacht gedempte kreten door de muur. Het doet hem denken aan de keren dat pap en mam ruzie hadden; Igor heeft nachtmerries en praat in zijn slaap.

Op een zomernacht komt Igor, twee hele uren voordat de zon alweer opkomt, nog gespannener thuis dan anders. Hij gaat niet zitten en beent een hele tijd woest door de kamer. Zijn bewegingen tijdens het eten hebben iets jachtigs en nerveus, en hij gunt zich amper de tijd om fatsoenlijk te kauwen. Dan doet hij de radio aan en begint fluisterend te praten. 'Ik moet je iets belangrijks vertellen. Maar niet hier. We kunnen beter even naar buiten gaan, een ommetje maken.'

Misha knikt. Het is heerlijk buiten. Warm, ietsje vochtig, het soort schemering dat maakt dat je liever in de datsja zit dan hier, in de stoffige straten van Moskou waar een chemische geur hangt van fabrieken en van teer omdat er aan het asfalt gewerkt wordt.

Ze lopen onder de Borovitskajatoren door naar de brug over de Moskva. Het spitsuur is allang voorbij en er zijn maar een paar mensen die met hen de brug oversteken. Misha en zijn vader houden halt, gaan op de stenen balustrade zitten en staren over het water van de traag stromende rivier naar het Kremlin.

'Misha, wat ik je nu ga vertellen, moet je absoluut voor je houden–'

Misha reageert als door een wesp gestoken. 'Pap! Ik vertel nooit iets door van wat jij me vertelt! Nooit! Tegen niemand. Dat kan me de kop kosten en jou de jouwe. Ik ben niet gek!'

Igor maant hem tot kalmte. Misha reageert zelden zo impulsief op zijn vader en hij verwacht een draai om zijn oren. Minstens. Maar Igor kijkt hem alleen maar aan met een mengeling van vertedering en angst op zijn gezicht. 'Misha, m'n jongen... De nazi's komen. Dat weet ik zeker. En als ze komen, dan zijn ze voor het winter is hier.'

Misha hapt naar adem. Hij had van alles kunnen bedenken, maar dit niet. 'Pap! Dat is verraad. We hebben het grootste leger op aarde. Dat kan toch niet? Heb je *If War Should Come* dan niet gezien, die film? Als Hitler binnenvalt, komt het Duitse volk in opstand en brengen ze hem van binnenuit ten val. Dat zal hij dus nooit doen.'

'Die film is klinkklare onzin,' zegt Igor droevig.

Misha is daar niet zo zeker van, maar hij beseft dat hij ook maar al te graag wil geloven dat het wel waar is. Hij vond die film een hele geruststelling. Toch weet hij, ergens diep vanbinnen, dat zijn vader gelijk heeft. Hij klonk nu net als Barikada en dat is behoorlijk gênant. Igor kijkt hem indringend aan. 'Viktor en Elena zitten in de Westelijke Republieken. Wat er met mama gebeurd is, weten we niet. Jij en ik zijn alleen overgebleven. Wij moeten ervan op aan kunnen dat we alles tegen elkaar kunnen zeggen, echt alles, in vertrouwen. Je hoeft tegenover mij niet te doen alsof. Al slepen ze me naar een van de martelkamers van Beria, ik zal jou nooit verraden.'

Igor slaat een arm om Misha, zoals toen hij nog klein was. Misha laat hem. Hij wil vragen naar die enveloppe vol roebels, maar heeft daar toch het lef niet voor.

Ze lopen verder naar de Oelitsa Serafimovicha, de route die Misha altijd naar school neemt. Igor zegt: 'Laten we even op het Bolotnajaplein gaan zitten, bij de fontein.'

Misha houdt van die plek. Soms, als hij zonder Valya is, strijkt hij daar even neer en blijft een tijdlang naar het klaterende water zitten kijken, even weg van de rest van de wereld.

Igor kijkt verdrietig naar de passanten. 'Die mensen hebben geen idee wat hun boven het hoofd hangt. We krijgen elke dag, echt elke dag, rapporten binnen van agenten in het hoofdkwartier van de Luftwaffe in Berlijn en in de Duitse ambassade in Japan en van informanten binnen de Britse regering, en die zeggen allemaal hetzelfde: Hitler bereidt een invasie voor. Elke avond lig ik te malen over hoe ik Elena kan laten weten dat ze moet maken dat ze uit Odessa wegkomt. Ze zit vlak bij de Duitse grens en zit binnen een paar dagen in een gevangenkamp of erger. Hoe moet ik haar bereiken, Misha? Zonder dat de NKVD erachter komt en me vermoordt? En Viktor, in Kiev... Die is ook heel snel het haasje.'

Misha weet niet goed wat hij ervan denken moet. 'Maar als jij daar dan zo zeker van bent,' zegt hij, 'en al die lui die met die rapportages komen ook, waarom doet kameraad Stalin er dan niks aan?'

'Wie kan in het hoofd van de Vozhd kijken? Ik kan wel honderd dingen verzinnen die in hem omgaan. Misschien wel alle honderd tegelijk. Mijn inschatting is dat hij weer denkt dat er saboteurs en infiltranten aan het werk zijn die hem zo gek willen krijgen om Duitsland de oorlog te verklaren, zodat de Hitlerieten wel tegen ons zullen moeten vechten. Volstrekt belachelijk, natuurlijk. Maar volgens mij denkt kameraad Stalin echt dat Hitler een verstandige man is, die zich wel drie keer bedenkt voor hij Rusland binnenvalt. De Sovjet-Unie is te groot en te sterk; dat verover je niet zomaar. Die landjes in Europa liep hij binnen een paar dagen onder de voet. Nou ja: de grotere, zoals Frankrijk, binnen een paar weken dan. Stalin denkt dat Hitler wel zal beseffen dat de Sovjet-Unie andere koek is. Maar er is iets waar ik me grote zorgen over maak, Misha. Weet je nog dat we de Finnen aanvielen, kort nadat de oorlog in Europa begon? Wat ze de bevolking nooit hebben verteld, is dat die actie een regelrechte ramp geworden is. We hebben uiteindelijk een overwinninkje behaald, een klein stukje land rond het Ladogameer, maar ondanks onze enorme troepenovermacht is het ons niet gelukt om dat landje te veroveren. Er zijn zo veel generaals verdwenen, niemand weet waarheen... Het leger is een moloch zonder kop. We hebben nog wel een paar goede generaals, maar veel te weinig. En de meeste zijn zo bang voor de Vozhd dat ze alleen maar jaknikken en bevelen opvolgen, als een stelletje blinde, makke schapen. Hoe gestoord die bevelen ook zijn. Op die manier kun je geen leger leiden. Er is leiderschap nodig. Initiatief. En als ons leger dit land gaat verdedigen zoals we de Finnen aanvielen, dan staan de Duitsers met een paar weken hier in het Kremlin. Het hangt er een beetje vanaf wanneer ze de aanval openen, maar het zou mij niet verbazen als ze hier al zijn voordat de vorst invalt.'

Misha weet niet wat hij hoort. Het is of hij droomt. Maar het is niet een droom van een heerlijke, luie zomer in de datsja; die is vervlogen als mist voor de wind die opsteekt. 'Pap, hoe kan het dat je het zo zeker weet? Van die invasie, bedoel ik?'

'De stortvloed aan informatie van inlichtingendiensten. Die kun je niet meer ontkennen of negeren. Verkenningsvluchten boven ons grondgebied. Troepenverzamelingen langs de grens, uitzonderlijk veel langs de rivier de Boeg. "Oefeningen," zegt Stalin dan. "Man! Ze maken zich op voor een invasie!" wil ik dan schreeuwen. Er is maar één generaal die zegt waar het op staat, ook tegen Stalin: die rotzak van een Zjoekov. Het is een bruut, die man, maar lef heeft hij wel! Daar kun je niet anders dan bewondering voor hebben. Vandaag nog schreeuwde hij tegen de Vozhd dat hij ervan overtuigd is dat die Hitlerieten er aankomen en Stalin zei: "U wilt oorlog, nietwaar, kameraad generaal? U wilt oorlog zodat u nog wat hoger in rang kunt stijgen, nog een paar medailles meer op uw borst kunt spelden!" Zjoekov was verbijsterd. Iedereen, denk ik. Wat moet je daar nou tegen inbrengen? Dat is een niveau van debatteren dat je alleen op schoolpleinen tegenkomt.'

Zijn vader raakt steeds gefrustreerder en Misha kan weinig

anders dan hem aanhoren en goed om zich heen kijken om te zien of er niet toevallig iemand luistervinkje staat te spelen.

'En het ellendigste is dat hij de laatste dagen constant dronken is. Hij stinkt al naar alcohol als hij 's middags rond een uur of vier op kantoor komt en ik hem zijn papieren geef. Ik ruik het in zijn adem, maar hij zweet het onderhand ook. Hij moet weten dat er iets mis is, maar hij wil er gewoon niet aan. En dit vind ik nog het ergste: ik zie al die mensen hier, deze prachtige stad, en dan denk ik aan alle offers die we hebben gebracht om onze mooie Sovjetstaat op te bouwen, wat straks allemaal voor niets is geweest omdat onze grote leider het vertikt om zich ook maar iets aan te trekken van wat iedereen om hem heen, al zijn kameraden, hem vertellen.'

De volgende ochtend is het Rustdag en Misha verheugt zich op een ontspannen ontbijt met zijn vader. Het is een glasheldere zomerochtend en het zonlicht valt uitbundig het appartement binnen, maar Misha voelt nog steeds de dreiging van het gesprek van gisteren. Er wordt driftig op de deur geklopt. Igor haalt zijn schouders op. Werk zal het niet zijn. Als er een spoedvergadering is, wordt hij gebeld.

Misha doet open. Het is tante Mila, de jongste zus van zijn moeder. Voordat Anna Petrov verdween, kwam ze vaak op bezoek. De twee zussen kropen dan samen op de bank en kletsten uren met elkaar in rappe, korte zinnen. Als het om Igor ging, was Mila altijd wat gereserveerd, maar dat is veranderd nadat haar zus verdween. Het is nu bijna een jaar later en Mila komt nog steeds geregeld op bezoek, lopend vanuit Dennenheuvel omdat ze weigert om met de metro te gaan. Dat is een wandeling van ruim een uur. De wachten bij het Kremlin herkennen haar meestal en laten haar met een handgebaar door.

Misha mag zijn tante wel en gaat graag naar Dennenheuvel om haar in haar tuintje te helpen. Maar hij heeft haar al een paar keer in zichzelf pratend door de straten van Moskou zien slenteren en nu ziet ze er nog bleker en verwarder uit dan anders.

'Mila! Wat is er gebeurd?' zegt Igor. 'Je ziet er belabberd uit.' Ze gaat plompverloren aan de eettafel zitten en wappert met haar hand. 'Misha, lieve jongen, wil je alsjeblieft een kopje koffie voor me zetten?' zegt ze. 'Ik heb iets nodig om wakker te blijven. Ik heb geen oog dichtgedaan vannacht.'

Igor pakt haar hand. 'Wat kunnen we voor je doen, Ljudmilla?'

'Igor, je weet dat ik veel droom en dat de doden me komen opzoeken in mijn dromen...'

'Dat heb je weleens verteld, ja,' zegt Igor. Misha merkt vanuit de keuken dat zijn vader aardig probeert te blijven, maar hij hoort de irritatie in zijn stem.

'Afgelopen nacht heb ik over Anna gedroomd...'

Misha spitst zijn oren.

'... we zaten ergens in een concertzaal te wachten tot ze met haar pianorecital zou beginnen. Zij had een crèmekleurige avondjurk aan. Alleen wij tweeën waren er, verder niemand. Zij stond op het punt om in huilen uit te barsten. "Ik dacht dat mama ook zou komen," zei ze...'

Mila slikt de rest in en Misha merkt dat dit rare, half afgeluisterde gesprek hem vreemd onrustig maakt. Waar heeft tante Mila het over? Zijn moeder speelt piano, dat wel, maar niet echt heel goed. Goed genoeg om bij een schoolbijeenkomst een marslied voor de Pioniers of 'De Internationale' te begeleiden, maar meer ook niet. Hij schenkt koffie in en loopt vlug terug naar de eetkamer.

'Waarom val je ons hiermee lastig, Ljudmilla?' zegt Igor. Misha ziet dat hij kwaad is, veel bozer dan het verhaal van zijn tante rechtvaardigt. 'Is het nou nodig om over Anna te beginnen? Je weet hoe verdrietig ons dat maakt!'

Tante Mila grijpt zijn arm. 'Igor! Je weet dat het alleen de doden zijn die mijn dromen bezoeken. Anna is dood. Dat weet ik zeker.'

'Je stelt mijn geduld aardig op de proef, Ljudmilla,' zegt Igor harder. Nog bozer. 'Dit is mijn enige vrije dag en daar wil ik heel graag een beetje van genieten. Ik wil me ontspannen, met fijne dingen bezig zijn.'

Misha probeert te sussen. 'Het is maar een droom, tante. Dromen zijn bedrog.'

Tante Mila houdt haar lippen stijf op elkaar. Ze is lijkbleek, witter dan ooit.

'Je vergist je, Ljudmilla,' zegt Igor ferm. 'De NKVD heeft klip en klaar gezegd dat Anna gevangen is gezet en een straf van tien jaar moet uitzitten, zonder correspondentierecht. Op een dag komt ze terug. Dat weet ik zeker.'

Misha's tante schrikt. Haar mond valt open. 'Hebben ze dat letterlijk zo gezegd? Met die woorden?' zegt ze. 'Dat heb je me nooit verteld.'

'Mila, je weet hoe belangrijk het is om op je woorden te letten,' zegt Igor vriendelijk. 'Dat geldt voor ons allemaal.'

'Jij hebt mij iets verteld, dan zal ik jou nu ook iets vertellen, Igor. Ik heb een buurvrouw. Die had een vriendje dat bij de NKVD werkt. Die dronk zo nu en dan. Nee, hij zoop. Ik hoorde hem vaak de trap op stommelen, bulderen van het lachen, schreeuwen soms. Ik kan me niet herinneren dat ik hem ooit nuchter heb gezien. Hij heeft haar verteld dat "zonder correspondentierecht" betekent dat ze de betreffende gevangene hebben doodgeschoten. Dat heeft zij mij weer verteld. Het is een grap. Net zoiets als wanneer ze zeggen dat een gevangene "naar een bruiloft" gaat. Dat zeggen ze als ze iemand de stad uit brengen en hem op het platteland ergens executeren.'

Misha huivert en voelt het bloed uit zijn gezicht trekken. Hij laat zich als een zoutzak in een van de eettafelstoelen vallen.

Igor schreeuwt. 'Ljudmilla! Kijk dan toch wat je doet! Die jongen is helemaal overstuur. Praat toch niet zulke onzin. Hoe haal je het in je hoofd?'

Ljudmilla's ogen flitsen door het vertrek, alsof ze een vluchtweg zoekt. 'Je zult wel gelijk hebben,' zegt ze dan stijfjes, en ze neemt voorzichtig een slokje van haar koffie; bij haar ooghoek trekt een zenuw. Misha hoopt dat ze zal opstaan en ophoepelt. Maar dat gebeurt niet. In plaats daarvan buigt ze haar kleine hoofd en glimlacht. 'Het spijt me, het spijt me. Ik weet dat ik je op de zenuwen heb gewerkt. Maar vertel me eens, Misha, hoe gaat het met je op school? Ik hoor dat je het heel goed doet. Je mam was ook zo'n slimmerd...'

Igor antwoordt: 'Misha helpt de arbeiders van Stalins Automobielfabriek met lezen.'

'We lezen Shakespeare, pap. Ik werk met degenen die al kunnen lezen,' vult Misha aan.

Zijn vader schokschoudert. 'Hij lijkt op z'n moeder. Je ziet het.'

Mila lijkt zich langzaam wat te ontspannen. Ze nipt van haar koffie, werpt als het op is een blik door het raam en zegt: 'Ik moest maar eens gaan, voordat het gaat regenen.'

Als de deur achter haar weer in het slot valt, ademt Igor diep in en blaast de lucht door zijn halfgeopende lippen. 'We weten allebei dat Mila niet helemaal van deze wereld is, Misha. Ik zou wat zij zegt maar niet al te serieus nemen. Wat ze over mama zei, dat ze doodgeschoten zou zijn, al helemaal niet.'

Hij geeft Misha geen kans om daar vragen over te stellen en praat meteen verder. 'En dan die piano-onzin... Mam kan een beetje piano spelen, dat weet je. We hebben een baby-vleugel aangeboden gekregen toen we hier kwamen wonen. Weet je dat ook nog? Er was er een over, maar Anna hoefde hem niet.'

Misha weet dat nog maar al te goed. Hij had zelf willen leren spelen en was een paar weken lang behoorlijk boos op zijn moeder geweest omdat die kans met haar weigering verkeken was. Maar hij begrijpt niet goed waarom zijn vader het zo belangrijk vindt om die herinnering nu op te halen. En het irriteert hem dat hij kennelijk niet wil praten over de vrees van tante Mila dat zijn moeder dood is. Hij lijkt zich daar helemaal niet druk om te maken. Dit hele gedoe heeft iets eigenaardigs. Er klopt iets niet.

10

21 juni 1941

Door de spleet tussen het gordijn valt een felle bundel zonlicht de slaapkamer binnen. Misha rekt zich uit. Gelukkig hoeft hij niet naar school vandaag. Hij is blij dat hij veel thuis is, niet in de laatste plaats omdat hij zich nog steeds zorgen maakt om zijn vader. Igor heeft pijnklachten en is bang dat hij een maagzweer heeft. Misha heeft hem gezegd dat hij naar de dokter moest gaan, maar daar wilde hij niets van weten.

'Eenvoudig voedsel, dat is wat ik nodig heb,' had hij gezegd. Dus eten ze roereieren, ingeblikte tomaat en komkommer-salades. Misha hunkert naar een gegrilde biefstuk en stilt zijn trek zo nu en dan met wat gefrituurd eten tijdens de lunch.

Tot zijn opluchting heeft zijn vader het, na die avond begin juni, niet meer over de Duisters gehad. Er is niets gebeurd. Het zal een uit de hand gelopen gerucht zijn geweest; dat gebeurt in het Kremlin wel meer. Een paar dagen geleden las hij een artikel in *Izvestia*, waarin geruchten over een op-handen zijnde oorlog werden afgedaan als 'volkomen on-gefundeerd' en 'klinkklare leugens en provocaties'. Misha heeft de indruk dat die luie zomer er misschien toch nog gaat komen.

Hij zit te denken om zijn vader de sleutel van de datsja in Mesjkovo te vragen en te kijken of Nikolai, Valya en wie ze verder maar enthousiast kunnen krijgen, zin hebben om op de trein te springen en een dagje in het bos door te brengen. Als ze rond elven vertrekken en eten meenemen, kunnen ze daar picknicken voor de lunch. Het is slim om zo veel mogelijk gebruik te maken van het mooie weer. Ze kunnen terug zijn als de avond valt, met tassen vol fruit en vruchten uit de boomgaard van de datsja.

Hij heeft zijn vader vroeg horen opstaan en vermoedt dat hij al sinds negen uur vanochtend aan zijn bureau in het Hoekje zit. Misha loopt erheen om de sleutel te vragen en treft een lijkbleke Igor Petrov aan. Even is hij bang dat de maag van zijn vader is gaan opspelen. Maar Igor fluistert: 'Het is hier een gekkenhuis, de hele ochtend al. Er gebeuren allerlei bizarre dingen. Duitse vrachtschepen verlaten massaal onze havens, ook de schepen die nog niet eens geladen hebben. De lading laten ze achter. De brandweer meldt dat ze op de Duitse ambassade documenten aan het verbranden zijn. We hebben geprobeerd om contact met de datsja in Kuntsevo te krijgen, maar Stalin heeft strikte instructies gegeven dat hij niet gestoord mag worden.'

'Wat is er aan de hand, denk je?' fluistert Misha terug. Hij kan bijna niet geloven dat zijn vader dit hier met hem bespreekt, op kantoor. Het voelt alsof hij in een diep, zwart gat tuimelt.

'Ik denk dat Hitlers troepen op het punt staan om ons aan te vallen,' antwoordt Igor bedrukt. 'Ik wil niet dat je naar Mesjkovo gaat. Als de aanval begint, sturen ze bommenwerpers naar de steden. Ik weet niet precies wat hun actieradius is, misschien zitten wij te ver weg voor ze, maar waarom onnodig risico lopen?'

Met een schok dringt het tot Misha door dat de geruchten over een Duitse aanval dus toch waar zijn.

'Weet je,' zegt Igor, 'tijdens de oorlog tegen de Witten vocht ik in Tsaritsyn en zaten we vast in een troepentrein, weet je. We werden door twee jagers aangevallen en konden geen kant uit. In het open veld kun je altijd ergens heen, vluchten, ergens in een greppel duiken. In die trein zaten we als ratten in de val. Het regende kogels en splinters en glasscherven. Ik had mazzel, een paar sneden, meer niet. Maar links en rechts naast me vielen ze bij bosjes.'

Zijn vader vertelt bijna nooit iets over de burgeroorlog en wimpelt Misha's vragen erover meestal af. Nu, voor het eerst, begint hij een beetje te begrijpen waarom.

'Wat gaan we doen?' vraagt Misha. Zijn mond is gortdroog. Hij snakt naar een slok water.

'Wachten. Ik zou niet weten wat anders.'

Misha knikt en loopt terug naar het appartement. Hij pakt Tsjechovs *Drie zusters* en begint te lezen. Het stuk staat op dit moment in een theater in Moskou en hij wil er later deze week heen. De ochtend verstrijkt en hij besluit bij de Golovkins aan te wippen en te kijken of Valya zin heeft om met hem in het Gorkipark te picknicken. Ze is blij hem te zien en wil dolgraag een poosje weg uit het Kremlin. Ze vraagt hem even te wachten en wisselt haar gewone kleren voor een fleurig katoenen jurkje.

'Misschien is Dimitri er ook wel. Ik wil niet dat hij me zo slonzig ziet...'

Misha zucht. Dimitri. Ze heeft hem over die vent verteld; ze kent hem van de Komsomol. Ze is aardig hoteldebotel van hem en hoopt op een afspraakje. Valya komt haar kamer uit met dat jurkje en een rood lint in haar volle bos krullen; Misha vindt dat ze er nog nooit zo betoverend heeft uitgezien.

Ze wandelen via de brede laan aan de zuidzijde van het Kremlin in de richting van de Borovitskajatoren. Het is ongewoon druk voor lunchtijd op een normale Dag Zes. Overal draven ambtenaren tussen kantoren heen en weer, met kartonnen archiefdozen en stapels papierwerk. Ze maken een opgejaagde en hypernerveuze indruk.

Misha en Valya lopen de grote brug over. Er waait een koele wind over de Moskva de stad binnen. Misha begint trek te krijgen. In een winkeltje in de Bolshaya Yakimanka kopen ze roggebrood, salami en een paar appels, en na iets meer dan vijfentwintig minuten lopen ze het park in. Aan de oever van de Moskva, pal tegen de hoge kademuur en in de zon, staan een paar verlaten bankjes. Ze gaan zitten.

Misha heeft het gevoel dat hij barst, zo graag wil hij Valya vertellen wat hij van zijn vader gehoord heeft, maar hij kan het niet. Hij weet ook geen ander gespreksonderwerp. Het is Valya die het stilzwijgen doorbreekt. 'Ik zie heus wel dat je me heel graag iets wilt vertellen, Misha. Ik zal je uit je lijden verlossen. ik weet wat er aan de hand is.'

Ze wacht even tot een jonge moeder met een kinderwagen en twee kleine kinderen gepasseerd is.

'Papa zegt dat het hele Kremlin weet dat de nazi's op het punt staan om het land binnen te vallen, alleen kameraad Stalin steekt zijn kop in het zand. Maar ook hij weet dat er iets te gebeuren staat.' Ze zwijgt een moment. 'Ik vraag me af... Hoelang zal het duren voordat ze hier zijn?'

Misha is een tikje teleurgesteld. Hij hoopte dat hij iets wist wat Valya nog niet wist.

'Je weet zo zeker dat het de Duitsers gaat lukken,' zegt Misha. 'Pap vertelde me dat kameraad Stalin denkt dat de Duisters niet zullen aanvallen, omdat ze weten dat dat uitloopt op een ramp. Iedereen met een beetje verstand snapt dat, zegt hij. De Vozhd heeft de pest aan fascisten, zoals iedere fatsoenlijke communist, maar hij denkt dat die nazileider heus niet op zijn achterhoofd gevallen is. Hitler heeft een paar slimme zetten gedaan in Europa.'

'Hij beschikt over een fabelachtig goed leger,' zegt Valya.

'Ja. Maar dat had Napoleon ook,' zegt Misha, 'het beste leger van heel Europa. Toch liep zijn inval in Rusland op een regelrechte ramp uit. Iedereen heeft de foto's van de *Führer* bij het graf van Napoleon gezien, afgelopen zomer bij zijn intocht in Parijs. Hitler bewondert Napoleon; wat hem betreft is hij een van de grootste krijgsheren uit de geschiedenis. Hij weet heel goed wat er van hem en zijn leger geworden is. En als hij dat al vergeet, dan mag ik toch aannemen dat zijn generaals hem er wel aan zullen herinneren.'

Valya slaakt een lange, diepe zucht. 'Of die zijn net zo bang voor hem als onze generaals voor de Vozhd.' Ze haakt haar arm in de zijne. 'Ik zal je een geheim verklappen. Niet vragen hoe ik dit weet.'

Dat is niet zo moeilijk; van Anatoly Golovkin, natuurlijk. Die heeft haar iets verteld, net zoals Misha's vader hem.

'Die campagne tegen Finland, nadat we ons territorium in Polen veilig hadden gesteld: dat was een ramp. De Russische lijken lagen als piramides opgestapeld in de sneeuw, stijf bevroren. Die Finnen hebben ons afgeslacht! Een piepklein landje, waar bijna niemand van heeft gehoord.'

'Maar we hebben wel gewonnen, toch?' zegt Misha.

'Net. Weet je wat pap zei? Oeps... Heb ik je toch verteld van wie ik het heb. Hij zei dat die Finnen aanvielen op het moment dat de Sovjettroepen hun middagdutje deden. Geen enkele flexibiliteit. En onze soldaten verhongerden de helft van de tijd omdat de bevoorrading volkomen in de soep liep. Als we van de Finnen al zo op de kop hebben gekregen, maken we echt geen schijn van kans tegen de troepen die in een paar weken tijd heel Europa onder de voet hebben gelopen.'

'Daar heb je wat aan, zo'n niet-aanvalsverdrag met Duitsland!' zegt Misha. 'Wij waren erbij, weet je nog? Dat banket na afloop. Twee jaar geleden nog maar. Dat ze daar nu al, zo kort na de ondertekening, op terugkomen: dat bedenk je toch niet? Maar goed, stel dat ze zo stom zijn om toch aan te vallen, dan nog. Wij zijn veel en veel groter dan die andere landen. Gigantisch! We hebben veel meer soldaten, veel meer tanks en vliegtuigen. Onze luchtvloot telt twintigduizend vliegtuigen.' Misha probeert zichzelf te overtuigen. Hij besluit zijn betoog met een opmerking die helemaal niets zegt. 'En wij zijn Russen!'

'Misha. Volgens papa heeft kameraad Stalin bijna de hele legerleiding laten liquideren. Tukatsjevski, Jakir, Primakov... al die helden van de Sovjet-Unie waar je altijd over hoorde, die bij de parades op het Rode Plein op het podium stonden, die zie je nooit meer. Weg zijn ze. Foetsie, verdwenen. Dood, hoogstwaarschijnlijk.'

'Rokossovski is teruggekomen,' fluistert Misha.

'Dan hebben ze levend waarschijnlijk meer aan hem dan dood. Maar de meeste generaals en divisiecommandanten zijn zo groen als gras. Die zijn doodsbang om iets verkeerd te doen en maken geen schijn van kans tegen ervaren nazi-commandanten.'

Er waait een koel briesje over de rivier het park in en Valya, die alleen dat dunne jurkje draagt, huivert. Ze trekt hem wat dichter tegen zich aan. Haar lijf raakt dat van hem, van zijn schouder tot zijn voeten. Hij voelt haar warmte en een intens verlangen, maar als hij naar haar opkijkt, ziet hij dat ze wezenloos voor zich uit staart naar een punt aan de kade aan de overkant.

'Wat kunnen we doen?' Misha weet niets anders uit te brengen.

'Ik meld me aan bij de partizanen.' Valya klinkt flink, vastberaden. 'Daar zoeken ze straks mensen die achter de Duitse linies willen vechten.'

'Dan meld ik me ook,' zegt Misha. Hij klinkt schor.

Ze geeft hem een venijnige stomp tegen zijn bovenarm.

'Jij bent nog te jong, Mikhail Petrov. Je kunt je wel bij je Komsomolafdeling aanmelden voor de luchtverdedigings-eenheid. Ik durf te wedden dat ze je de leiding over een brigade Pioniers geven.'

'Kijk toch eens naar deze stad,' gaat ze verder. 'Alle moeite die we na de Revolutie hebben gedaan om hem op te bouwen. Al die fabrieken, de nieuwe ziekenhuizen, de woon-blokken, alles loopt gevaar. Je weet wat die nazibommen-werpers in Londen hebben aangericht.'

'Pap zegt dat die bommenwerpers hier morgen kunnen zijn,' zegt Misha.

'Nee. Dat redden ze niet. Ze zullen eerst een paar vlieg-velden dichterbij moeten inrichten.' Ze zwijgt weer even en kijkt hem diep in zijn ogen. 'Maar ze zijn hier snel genoeg.'

11

21 juni 1941, middernacht
grens Polen – Sovjet-Unie

August Grasse ademt diep de vochtige zomerlucht in die vanaf de Boeg zijn kant op drijft. Grasse huivert even en steekt nog een sigaret op, het schijnsel zorgvuldig verbergend achter de wand van de loopgraaf die eerder die avond gegraven is.

'Hé! Ik ook, *dummkopf*.' Steiner steekt hem een nog niet brandende sigaret toe. Beiden zijn soldaat in de 197ste infanteriedivisie van Legergroep *Mitte* van het Vierde Leger van generaal-veldmaarschalk Fedor von Bock.

Ze komen alle twee uit Berlijn, maar Grasse mag Steiner niet. Hij is alleen maar aan het razen en tieren over Joden: dat zij de oorlog zijn begonnen, dat het niet lang meer duurt voordat ze allemaal hun verdiende loon krijgen. Grasse heeft steeds de neiging om hem te zeggen dat hij klinkt als een parkiet die dokter Goebbels nadoet, die schreeuwt net zo vals. Maar hij houdt zich in. Grasse, de zoon van een communist, een verrader van het *Reich*. Eén verkeerd woord en hij mag het een en ander gaan uitleggen aan de Gestapo.

De Russen hebben zich aan de overkant van de Boeg ver-
schanst. Tenminste, dat neemt hij aan. Hun divisie ligt al
uren in positie, maar aan de overkant is het tot nu toe muis-
stil gebleven. De Duitsers hebben tanks meegenomen – die
Mark IV Panzers maken zo'n oorverdovend lawaai dat er
geen verbergen aan is – en de damp van uitlaatgassen hangt
nog in de lucht, als de geur van een horde hijgende en zwe-
tende monsters die een nacht op strooptocht zijn geweest.
Eigenlijk ligt het heel eenvoudig: Grasse wil dat de communisten winnen. Als elfjarig jochie heeft hij zijn vader helpen
vechten tegen de knokploegen van de nazi's in de straten
van Berlijn, voordat Hitler zich naar de positie van rijks-
kanselier gemanoeuvreerd had. Zijn vader was een van de
eersten die door de nazi's naar Dachau werden gestuurd,
nadat die aan de macht gekomen waren. Na vijf jaar keerde
hij terug. August herkende hem niet meer. Vel over been,
letterlijk, en zo kaal als een biljartbal. Die prachtige, dikke
bos zwart haar was verdwenen en zijn felle, borstelige
wenkbrauwen waren brokkelig en spierwit geworden.
'Maak dat je hier wegkomt, zoon,' had hij gezegd. 'Ga naar
Rusland of Frankrijk. De duivel is losgelaten op aarde.'
Daarna was hij gestorven aan tuberculose.
Maar August ging niet weg. Hij wist niet waar hij een visum
kon regelen, hij kende de juiste mensen niet en dan nog: hij
had toch geen geld om iemand om te kunnen kopen. Instinctief wist hij dat hij zich gedeisd moest houden, anders
was hij ook aan de beurt. Daarom deed hij maar gewoon
mee met de militaire trainingen op school. Soms genoot hij
daar zelfs van. Niemand gooide een handgranaat zoals hij
dat kon. Thuis, op de schoorsteenmantel, staat nog steeds
een zilveren beker als bewijs.

August is de politieke opvatting van zijn vader niet vergeten. Het klopt ook gewoon: de macht aan het volk; van een ieder naar vermogen, voor een ieder naar behoefte. Het heeft een bijna religieuze logica. Dat is precies wat Christus ook deed: naast degenen staan die arm zijn of onderdrukt worden en hen helpen om zelf een beter leven op te bouwen. Hij kijkt op zijn horloge. Vier uur voordat het uur U aanbreekt. *Barbarossa*. De grootste invasie uit de geschiedenis. Dat is in elk geval wat de kolonel hun vanavond vertelde. Waarom hebben ze hem niet naar Noorwegen gestuurd, of naar het Afrika Korps?

Steiner neemt een laatste hijs van zijn sigaret, hoest, spuugt een keer luidruchtig en zegt: 'Ik moet schijten.' Hij hijst zich uit de loopgraaf en verdwijnt in de bosjes achter hen. 'Stap niet op een mijn,' fluistert Grasse, half hopend dat hij dat wel doet.

Hij krijgt een krankzinnige inval. *Laat het hun weten.* Laat hun weten dat de Wehrmacht er aankomt. Let hun weten dat er een paar miljoen soldaten en tienduizenden tanks en vliegtuigen op het punt staan om de Sovjet-Unie binnen te vallen en het Rode Leger te vernietigen. Grasse weegt zijn kansen. De kans is heel groot dat hij bij de eerste aanval, de volgende ochtend, sneuvelt. En als hij het toch haalt, dan wil hij niet eens nadenken over de kans dat hij nog leeft als ze straks eenmaal in Moskou staan. Als hij overloopt, zullen de Russen hem als een held onthalen en dan is hij van deze ellende verlost. Wanneer hij hun dan ook nog vertelt dat hij een communist is – nou ja, dat zijn vader dat was, in elk geval – dan is zijn bedje gespreid. Toch?

Het ergste wat hem kan gebeuren, is dat hij de oorlog in een krijgsgevangenenkamp moet doorbrengen. Hij rommelt in zijn zakken, op zoek naar het heupflesje dat hij altijd bij zich heeft, en slaat een flinke slok schnaps achterover. Dan trekt hij vlug zijn gevechtsjasje uit en doet zijn koppel af. Hij kijkt nog een keer om zich heen om er zeker van te zijn dat Schneider nog niet terugkomt en sluipt dan heel behoedzaam richting de rivier. Hij laat zich in het koude water zakken en begint naar de overkant te zwemmen.

Grasse duikt op bij de oostelijke oever van de Boeg, zeiknat en onbeheerst rillend over heel zijn lijf. Het water is kouder dan hij had gedacht en al tijdens het zwemmen kreeg hij spijt van zijn beslissing om over te lopen naar de Sovjets. Hij krabbelt de oever op en is ervan overtuigd dat de herrie die hij maakt – de tegen elkaar schurende broekspijpen, het kletsen van het druipnatte shirt tegen zijn lijf – aan de overkant te horen moet zijn, maar langs de Duitse beginstelling beweegt zich niets.

Zijn strijdmakker, soldaat Steiner, heeft wel gemerkt dat Grasse weg is, maar dat hij weg zal blijven, is nog niet in hem opgekomen.

Grasse strompelt moeizaam de duisternis in en verwacht ieder moment op Sovjettroepen te stuiten. Maar nergens is een levende ziel te bekennen. Hij haast zich oostwaarts in de hoop snel contact te leggen met Russische soldaten, voordat de invasie begint en hij wordt ingehaald door zijn eigen troepen. Aan die mogelijkheid heeft hij geen seconde gedacht. Maar mocht dat gebeuren, dan wordt hij standrechtelijk geëxecuteerd voor desertie, zeker weten. Als eerste Duitse soldaat van deze campagne, waarschijnlijk. Zijn vader zou trots geweest zijn.

In de verte beiert de klok van een dorpskerk. Eén uur. Hij

koerst in de richting vanwaar het geluid kwam. Binnen een halfuur bereikt hij een dorpje, waar hij Russisch hoort. In het zachte maanlicht ontwaart hij paarden en een aantal motorvoertuigen. Dit moet een detachement Russische soldaten zijn. Rond het open vuur van een veldkeuken heeft zich een groepje mannen geschaard. Hij loopt op hen af en begint te roepen. 'Kameraden! Kameraden! Niet schieten.'

Een paar tellen later staart hij in de lopen van een heel aantal geweren. Hij steekt prompt zijn handen hoog in de lucht en begint in langzaam Duits: 'Kameraden, ik moet jullie commandant spreken. Het is dringend. Heel dringend.'

De soldaten mompelen wat tegen elkaar in rap Russisch. Geen van hen spreekt Duits, kennelijk. Grasse ziet tot zijn schrik dat een van hen een bajonet aan de loop van zijn geweer bevestigt. De kerel banjert op hem af en dwingt hem op zijn knieën.

Hij gromt een enkel woord, alsof het een commando voor een hond is, en een andere soldaat rent de duisternis in.

Binnen tien minuten is hij terug, met een officier. De man draagt in elk geval een mooier uniform en ziet er wat intelligenter uit dat de rest.

'Wie ben jij?' zegt de officier in belabberd, maar verstaanbaar Duits.

Grasse salueert. 'August Grasse, 197ste infanteriedivisie van het Vierde Leger van generaal-veldmaarschalk Fedor von Bock, Legergroep Mitte. Ik heb dringend nieuws. Mijn divisie, het hele Duitse leger, staat op het punt uw land binnen te vallen. Bereid u alstublieft voor.'

Wat er dan gebeurt, overvalt Grasse volkomen. De officier slaat hem met een klap tegen de vlakte. 'Je liegt.'

'Nee! Nee, kameraad,' roept Grasse. 'Geloof me, alsjeblieft. Mijn divisie steekt om vier uur de Boeg over.'

Hij wordt geschopt, overal. Op zijn rug, in zijn lendenen, in zijn maag. De punt van een laars raakt hem vol in het gezicht en hij proeft bloed. Er is een tand losgeraakt, lijkt het. 'Alsjeblieft, kameraad!' probeert hij het nog een keer, wanhopig. 'Ik ben een communist. Mijn familie heeft onder Hitler meer dan genoeg geleden. Ik wil jullie helpen!'

Het schoppen stopt. Door een mist van pijn en verwarring hoort hij om zich heen mannen in het Russisch tegen elkaar schreeuwen. Dan richt de officier zich weer tot hem. 'Ik neem contact op met mijn meerdere. Maar als je liegt, maak ik je eigenhandig af.'

August wordt naar een kamertje dat als cel is ingericht gebracht, en hij wordt opgesloten. Het licht gaat uit. Hij sleept zich naar de deur en roept beleefd om wat te drinken. Op het moment dat de sloten van de deur rammelend opengaan en er een bundel hel licht zijn cel binnen valt, krimpt hij ineen. Drie Sovjets rammen nog wat op hem in en vertrekken dan. Tegen het licht dat onder de deur door valt, ziet hij dat er een kleine tinnen mok met water op de grond is neergezet.

Het is nu aardedonker en hij ligt te luisteren naar de klok in de kerktoren, die om het kwartier luidt. Bij iedere galmende slag groeit zijn wanhoop, want elke slag brengt het moment van de invasie dichterbij. Kort na drieën gaat de deur open en baadt zijn cel opnieuw in een zee van licht. Twee Sovjets slepen hem een trap op. Boven grijpt een van hen zijn pols en draait zijn armen op zijn rug, de ander bindt met ruw touw zijn handen vast. Tot zijn verrassing wikkelen ze ook nog een blinddoek om zijn hoofd. Die Russen houden de boel wel graag geheim, denkt hij. Hij wordt snel naar buiten geleid; dat voelt hij aan de plotselinge temperatuurswisseling en het koele briesje dat langs zijn wangen strijkt. De nachtlucht. Heerlijk. Hij voelt met zijn tong aan de losse tand. Het bloeden is gestopt. Met een beetje geluk is hij hem toch niet kwijt.

Dan hoort hij iemand roepen; een stortvloed aan bevelen, lijkt het. Hij vermoedt dat ze hem naar een hooggeplaatste officier brengen, een generaal misschien. Er wordt een automotor gestart, maar het laatste wat hij hoort, is het kraken van zes geweren van een vuurpeloton.

12

Misha ligt het grootste gedeelte van de nachtelijke uren te staren naar het plafond. Hij hoopt vurig dat zijn vader en Valya het mis hebben met die Duitsers, maar diep in zijn hart vreest hij het ergste. Uiteindelijk dommelt hij weg, maar kort daarna wordt hij gewekt door het geluid van de telefoon. Hij herinnert zich vaag dat zijn vader diep in de nacht thuisgekomen is en neemt aan dat Stalin het dus nodig vond om weer eens tot in de kleine uurtjes door te vergaderen. Dit telefoontje is heel ongebruikelijk. Het vage licht dat door de spleet tussen de gordijnen de kamer binnenvalt, verraadt dat het schemert buiten. Net.

Hij staat op en ziet dat zijn vader zijn ochtendjas heeft aangeschoten. Hij heeft donkere wallen onder zijn ogen. 'Gaat het, pap?' vraagt hij.

Igor knikt. 'Ik moet alleen weg. Er is iets aan de hand. Kameraad Stalin heeft het Politbureau bijeen geroepen. Over een halfuur komen ze bij elkaar.'

'Zijn de Duitsers het land binnengevallen, denk je?'

Igor wenkt Misha en neemt hem stevig in zijn armen. 'Dit wordt een tijd om dapper te zijn, Mikhail. Dit wordt onze zwaarste beproeving.'

Misha zet koffie voor zijn vader, die zich ondertussen aankleedt. Ze eten samen een gehaast ontbijt. Rond half vijf verlaat Igor het appartement; hij zegt tegen Misha dat hij waarschijnlijk zijn eigen avondeten klaar zal moeten maken. Hij zal proberen te laten weten hoe laat hij thuis is, maar Misha moet hem onder geen beding op kantoor komen storen.

Zodra Igor weg is, doet Misha de radio aan. Geen van de Sovjetkanalen zendt iets uit, dus draait hij langzaam aan de knop en struint de andere kanalen af. Tussen het onverstaanbare buitenlandse gebrabbel door hoort hij de namen van steden dicht bij de Duitse grens, zoals Minsk en Odessa, en hij vraagt zich ogenblikkelijk af of die soms gebombardeerd zijn. Elena, zijn zus, woont in Odessa. Op een van de zenders herkent hij de taal als Duits. De verslaggever klinkt verbeten en enorm opgewonden, op de achtergrond klinkt marsmuziek. Dit keer hoort hij ook Kiev noemen, waar Victor woont. Als al die grote, regionale hoofdsteden worden aangevallen, moet het om een aanval van enorme omvang gaan. Misha wordt misselijk van angst en zorg. Het is nog maar zes uur in de ochtend; hij duikt toch zijn bed maar weer in en valt in een onrustige slaap. Buiten klinkt voortdurend gebrom van auto's en vrachtwagens. Het is een komen en gaan van mensen in het Kremlin. Hij droomt van Valya, ziet haar als een *kolchoz*-arbeider gekleed naar het front marcheren, een Simonov-geweer over haar schouder. Haar afdeling marcheert in een grote parade over het Rode Plein. Ze ziet hem in de menigte, draait zich naar hem toe en schreeuwt iets wat hij niet kan verstaan.

Rond acht uur wordt hij weer wakker; het is nu helemaal licht. Het is zwaarbewolkt en de lucht ziet er passend dreigend uit. Misha vraagt zich net af of het nog te vroeg is om al naar de Golovkins te gaan, als er op de deur wordt geklopt. Misha weet meteen dat het Valya is. Ze draagt hetzelfde katoenen jurkje als gisteren, dit keer met een blauw vest erover.

'Ik heb pasteitjes meegenomen,' kondigt ze aan, en ze loopt de kamer in alsof het de hare is en plant de tas die ze bij zich heeft op tafel.

'Papa werd om vijf uur vanochtend opgeroepen,' zegt ze.

'De mijne ook,' zegt Misha.

'Ik ga me meteen melden als vrijwilliger. Ga je mee?'

'Mij willen ze niet, Valya. Ik ben te jong.'

'Ik bedoel ook niet dat jij je aan moet melden, Misha. Ik wil helemaal niet dat jij naar het front gaat. Veel te gevaarlijk en, ja, jij bent nog te jong. De meesten van ons die wel gaan, komen niet terug, maar ik kan hier niet een beetje gaan zitten duimendraaien tot de Hitlerieten op komen dagen. Ik moet iets doen.'

'Wat vindt je vader ervan?'

'Die weet van niks.'

'Valentina! Als ik met je meega en hij komt erachter… Dan is hij straks woest op me.'

'Ik ga, Misha. Sowieso. Ga mee als je wilt, ga niet mee als je niet wilt.'

Zwijgend eten ze pasteitjes. 'Goed dan,' zegt Misha na de laatste hap, 'ik ga met je mee. Maar eerst even horen of er nog iets op de radio is.'

Inmiddels zenden de Sovjetradiozenders wel uit. Een van de verslaggevers kondigt aan dat er om twaalf uur een belang- rijke radiotoespraak gehouden zal worden.

'Dan gaan we zo de straat op,' zegt Valya. 'We weten waar dat over gaat, maar er wordt nu geschiedenis geschreven. Daar willen we bij zijn. Dit vergeten we ons leven lang niet meer, wat er van dat leven dan ook overblijft.'

'Dappere dame,' mompelt Misha, half spottend, half bewonderend.

'Ik ben doodsbang, als je het echt weten wilt.' Ze lacht zenuwachtig. 'Knap jezelf een beetje op. Je weet nooit: straks zitten we in een nieuwsuitzending en dan moeten we er een beetje dapper en vastberaden uitzien, toch? Om half twaalf ben ik terug.'

Dit keer heeft Valya haar rode jurk aan, in haar haren een bijpassend rood lint. Misha draagt zijn beste tweedjasje. Ze neemt zijn arm. Ze wandelen via de Drievuldigheidstoren het Kremlin uit, de Gorkistraat in, waar het helemaal volgepakt staat met grimmig en bezorgd kijkende mensen. Velen staan met familieleden en vrienden in kleine groepjes bij elkaar, de armen in elkaar gehaakt. Door de luidsprekers op straat klinkt stoere marsmuziek, niet zo heel verschillend van de muziek die Misha op die Duitse zender heeft gehoord; voor een zondagochtend is dat heel ongewoon. Dan stopt de muziek, verstomt het rumoer van de menigte en daalt een gespannen stilte neer op de stad.

Misha had verwacht dat hij Stalin zou horen, maar tot zijn verrassing is het Molotov, die aarzelend begint te spreken.

*Burgers van de Sovjet-Unie! Vandaag, om 04:00 uur
's ochtends, zijn Duitse troepen, zonder enige eisen te
hebben gesteld aan de Sovjet-Unie en zonder oorlogs-
verklaring, ons land binnengevallen... Deze ongehoorde
aanval op ons land is een verraderlijke handeling die
zijn weerga niet kent in de geschiedenis van de gecivi-
liseerde volkeren... Het Rode Leger en ons hele volk zullen opnieuw een triomfrijke vaderlandse oorlog voeren
voor het moederland, voor eer en voor vrijheid... Onze*

zaak is rechtvaardig. De vijand zal worden vernietigd.
De overwinning zal aan ons zijn.

Misha en Valya staan dicht tegen elkaar en het lijkt alsof zij de enigen zijn voor wie dit geen verrassing is. Mensen reageren geschokt, overdonderd, sommigen horen het aan terwijl de tranen over hun wangen stromen.

Nadat de radiotoespraak is afgelopen, wandelen Misha en Valya de Gorkistraat af, naar het Militair Wervingsbureau, waar al lange rijen staan.

'Dan kom ik morgen wel terug,' besluit Valya in een opwelling.

Ze slenteren door de straten.

'Ik denk niet dat je gelijk hebt, Valya. Die Duitsers staan hier echt niet binnen een paar weken. Heb je die mensen net gezien? Ze maken zich zorgen, maar dat is logisch. Dat zou iedereen doen. Maar dat zijn mensen die zullen vechten voor wat ze waard zijn! Die zijn bereid hun leven te geven, als het moet. Als ik een Duitser was, hier in Moskou – een diplomaat, of zo; er zullen er vast nog wel een paar rondlopen – dan zou ik het in mijn broek doen. Dan zou ik denken: waar zijn we toch aan begonnen?'

Valya is niet overtuigd. 'Misschien, Misha. Misschien. Maar met moed en vastberadenheid alleen houd je een tank niet tegen. Daar is wel wat meer voor nodig.'

Ze horen gesprekken op straat, maar de meeste mensen lijken maar heel weinig te weten. 'Ons leger hakt ze in de pan. Deze oorlog is in een maand voorbij.' Of: 'Ik hoorde net dat onze troepen Warschau al hebben ingenomen!' Tot nu toe horen ze geen woord over slecht regeringsbeleid, maar dat verwacht je op straat eigenlijk ook niet. Zeker niet als het zo druk is. Ze slaan de hoek om van de Tverskoj Boulevard en Oelitsa Gertsena en zien een oploop bij de sigarenboer. Een ouder, sjofel gekleed dametje met een sjaal om haar hoofd, ondanks het mooie weer, spreekt voorbijgangers aan. Vurig, bijna agressief.

'Dit is Gods straf!' schreeuwt ze. 'God straft ons. Ons allemaal. Honger! Slavernij! Massaslachtingen! God heeft ons de rug toegekeerd, net als kameraad Stalin. Waarom heeft hij die speech niet zelf gehouden? Waarom heeft hij zijn volk niet toegesproken?'

Een man staat met gebalde vuisten en een gezicht dat wit is van woede te luisteren. 'Waar haal je het gore lef vandaan? Dit is de grootste bedreiging van de Revolutie tot nu toe, en jij praat zo?'

Er stappen een paar anderen uit de menigte op de vrouw af en beginnen haar door elkaar te rammelen. 'Lazer op, oud wijf. Je spoort niet,' zegt er een.

Maar het dreigt erger te worden. Twee leden van de militie banen zich vanaf de zijkant een weg door de menigte. Tot Misha's verbijstering aarzelt Valya geen moment, stapt naar voren en pakt de oude vrouw bij haar arm. '*Baboesjka*, toch, zulke dingen kun je niet zomaar zeggen. Kom dan breng ik u naar huis.'

De vrouw kijkt verbaasd, dan kwaad, maar juist op dat moment ziet ook zij de mannen van de militie naderen en ze schrikt zichtbaar. Valya keert zich naar de twee politiemannen en naar de rest van de menigte. 'Kameraden, deze oude vrouw is mijn grootmoeder. Ze is af en toe wat in de war. We waren haar kwijt en ik ben haar gaan zoeken. Ze kraamt soms wat onzin uit, neemt u haar dat niet kwalijk. Ze is de weg een beetje kwijt sinds haar man is overleden.'

97

De stemming in de menigte verandert. 'Houd haar dan achter slot en grendel, dat gekke wijf,' zegt een jonge man. Het klinkt eerder vriendelijk dan ontstemd.

'Kom op, baboesjka,' zegt Valya, en ze trekt zacht aan haar arm. De vrouw schrompelt ineen, van haar boosheid is niets meer over, en ze loopt met Valya mee, de Oelitsa Gertsena af. Misha kan het bijna niet aanzien. De politiemannen lijken wat besluiteloos. Is het de tijd en de moeite waard om je druk te maken om dat ouwe mens? Ze lopen op het tweetal af en Misha houdt zijn hart vast. Hij overweegt om tussenbeide te komen, maar dat kan de zaak alleen maar erger maken.

Hij blijft een paar passen achter hen lopen. Een van de twee agenten grijpt de vrouw ruw bij een arm. 'Hé, ouwe zeug. Blijf eens even staan. Wat liep je daar nou net te schreeuwen?'

Valya draait zich om en kijkt de man recht in zijn ogen. 'Kameraad, mijn grootmoeder is niet in orde. Ze lijdt aan toevallen. Ik breng haar nu naar huis.'

De andere politieman staat pal achter de eerste. Misha herkent hem: het is een van de twee mannen die hen een tijdje geleden aanspraken, bij dat ongeluk met de jongen die omver gereden was.

Hij praat een moment met zijn collega en keert zich dan naar Valya. 'Goed, jongedame, neem haar maar mee. Maar houd haar in de gaten. Als zoiets nog een keer gebeurt, zullen we haar mee moeten nemen.'

Hij wacht tot de politiemannen uit het zicht zijn, versnelt dan zijn pas en komt naast hen lopen. 'Valya! Wat ben jij in hemelsnaam aan het doen?'

Het oude vrouwtje draait zich met een vinnige beweging

naar hem. 'Galant ben jij, jongeman. Gelukkig is je vriendin niet zo'n schijterd.'

'Nee, baboesjka,' zegt Valya. 'Hij had gelijk dat hij zich er niet mee bemoeide.' Ze heeft een blos op haar wangen en haar handen trillen een beetje. 'Herinner jij je die lange nog, Misha? Die hield ons ook aan toen we die jongen geholpen hadden.'

Ze wendt zich tot het oude vrouwtje. 'Waar woont u?'

De vrouw kijkt wantrouwend. 'Ben jij NKVD?' wil ze weten.

'Baboesjka, zien wij eruit als NKVD?' zegt Valya.

Het oude vrouwtje schudt haar hoofd. 'De andere kant uit,' zegt ze. 'We moeten naar de Strastnoy Boulevard.'

'Vergeef me dat ik zo vrijuit spreek, baboesjka,' begint Valya, 'maar u kunt uw mening beter voor uzelf houden. Zeker in een tijd als deze.'

Het oude mensje kijkt droevig. 'Soms voel ik me zo boos, dan knapt er iets en dan gooi ik alles eruit. Stom, ik weet het, maar ik kan er niets aan doen.'

Ze lopen zwijgend verder. Wanneer ze de Strastnoy Boulevard bereiken zegt ze: 'Komen jullie even mee naar boven? Ik wil jullie graag bedanken.'

13

Misha en Valya zijn te nieuwsgierig om de uitnodiging af te slaan. Het oude vrouwtje leidt hen naar een prachtig gebouw aan de rand van een plein waaromheen een weg met drie rijbanen loopt. Ze lopen een met linoleum beklede trap op naar een klein appartement dat uitkijkt op de donkere binnenplaats. Het oude vrouwtje wijst hun een zitplaats en begint zachtjes in zichzelf mompelend te rommelen in de keuken; ze pakt een blik koekjes van een plank, kopjes en lepeltjes uit een kast en zet een pot koffie.

'Antonina Ovetsjkin, aangenaam. Zo heet ik. Maar jullie mogen me ook baba Nina noemen.'

Misha weet niet zo goed wat hij daarvan denken moet. Hij zegt *baba* tegen zijn grootmoeder, maar om iemand die je niet kent nou oma te noemen…

Valya lijkt er geen moeite mee te hebben. 'U hebt uzelf net aardig in de nesten gewerkt, baba Nina. Dat had heel slecht af kunnen lopen.'

'Ja. Dat weet ik zelf ook wel. Maar het is goed gegaan, toch?' Het klinkt bits. Dan wordt ze weer milder. 'Sorry. Ik ben veel te opvliegend, ik weet het. Maar de mensen frustreren me soms zo. Alles slikken ze voor zoete koek! Domme schapen zijn het.'

Valya wil geen gesprek over dit soort zaken met iemand die ze nauwelijks kent en verandert van onderwerp. 'Woont u hier alleen?'

'Mijn man was kolonel in het Rode Leger,' antwoordt ze. 'Hij heeft zijn leven gewijd aan de Revolutie. Maar nu is hij verdwenen. Hij zat bij Toechatsjevski's staf; die zijn allemaal spoorloos. Jij hebt me gered daarnet. Als ze me gearresteerd hadden, zouden ze mijn doopceel hebben gelicht en dan was ik de klos geweest. Als ze me al niet meteen vermoord hadden, was ik in elk geval in een strafkamp beland en dat had hetzelfde effect gehad. Zeker weten.'

Baba Nina praat honderduit over haar kleinzoon Tomil, die ze maar eens per maand ziet omdat haar zoon zo druk is. Over dat hij al zo goed kan lopen en al zijn eerste woordjes zegt.

Maar ze is ook geïnteresseerd in hen en vraagt naar wat zij doen, wat zij van hun leven maken. Valya vertelt dat ze piloot wil worden. 'Een mooie ambitie voor een Sovjetmeisje,' vindt Nina. 'Ik zou alleen willen dat ze onze vliegtuigen wat deugdelijker in elkaar zetten. Die dingen zijn levensgevaarlijk. Wist jij dat de helft van onze piloten bij trainingen omkomt?'

Valya laat zich niet van de wijs brengen. 'Ik kan al vliegen, baba Nina. Dat heb ik bij de Pioniers en de Komsomol geleerd.'

Wanneer ze afscheid nemen, grijpt ze Valya bij de arm. 'Ik ben op leeftijd en een beetje sikkeneurig, maar ik heb nog steeds vrienden, hoor. Ik reken jullie daar nu ook toe.'

Het is al halverwege de middag als ze weer op straat staan. De bewolking is hier en daar gebroken. De hemel schijnt er toch nog een aardige zomerdag van te willen maken. 'Oude mensen praten graag, hè?' zegt Valya. 'Ik denk dat ze veel alleen is. Maar je kunt wel merken dat ze belangrijk geweest is, vind je niet? Ze heeft iets.'

Ze lopen naar het Kremlin terug; bij de winkels waar voedingsmiddelen verkocht worden, staan lange rijen.

Na een tijdje zegt Misha: 'Dat was moedig van je, Valya. Ze hadden je ook op kunnen pakken.'

'Ik laat zo'n oud vrouwtje toch niet voor mijn ogen door een paar agenten in elkaar rammelen? Geen haar op mijn hoofd. Natuurlijk is het stom om midden op straat, waar iedereen bij is, zo tekeer te gaan. Maar was jij doorgelopen als die twee barbaren op haar in waren gaan hakken?'

Misha geeft het niet graag toe, maar waarschijnlijk had hij dat wel gedaan. Waarschijnlijk wel. Hij zegt niets.

Valya leunt wat dichter tegen hem aan. 'En ze had wel een punt, vond ik: waarom hield Molotov die toespraak? Kameraad Stalin had zelf het lef moeten hebben om het volk toe te spreken.'

De volgende dag meldt Valya zich aan bij de partizanen, ook al vraagt Misha haar om daar nog een keer heel goed over na te denken; als de Duitsers haar te pakken krijgen, maken ze haar af. Haar naam en andere gegevens worden genoteerd en ze krijgt instructies om nadere orders af te wachten.

Misha schrijft zich in als vrijwilliger bij de luchtafweer. Hij krijgt een opleiding om vliegtuigen te kunnen herkennen. De Duitse bommenwerpers zien er veel geavanceerder uit dan het materieel waarover de Sovjets beschikken, vindt hij. Waar het die bommenwerpers betreft, krijgt Valya gelijk en Igor ongelijk. Er vindt in die eerste week wel een aantal oefeningen plaats, voor het geval er luchtaanvallen volgen, maar er verschijnen geen bommenwerpers boven Moskou. De nazi's kunnen de afstand nog niet overbruggen. Maar Misha heeft het verlammende voorgevoel dat die hoekige, sinistere silhouetten uit de handleiding van zijn opleiding maar al te snel aan de hemel zullen opdoemen.

Tijdens die eerste oorlogsdagen ziet Misha zijn vader nauwelijks. Igor Petrov komt diep in de nacht thuis en wanneer hij opstaat – meestal om een uur of acht – rept hij zich, zonder te ontbijten, weer als een haas naar zijn kantoor in het Senaatsgebouw.

Het is bijna een week na de invasie als Misha en zijn vader weer een keer samen aan tafel zitten. Igor ziet er verlopen uit en Misha vindt het een prettig idee dat hij in elk geval weer eens een fatsoenlijke maaltijd voor hem klaar kan maken. 'Wat een drama,' begint Igor. 'Ik kan je niet vertellen hoe verschrikkelijk de afgelopen dagen zijn geweest. De Vozhd raast en tiert aan een stuk door en blaft werkelijk iedereen af. Zelfs dat blok graniet van een Zjoekov barstte op een gegeven moment in tranen uit. De Hitlerieten zijn al vijfhonderd kilometer doorgedrongen op ons grondgebied. In nog geen week. Minsk is gevallen, Vilnius... Odessa wankelt. De verwachting is dat Smolensk er binnen een week aan gaat. Het ergste is dat hij het leger verbiedt om zich terug te trekken. We hebben al een half miljoen mannen verloren, *in een week tijd*! En die zogenaamde onoverwinnelijke luchtmacht van ons... Op de eerste dag zijn er duizend vliegtuigen vernietigd. Duizend! Op één dag.'

Zijn stem breekt. Hij lijkt wanhopig. Dan gaat hij verder. 'Wat zal er van Elena worden? Had ik haar maar kunnen waarschuwen...'

'Best kans dat het haar gelukt is om op tijd weg te komen, pap. Misschien zit ze al wel in de trein en is ze nu met Andrej onderweg maar Moskou.'

'Mikhail, ik heb je weleens eerder gezegd dat ik die vent van haar niet zo hoog heb zitten. Soms vraag ik me af of hij iets met de verdwijning van je moeder te maken heeft.'

Misha voelt zich onpasselijk worden. Als dat zo zou zijn, kan en wil hij Andrej nooit meer onder ogen komen.

Igor maakt een afwerend gebaar. 'Dat weet ik niet, hoor. Het is alleen maar een gevoel. Iemand heeft de NKVD iets ingefluisterd wat je moeder een paar jaar geleden gezegd zou hebben, dat was genoeg. Maar Andrej zou zijn eigen moeder nog verlinken als hij er zelf beter van kan worden, als je het mij vraagt. Hoe het met hem gaat, interesseert me geen fluit, maar ik zou heel graag iets van Elena horen. Zeker omdat de Vozhd volgens mij geen enkele waarde hecht aan het leven van burgers. Er is alleen maar aandacht voor militaire activiteiten, alles is gericht op de weerbaarheid van ons leger.'

* * *

Die eerste paar dagen van de oorlog gaat het leven min of meer zijn gewone gangetje. Misha spreekt na school af met Nikolai, Yelena en anderen; vaak in het Gorkipark, waar ze hele einden langs de kade van de Moskva slenteren. Als het weer goed is, gaan ze naar de schaakhoek in het park en brengen de middag door met het verschuiven van de levensgrote stukken die daar op de borden in het plaveisel zijn neergezet. Ze praten over vrienden en familieleden die naar het front zijn gegaan en over hun hoop op een snelle zege.

Tot nu toe heeft geen van hen nog gehoord van een bekende die gesneuveld is. De kranten schrijven met geen woord over de aantallen slachtoffers bij de gevechten. Bijna iedere dag zijn er luchtalarmoefeningen, maar bommenwerpers worden vooralsnog niet gesignaleerd.

Yelena had wat verlegen geglimlacht toen ze elkaar weer zagen. Misha voelt zich er wel een beetje lullig over dat hij haar in de weken na het feest niet een keer heeft gebeld, maar hij heeft geen bijzondere gevoelens voor haar en wil geen verkeerde indruk wekken.

Behalve de oefeningen voor een luchtaanval en de training voor de luchtafweereenheid heeft Misha niet veel te doen. Aan het eind van de eerste week van juli lukt het nog wel om een dagje naar de datsja van de Petrovs te gaan, maar de stemming is toch wat bedrukt. Zelfs als Nikolai op de heenweg, in de trein naar Mesjkovo, een fles wodka uit zijn rugzak haalt, wordt het er nauwelijks beter op. Het voelt gewoon niet goed om feest te vieren terwijl zich aan de horizon duistere wolken samenpakken.

Ze komen vlak na het middaguur aan. Misha verzamelt wat takken voor het houtfornuis in de keuken, om water voor koffie te kunnen koken. Nikolai is er voor het eerst en loopt zonder enige gêne rond te snuffelen. 'Hoogverraad… formalistisch… kleinburgerlijk…' roept hij honend, terwijl hij langs de oude kindertekeningen en -schilderijtjes van de Petrovs loopt, die nog altijd aan de muur in de woonkamer hangen. 'Onmiskenbaar het werk van vandalen en saboteurs.'

'Laat hem!' lacht Yelena. 'Dat zijn stuk voor stuk schoolvoorbeelden van werk uit de echte arbeiderscultuur.'

Misha glimlacht. Hij houdt wel van dit soort geintjes.

Valya spreidt op het grasperk voor de datsja een kleed uit en zet daar de meegenomen schalen tomaten, augurk, ham en roggebrood op.

Nikolai kijkt er met genoegen naar. 'Wat een feestmaal!' zegt hij bewonderend. 'In de winkels is al maanden geen ham meer te krijgen.'

Valya knipoogt. 'Dat heeft mijn vader van kantoor meegenomen. Anders was het weggegooid. En mijn moeder heeft bij haar leven zo verschrikkelijk veel augurk ingemaakt, dat we daar de twintigste eeuw met gemak mee uitzingen.'

Ze strijken neer op het kleed in het gefilterde licht van de bossen rondom, en genieten van de warmte van de zomermiddag. Misha nipt voorzichtig aan het glaasje wodka dat Nikolai voor hem heeft ingeschonken. Hij weerstaat de neiging om het in een keer achterover te gooien als Yelena een toost uitbrengt. 'Op een zekere overwinning!'

Hij moet oppassen dat hij zijn mond nu niet voorbijpraat en zijn vrienden in de gaten krijgen hoeveel hij weet. Hij merkt dat ook Valya wat gereserveerd is. Niet dat hij hen niet vertrouwt, maar je weet nooit of een van hen niet per ongeluk een keer iets laat vallen; 'Misha zei... en zijn vader werkt in het Kremlin.' Zoiets komt gegarandeerd bij de NKVD terecht en dan wordt er op een nacht op de deur gebonsd en zijn pap en hij allebei het haasje.

Maar als hij zo naar hun gesprekken luistert, weten zijn schoolkameraden al aardig goed hoe ze de informatie die de Sovjet Staatsradio hen voorschotelt, moeten interpreteren. Ze hebben een behoorlijk helder beeld van de snelheid waarmee de Duisters oprukken, omdat de steden waar de 'soldaten van het Rode Leger heroïsch weerstand bieden tegen de indringers' steeds dichterbij liggen.

Minsk, de grootste stad in Wit-Rusland, is in de eerste week na de invasie al gevallen. Ook Dvinsk en Riga zijn ingenomen. Vlak bij of in Kiev en Smolensk wordt gevochten.

'Als je naar de kaart kijkt, zijn ze in de eerste paar dagen driehonderd kilometer verder gekomen,' rekent Nikolai hen voor.

Valya vult aan: 'Als het in dit tempo doorgaat, zijn ze binnen een maand hier.' Dan herinnert ze het zich. 'Woont jouw zus Elena niet in Odessa, Misha?'

Misha knikt. 'En Viktor in Kiev. Hij loopt echt gevaar nu, neem ik aan. We hebben van geen van beiden iets gehoord.'

Valya huivert, hoe warm het ook is. 'Ik heb het gevoel alsof we in zo'n Amerikaanse horrorfilm zitten. *Frankenstein* of zo, of *Dracula*. Je weet wel, waar de inwoners van een dorp niks anders kunnen doen dan wachten tot het monster opduikt en dood en verderf onder hen komt zaaien.'

'Ik maak me ook zorgen om jou, Valya,' zegt Nikolai. 'Dat jij je bij de partizanen aangesloten hebt.'

'Ik weet niet of ik me daar vrijwillig voor zou aanmelden, hoor,' zegt Yelena.

De rest mompelt instemmend.

Valya slaat een arm om Yelena en drukt haar even tegen zich aan. 'Ik wacht nog op orders. Hoe eerder ik ga, hoe beter. Ik moet iets omhanden hebben, anders word ik gek.' Ze lacht. 'Beter dat dan met de armen over elkaar wachten op het ergste.'

Misha begrijpt het wel. 'Ik had nooit gedacht dat ik school nog een keer zou missen, of dat de vakantie me te lang zou duren,' zegt hij. 'En de lessen in de fabriek zijn ook afgelast nu we oorlog voeren.'

Valya wordt serieus. 'Daarom wil ik naar de partizanen. Als

je gaat, een training volgt en je dan aansluit bij een gevechts-
groep, heb je in elk geval het gevoel dat je een verschil kunt
maken.'

Laat in de middag breken ze op en keren terug naar Moskou. Nadat ze op station Brjansk afscheid hebben genomen
van de anderen, wandelen Misha en Valya zwijgend naar
het Kremlin.
Als Misha thuiskomt, is de deur van het appartement niet op
slot. Zijn vader is thuis. Er is iets gebeurd.
Igor zit aan de keukentafel en schenkt zich net een glaasje
wodka in. Hij draait zich om, grijnst en slaat het glaasje in
een keer achterover. 'Misha! Goed nieuws. Elena is op tijd
uit Odessa weggekomen. Ik weet niet hoe het met Andrej
is, maar zij is in elk geval per trein oostwaarts gegaan. Er
lag een kaartje in de brievenbus toen ik thuiskwam.'
'Waar gaat ze heen?' vraagt Misha.
'Dat weet ik niet. Maar ze is voorlopig uit de gevarenzone.'
'Wat zal er van Viktor worden?' vraagt Misha.
'Ik denk dat Viktor zich aanmeldt bij de partizanen. Hij zei
altijd al dat het pact met de Duitsers geen stand zou houden
en dat hij zich dan zou gaan melden. Ik hoop maar dat hij
wegkomt voordat de Hitlerieten er zijn. Ik heb rapporten
gelezen waarin staat dat ze Partijleden zonder pardon over-
hoop schieten, gewoon aan de kant van de weg. Als ze bij
iemand een lidmaatschapskaart vinden, is hij aan de beurt.'
Hij is even stil en kijkt zijn zoon ernstig aan. 'Misha, als de
oorlog zo doorgaat, zijn ze voor de zomer voorbij is hier.'

Daarna verdwijnt Igor. Een week lang. Misha verneemt geen
enkel teken van leven van hem; niet thuis, maar ook niet in

het Kremlin, en na een paar dagen begint hij zich zorgen te maken. Hij klopt bij de Golovkins aan en vraagt Valya of zij haar vader de afgelopen dagen wel heeft gezien.

'Hij heeft elke dag gewerkt,' zegt ze. 'De hele dag. Meestal was hij maar een paar uur thuis, hooguit. Ik zal hem wel eens vragen naar jouw vader.'

Een paar uur later komt ze langs. 'Volgens mij gaat het wel goed met je vader, Misha. Papa vertelde dat hij en kameraad Stalin in de datsja in Kuntsevo zitten. De staf in het Kremlin probeert al dagen contact met de Vozhd te krijgen, maar dat lukt niet. Hij neemt geen telefoontjes aan en je vader is degene die dat tegen iedereen mag zeggen.'

Ze blijft voor een kop koffie.

'Heb je al iets van je aanmelding gehoord?' vraagt Misha.

Valya kijkt ineens heel erg geïrriteerd en Misha vraagt zich af of hij het beter niet had kunnen vragen. 'Ze willen me niet. Vanochtend heb ik een brief gekregen. Als ik iets wil, moet ik me maar aanmelden bij het leger en een piloten-opleiding gaan doen.'

'Wat is daar dan mis mee? Je bent gek op vliegen.'

'Ik wil *nu* iets doen, Misha! Dat rondhangen terwijl de Hit-lerieten ons land naar de bliksem helpen... Daar word ik gek van. Het duurt een paar maanden voordat ik ergens in-gekwartierd ben, dan moet ik eerst nog een opleiding vol-gen en wie weet wat er daarna gebeurt. Dan kan ik post rondvliegen in Omsk of Novosibirsk of zo. Of jagers en bommenwerpers vanuit de fabriek naar de piloten vliegen die er daadwerkelijk mee gaan vechten. Zul je net zien.'

'Geduld. Je moet geduld hebben,' zegt Misha.

Ze staat op en geeft hem een por. 'Als je niks beters te zeg-gen hebt, ben ik hier weg.'

'Valya! Ik ben blij dat je niet bij de partizanen gaat vechten. Ik denk dat ik je dan nooit meer terug had gezien.'

Ze kijkt hem aan en schudt haar hoofd. 'Misha, Misha… Er zijn een heleboel mensen die we nooit meer terug zullen zien als dit straks voorbij is.'

* * *

Misha brengt de avonden door op zijn luchtafweerpost, op het dak van Hotel Metropole. Hij is ingeroosterd met een aantal Jonge Pioniers en andere Komsomolrekruten en werkt soms de hele nacht door. Dan is hij blij dat er geen school is en hij tot een uur of een of twee in de middag uit kan slapen. Op een dag, na een avonddienst, hoort hij de deur. Pap is weer thuis.

Igor ziet grauw van vermoeidheid, maar weet er toch een glimlachje uit te persen. 'Kom zitten. Ik moet je iets vertellen. Goed nieuws.'

Misha schuift nieuwsgierig aan de eettafel. 'De Vozhd is terug,' begint Igor. 'Ik heb een week bij hem in Kuntsevo gezeten. Volgens mij is hij de hele tijd alleen maar ladderzat geweest. Ik had de strikte opdracht om iedereen die contact zocht, te laten weten dat hij niet beschikbaar was. Geen telefoontjes, geen bezoekers. Het halve Politbureau heeft me de huid vol gescholden, de halve legerleiding. Op een gegeven moment was ik echt aan het eind van mijn Latijn. Zo kun je geen land besturen als het oorlog is. Gisteren stonden Mikojan, Beria en Molotov op de stoep. Ik zag aan Stalin dat hij dacht dat ze hem kwamen oppakken, maar ze smeekten hem op hun blote knieën of hij alsjeblieft terug wilde komen. Ik stond daar maar een beetje in de hoek; het liefst was ik onzichtbaar geweest. Maar hij is terug. Nu gaat het veranderen. Ik denk dat het allemaal wel goed komt.'

14

eind juli 1941

*I*n heel Moskou verschijnen posters van een stoere jonge vrouw met een rode hoofddoek, de wijsvinger streng geheven, op elkaar geperste lippen. 'Niet kletsen,' staat er in grote, waarschuwende letters. 'Wees op je hoede. In deze dagen hebben de muren oren. Van roddel naar verraad is maar een kleine stap.'

Telkens als hij die poster ziet, krimpt Misha een beetje in elkaar. Hij en Valya roddelen aan een stuk door en zijn vader voert hem voortdurend met nieuwe dingen waarvan hij drommels goed beseft dat ze eigenlijk niet voor zijn oren bestemd zijn. Maar hoe moet je anders weten wat er echt aan de hand is?

Het is heel bizar om maar gewoon door te gaan met je leven terwijl er de vreselijkste dingen gebeuren. Misha blijft maar denken aan die duizenden vliegtuigen die op de startbaan al kapot gaan en nooit het luchtruim zullen kiezen. Als geplette vliegen op een autoruit. Hoe kan het dat het leger zo slecht is voorbereid? Hoe moeten ze die Hitlerieten ooit terugdrijven als er al zo veel vernietigd is? Pap vertelt de laatste tijd niet zo veel meer over het verloop van de strijd en reageert kribbig als Misha ernaar vraagt. Misschien vindt Igor dat hij zijn zoon al veel te veel heeft verteld? Misha doet daarom wat iedereen doet: hij luistert naar de radio om te horen waar het Rode Leger de laatste 'heroïsche tegenstand' levert.

Maar er is altijd werk voor school te doen, ook nu het vakantie is, en Misha is vastbesloten om dat niet te verzaken. De eerste Duitse bommenwerpers zijn een maand na de invasie verschenen en nu loeien de sirenes vrijwel dagelijks, altijd in de nacht, ergens tussen zonsondergang en zonsopkomst. Iedereen lijdt slaapgebrek en is moe en prikkelbaar. Ook overdag lukt het bijna niet om te slapen omdat timmerlieden in en rond het Kremlin de hele dag bezig zijn om houten nepgebouwen neer te zetten, die de aandacht van de belangrijkste doelwitten moeten afleiden. Als Misha geen dienst heeft bij de luchtverdediging, probeert hij zo veel mogelijk werk gedaan te krijgen voordat de sirenes gaan en hij moet maken dat hij in de schuilkelder komt.

Op een avond, als hij net voor zijn huiswerk gaat zitten, wordt er aangeklopt. Het klinkt dringend. Even denkt hij dat het Valya is, maar als hij de zware houten deur openzwaait, staat Svetlana voor zijn neus, de dochter van de Vozhd. Hij heeft haar sinds de eerste oorlogsdagen niet meer gezien en hoorde dat ze ergens buiten Moskou was gebracht om het gevaar van de bombardementen te ontlopen. Misha heeft Svetlana verschillende keren ontmoet en is bij haar altijd een beetje op zijn hoede. Hij heeft andere kinderen van hooggeplaatste Kremlingezinnen horen fluisteren dat ze een verschrikkelijk verwend en wispelturig nest is.

'Je bent terug,' flapt hij eruit. Ze is veranderd. Volwassener, meer een jonge vrouw. Het is nog maar een paar maanden geleden dat hij dat huishoudsterbriefje van haar aan Stalin las. Hij kan zich niet voorstellen dat ze zoiets nu nog zou schrijven. Ze lijkt ook wat afwezig. De wat misprijzende blik die ze altijd had, is verdwenen.

'Kameraad Petrov,' begint ze stilletjes, 'ik kom je om hulp vragen.'

Misha is stomverbaasd. Met zo veel respect heeft ze hem nog nooit aangesproken. 'Zeg maar Misha,' zegt hij. 'Dat doet iedereen. Wat kan ik voor je doen?'

Ze laat haar hoofd zakken. 'Mag ik binnenkomen, alsjeblieft?' vraagt ze. Dat is al helemaal nieuw. De vorige keren dat ze hem kwam opzoeken, banjerde ze de gang in met de mededeling dat hij haar moest helpen. Als een bevel.

'Ja, natuurlijk. Kom binnen, ga zitten.' Hij wenkt naar de eetkamer. 'Heb je zin in een kopje thee?'

Ze gaat zitten en legt haar zware tas op de tafel. Misha roept zijn vader. 'Svetlana is hier! Op bezoek.'

Igor komt binnen en begint meteen zenuwachtig te doen. Ze vertelt dat ze net terug is uit Sotsji, bij de Zwarte Zee, en dat ze een paar dagen in Moskou zal blijven voordat er besloten wordt waar ze hierna naartoe wordt gestuurd. 'Maar ik wil hier blijven, bij papa. Het gevaar met hem delen,' zegt ze. Misha voelt een steek van bewondering voor haar, iets wat hij nooit eerder gehad heeft.

'En wat kunnen wij voor je doen?' vraagt Igor vanuit de keuken. Hij heeft het klusje van theezetten van Misha overgenomen. 'Ik kom voor Mikhail,' zegt ze. 'Misha's ster als Shakespearedocent blijft maar stijgen. Ik moet van mijn leraar literatuur een essay schrijven. Hij wil weten wat ik van *Antonius en Cleopatra* vind. Ik moet de betekenis van een redevoering uit dat stuk uitleggen.'

'Dan laat ik jullie tweeën alleen,' zegt Igor, terwijl hij drie koppen vult met hete, sterke thee. Hij zet twee mokken op tafel en neemt de derde mee naar zijn studeerkamer.

Svetlana glimlacht en pakt een boek uit haar tas. 'Het gaat om de redevoering over de avond, over de avondlucht. Ik moet in gewone taal uitleggen wat die betekent.'

Misha is dol op die rede. Hij zou hem heel graag in het Engels willen lezen, maar die taal beheerst hij nauwelijks. Hij kent een paar korte zinnetjes – 'How do you do?' en 'Thank you' – meer niet.

'Heb jij ook Engels?' vraagt hij Svetlana. Ze knikt afwezig. 'Ik zal je helpen, maar wil jij dan iets voor mij doen? Als jij de Engelse versie kunt bemachtigen, wil je die dan voorlezen voor me? Dan kan ik horen hoe Shakespeare wilde dat het zou klinken.'

Aan de manier waarop haar ogen door de kamer flitsen, ziet Misha dat die vraag haar wat rauw op haar dak valt. Ze is het niet gewend om gunsten uit te ruilen. Maar ze glimlacht. Ze raken in gesprek over het stuk, over dat 'een blauwachtig voorgebergte' een landtong is die een eind de zee in steekt en dat 'de tekenen van de duistere avond' gaat over de prachtige vergezichten en geluiden van de nacht. Tijdens zijn uitleg bedenkt Misha dat zijn eigen leraar hem goed heeft onderwezen. Maar het valt hem ook op dat Svetlana niet erg oplet en met haar gedachten heel ergens anders lijkt te zijn. Ze is er wel, maar in gedachten is ze ergens anders.

'Je bent zo afwezig,' zegt Misha. 'Maak je je ergens zorgen over, of zo? Ik hoop dat alles goed is met je?'

Ze kijkt om zich heen, alsof ze zeker wil weten dat er buiten hen niemand in de eetkamer is. 'Kameraad Mikhail,' fluistert ze. 'Wij kennen elkaar nu al een paar jaar. Onze vaders zijn oude vrienden. Ik moet met iemand praten die ik kan vertrouwen. Kan ik jou vertrouwen?'

Misha knikt en vraagt zich af wat er in vredesnaam zal volgen. Ze rommelt in haar leren schoudertas en vist er een tijdschrift uit dat Misha nooit eerder heeft gezien; het schrift is volkomen onleesbaar. Hij herkent het lettertype als westers – Roman, heet het – maar hij begrijpt er ongeveer evenveel van als van Egyptische hiërogliefen.

'Mag jij die dingen hebben?' stamelt hij stomverbaasd. Alles wat westers is, wordt door de Sovjetregering als heel verdacht beschouwd.

'Natuurlijk mag ik dat,' zegt ze ongeduldig en wat geïrriteerd. 'Ik studeer Engels, weet je nog? Papa wil dat ik Engels kan praten met buitenlandse bezoekers. Maar, hier, moet je eens kijken. Dit las ik vandaag.' Ze bladert naar een pagina waarop Nadja Stalin, met de peuter Svetlana in haar armen, vanaf een zwart-witfoto de lezer aankijkt. Misha ziet dat Svetlana op haar moeder lijkt, zeker nu ze wat ouder wordt. Svetlana kijkt boos op die foto, maar het lijkt Misha beter daar maar geen opmerking over te maken.

'Moet je kijken,' zegt ze heel stil. Ze leest de eerste regels en vertaalt die meteen. 'Stalins vrouw, Nadezjda Alliloejeva, gefotografeerd met haar dochter, Svetlana. Nadezjda, beter bekend als Nadja, heeft zichzelf in 1932 een kogel door het hoofd geschoten.'

'Maar ze is aan een blindedarmontsteking gestorven,' zegt Misha. 'Dat weet iedereen.'

Svetlana kijkt hem niet aan. Ze staart naar de foto. Voor het eerst vallen Misha haar zuivere, bijna doorschijnend lichte huid en lichtrode haar op. Ze wordt een heel mooie vrouw.

'Ze heeft me nooit echt leuk gevonden, weet je. Moet je zien hoe ongelukkig ik eruitzie op die foto. Maar ze heeft een moeilijk leven gehad, volgens mij. Ik denk dat ze zichzelf echt een kogel door het hoofd heeft geschoten. Papa vertelt nooit iets over haar. Ik heb geleerd het maar niet meer over haar te hebben.'

'Dit is kapitalistische propaganda, bedoeld om je vader zwart te maken,' zegt Misha. 'Daar moet je geen aandacht aan besteden.'

'Nee, dat geloof ik niet,' zegt ze nadenkend. 'Dit is de *Illustrated London News*, een vooraanstaand en respectabel tijdschrift. Ik heb 'm vaak gelezen en de artikelen die ze plaatsen, lijken me altijd heel goed onderbouwd; volgens mij kloppen ze. De Britten zijn bondgenoten, weet je. Er staan hier ook artikelen in over hoe dapper onze soldaten de nazi's weerstand bieden en hoe vastberaden papa is om ons land naar de overwinning te leiden. Waarom zouden ze zoiets plaatsen als het niet waar is? Om te jennen, of zo? Dat geloof ik niet. Volgens mij klopt het. Ik denk dat papa haar ertoe gedreven heeft. Ik denk dat ze zo afstandelijk tegen mij deed omdat ze zo ongelukkig was met hem.'

Misha durft zich er niet over uit te laten; als hij er al een mening over zou hebben, en dat heeft hij niet.

Svetlana merkt dat hij zich er wat ongemakkelijk bij voelt. Ze legt een hand op zijn arm. 'Het spijt me dat ik je lastigval met mijn sores,' zegt ze. 'Maar ik wil je vragen om met niemand te praten over wat ik je net heb verteld.'

'Ik houd mijn mond, zoals een goed communist betaamt. Beloofd,' zegt Misha haastig. Er valt een wat ongemakkelijke stilte. Dan zegt hij: 'Zullen we dan maar verder met Antonia's rede?'

Ze schudt haar hoofd. 'Nee. Je hebt me prima geholpen. Ik weet genoeg.' Ze begint haar boeken en aantekening bij elkaar te rapen.

'Kom, dan wandelen we nog een stukje langs het water,' stelt ze voor. 'Het is zo'n prachtige avond.'

Het is een beetje een vreemd voorstel, maar Misha vindt het niet erg. Ze heeft hem in vertrouwen genomen, misschien vindt ze het gewoon prettig om hem nog wat langer in de buurt te hebben.

Ze wandelen naar de brede boulevard langs de Moskva en staren over het water naar de avondlucht; het is bijna donker en de kleuren aan de donkere hemel zijn overweldigend. De atmosfeer is zwaar van de warmte en de geuren van de warme zomerdag. Hoog boven hen cirkelen zwaluwen. 'Het is hier prachtig,' zegt Misha. Hij staart naar het water, kijkt naar het handjevol voetgangers dat zich over de Kremljovska-ja haast. De gebouwen langs de Sofiskaja, aan de overkant van de Moskva, zijn door de avondnevel en de schemering nauwelijks te zien.

Ze blijven een paar lange seconden bewegingloos staan, hun lichamen dicht tegen elkaar, bijna zo dicht dat ze elkaar raken. Misha moet denken aan Valya's plagerijtjes en hoopt maar dat Svetlana niet echt een oogje op hem heeft. Hij begint haar aardig te vinden, maar haar als vriendin heeft iets van verliefd zijn op een schorpioen. Maar de Vozhd zal hem veel te min vinden voor zijn dochter; dat stelt hem gerust.

Dan snijdt het golvende, mechanische gehuil van de sirenes van het luchtalarm door de avond. 'Ze zijn vroeg vandaag,' zegt Svetlana kalm.

Ze kijken hoe drommen ambtenaren en secretarieel perso-neel richting de pas gebouwde schuilkelders onder de pleinen en tuinen van het Kremlin stromen. Niemand lijkt zich erg te haasten, niemand lijkt al te bezorgd. Het gebeurt tenslotte vaak genoeg dat de sirenes wel afgaan, maar dat er niets gebeurt. Misha weet niet goed of hij haar nu eerst naar haar eigen schuilkelder moet begeleiden of dat hij moet wachten tot Svetlana aangeeft dat hij wel kan gaan.

Dan horen ze het vage gebrom van vliegtuigmotoren en meteen daarna het geratel van afweergeschut. De Duitsers zijn er al.

'Die zijn onder dekking van de mist en de schemer stiekem aan komen vliegen,' zegt Misha. Hij probeert de angst uit zijn stem te weren. De schuilkelder die de Petrovs toegewezen hebben gekregen, ligt vlak tegen de noordelijke muur rond het Kremlin. De eerste bommen vallen: een zwaar, dof, krakend geluid – krboemm, krboemm!, KRBOEMM! – dat snel dichterbij komt. De bommen worden in korte reeksen afgeworpen en komen in razendsnel opeenvolgende ontladingen neer. Soms blijft het bij de misselijkmakende serie dreunen, maar meestal volgt daarna het geraas van ineenstortende gebouwen.

De laatste explosie is zo dichtbij dat iedereen de flits ervan ziet; Misha ziet uit zijn ooghoek brokstukken door de lucht vliegen. Svetlana grijpt hem bij zijn arm. 'Kom mee naar mijn schuilkelder,' zegt ze. 'Die is dichterbij.'

Dan zetten ze het op een lopen, net als iedereen. Stalin en zijn gezellen hebben een eigen schuilkelder, die net is ingericht aan de rand van Het Hoekje, vlak bij de vertrekken en kantoren van de Vozhd. De twee soldaten bij de ingang laten Svetlana en haar gast zonder een enkel woord door. Misha ziet bij de eerste oogopslag dat dit een schuilplaats van een heel andere orde is. Ook hier ziet hij een menigte gespannen en bange mensen, maar het is er lang niet zo vol als in de andere schuilkelders van het Kremlin. In plaats van de gewone witgepleisterde betonnen muren en een vochtige lucht van aarde en menselijke ontlasting, ruikt hij hier de geur van politoer op de houten panelen aan de wand; de vloer is van glimmend gewassen parket. Meteen rechts naast de zware, stalen toegangsdeuren bevindt zich een commandoruimte, net zoals het vertrek in Het Hoekje dat hij vaak heeft helpen schoonmaken en opruimen; het heeft dezelfde kaarten en portretten van Lenin en Stalin aan de muur.

De deuren sluiten met een doffe bons; Misha vraagt zich af waarom die twee soldaten aan weerszijden op wacht blijven staan. Boven hen dreunt een enorme explosie, de lampen flikkeren even. Mensen houden hun adem in en Misha ziet de spanning op de gezichten. Hij voelt zich volkomen veilig, veel veiliger dan anders. Hij weet zeker dat Stalins schuilkelder dieper ligt en een stuk veiliger is dan alle andere.

Naast de commandoruimte bevindt zich een eetkamer met een lange tafel die is gedekt met kanten kleden en kistallen glazen. Aan weerszijden van de lange gang bevinden zich meerdere vertrekken met gesloten deuren. Misha en Svetlana lopen snel naar de grote zaal, helemaal achter in de schuilkelder. De ruimte loopt snel vol. Misha kijkt om zich heen en herkent veel Sovjetleiders. Molotov is er en Rokossovski en Beria. Dan ziet hij ineens Stalin, die hem recht aankijkt. De donkere ogen boren zich in de zijne en houden zijn blik vast, terwijl de Vozhd met een volkomen onbewogen gezicht een hijs van zijn sigaret neemt. Misha vraagt zich af of dit is hoe een muis zich voelt, vlak voordat hij wordt verslonden door de slang die hem te pakken heeft. Het lijkt of hij zegt: 'Wat doe *jij* hier?'

Stalin wendt zijn blik af en verbreekt daarmee de verlammende betovering, buigt zich naar een grote, vierkant gebouwde man naast hem en fluistert iets in diens oor.

'Svetlana, moeten we je vader niet even laten weten dat jij me gevraagd hebt om met jou mee te komen?'

'Doe niet zo raar, kameraad Mikhail,' sist ze. 'Waarom zouden we papa lastigvallen met zoiets onbenulligs?'

De assistent beent met een onverholen vijandige uitdrukking op zijn gezicht op Misha af.

Er klinkt een diep, onheilspellend gerommel. De aarde beeft. Iedereen zwijgt op slag. Dan doven de lichten en wordt het pikdonker. 'Kameraden, blijf rustig staan waar u bent, alstublieft. En blijf stil. De lichten zullen zo weer aangaan.' Het is een stem die gewend is te bevelen; Misha herkent hem niet.

Hij voelt dat iemand zijn hand grijpt. Svetlana, dat kan niet anders.

Er volgen meer explosies, eentje zo dichtbij dat er pleisterwerk loslaat en een aantal mensen begint te hoesten. Misha voelt zich verschrikkelijk kwetsbaar in het donker en knijpt in de hand die hem vastheeft.

Na een eeuwigheid flikkeren de lampen een keer en gaan dan weer aan. Mensen stromen de lange gang op. Misha knippert met zijn ogen tegen het plotselinge licht en merkt dan dat Svetlana niet meer naast hem staat. De sirenes loeien opnieuw, dit keer is het de aanhoudende toon die aangeeft dat de kust weer veilig is.

Hij wil graag weg, bang dat die nors kijkende vent hem weer in het vizier krijgt, en schuifelt met de rest mee naar de trappen, richting de uitgang. Hij houdt zijn hoofd omlaag. Het eerste wat hem buiten opvalt, is een penetrante brandlucht, vermengd met de geur van riool en gas, zoals altijd na een luchtaanval. Aan de noordzijde van het Kremlin ziet hij vlammen boven de daken uitkomen; in de zomerse avondlucht boven Moskou hangt een vage smaak van waterdamp uit brandweerslangen. Misha rent in de richting van de brand.

'Terug!' commandeert een agent als Misha vlak bij de bulderende vlammen is. 'Een van de schuilkelders is vol geraakt.' Misha ziet tot zijn opluchting dat het niet de schuilkelder is waar pap en Valya gezeten moeten hebben.

Misha ontwijkt een ambulance die met een noodgang het centrale plein op zwaait, en loopt als in een droom naar de brede straat voor de kathedralen, vanwaar hij uitzicht heeft over zuidelijk Moskou. Alle licht is uitgevallen en het is volkomen donker, maar de stad is een grote lappendeken van grote en kleinere branden. Hij moet denken aan wat Valya zei, over wie er nog zal leven als de oorlog voorbij zal zijn, en huivert. Sirenes en rinkelende alarmbellen van ambulances en brandweerauto's roepen hem terug naar de realiteit van het moment en Misha beseft dat hij moet maken dat hij zich bij zijn eigen Komsomoleenheid voegt om te kijken of hij ergens helpen kan.

15

begin september 1941

Augustus glijdt voorbij in een roes van sirenes, nazibom-
bardementen op de stad en een aanhoudende stroom
van slecht nieuws over de ontwikkelingen aan het front.
Nu hoort Misha, als hij en zijn vrienden bij elkaar zijn, ook
berichten over slachtoffers. Nikolai heeft een neef verloren.
Een oom van Yelena is gesneuveld, vlak bij Orsja. Misha en
zijn vader wachten een jaar lang op nieuws van Viktor en
Elena, maar er is alleen een onheilspellende stilte.

Als Misha de grote brug oploopt, ziet hij dat er weer gewerkt wordt aan het enorme Paleis van de Sovjets, dat langs
de oever verrijst. Er is jarenlang bij vlagen aan gebouwd en
hij heeft geruchten gehoord dat de fundamenten niet sterk
genoeg zijn om het gewicht van het gigantische bouwwerk
te kunnen dragen. Maar nu wordt er weggehaald, in plaats
van opgebouwd. De werkzaamheden op de bouwplaats
gaan dag en nacht door. Kranten melden dat de steigers
rondom de nieuwbouw gebruikt worden voor het maken
van antitankversperringen.

Als Misha in september weer naar school gaat, lijkt de opmars van het Duitse leger niet te stuiten. Leningrad, in het

hoge noorden, is omsingeld. In het zuiden zijn ze doorgedrongen tot de Zwarte Zee en het is een kwestie van
dagen voordat de Krim wordt ingenomen. Krasnograd en
Novgorod zijn al gevallen. Een schamele tweehonderd kilometer scheiden de nazi's nog van Moskou. Dat is een afstand die je met een snelle auto in een paar uur aflegt, zoals
Nikolai fijntjes heeft voorgerekend. Op het moment dat
kapitein Zhiglov zijn dochter Galina naar Koejbyjev, in het
oosten, stuurt, beseft Misha pas echt hoe ernstig de situatie
is. Lydia, de huishoudster, is ook meegegaan. Dat heeft iets
rechtvaardigs. Zij zit met een lastig kind opgescheept, maar
ze is in elk geval veilig.
Misha heeft een vreemd gerucht gehoord over Stalins zoon,
Jakov. Hij zou krijgsgevangen zijn gemaakt bij gevechten
rond Smolensk en de Vozhd zou daarna zijn vrouw en
kinderen hebben laten arresteren. Misha's moeder was bevriend met Jakovs vrouw, Julia, en hij herinnert zich haar
nog wel. Hij vraagt zijn vader ernaar. Igor Petrov kijkt even
wat ongemakkelijk, maar is niet geschokt. 'Dat is een stan-
daardprocedure als een officier zich overgeeft. De Vozhd
kan daarin geen onderscheid maken, natuurlijk.'
Misha schudt vol ongeloof zijn hoofd.

Op de eerste schooldag worden Misha en zijn jaargenoten
bij elkaar geroepen voor een bijzondere bijeenkomst. Misha
is bij Nikolai en Sergei gaan zitten en ziet, een beetje tot zijn
opluchting, dat Yelena aan de andere kant van de aula zit,
een eind bij hem vandaan. Hij kijkt om zich heen en het valt
hem op dat veel van zijn medestudenten er niet zo best uitzien. De oorlog is twaalf weken oud, maar overal om zich
heen ziet hij bleke, ingevallen gezichten; bij velen slobbe-

ren de kleren om het lijf. Alsof het zwervers zijn die niet voldoende voedsel binnenkrijgen. De rantsoenen voor het gewone volk zijn duidelijk een stuk kariger dan die voor de bewoners van het Kremlin. Hij vraagt zich af of het de anderen opvalt dat hij niet magerder is geworden.

'Waar gaat deze bijeenkomst over, denk je?' vraagt Nikolai. 'Informatie over oefeningen bij luchtaanvallen en dat soort oorlogsprocedures, denk ik,' meent Misha. Hij wordt wat onrustig als hij Leonid Gribkov de aula binnen ziet lopen en de meute tot de orde hoort roepen.

'Waarom doet de Komsorg dit en niet Barikada?' fluistert Nikolai. Schoolbijeenkomsten worden meestal door Barikada geleid. Hij was gewoon in de klas, zij het een beetje stiller dan anders. 'Ik zou toch denken dat hij dit prachtig had gevonden,' voegt Nikolai eraan toe. 'Een prachtkans om te schitteren.'

Gribkov neemt inderdaad de procedures bij luchtaanvallen met hen door en vertelt wie zich waar moet verzamelen als er zich een voordoet. Hij leest een serie namen voor, onder wie die van Misha, van mensen die bij een aanval koppen moeten tellen en presentielijsten moeten bijhouden. Hij herinnert de aanwezigen eraan dat het leger nog steeds rekruteert voor de verdediging van Moskou en mensen zoekt om als partizaan achter de frontlinies te opereren. Aanmelden is niet verplicht als je nog geen achttien bent, maar zijn boodschap is duidelijk: jongere vrijwilligers worden niet afgewezen.

Daarna doet hij een oproep aan ouderejaars om leraren te vervangen die zijn gaan vechten. Als hij vraagt om handen, vangt Misha Yelena's blik op. Zij heeft de hare opgestoken en steekt haar duim naar hem op.

Dan wordt Gribkov serieus. Hij begint met de politieke clichés die de meeste studenten glazig naar het plafond doen turen. Over hoe de prerevolutionaire burgerij – fabriekseigenaren en grootgrondbezitters – 'met de benige, harde hand van de honger' heeft geprobeerd de Revolutie te ondermijnen en hoe ze ook na hun uiteindelijke nederlaag hebben geprobeerd de Sovjetindustrie te saboteren. Hij kondigt aan dat het opnieuw tijd is om 'volksvijanden te ontmaskeren'. Misha vraagt zich af waar dit in hemelsnaam naartoe gaat en is even bang dat hijzelf weer het haasje is. Maar dan draait Gribkov zijn bovenlijf en wijst met een priemende vinger naar Yelena. Hij noemt haar een 'wolf in schaapskleren'. Misha moet denken aan wat Valya zei: niet voorbijlopen als iemand hulp nodig heeft. Yelena wordt uitgejouwd, er klinkt boegeroep, maar hij gaat staan en roept: 'Wacht even, kameraden! Yelena Rozhkov is een voorbeeldige communist! Ze heeft zich altijd ingezet voor het welzijn van de bevolking van Moskou. Ik ken haar al jaren en heb haar alleen maar positief over kameraad Stalin en de Sovjet-Unie horen praten.'

Het wordt doodstil in de zaal. Gribkov smaalt: 'Het is bekend dat jij en Rozhkov iets hebben, kameraad Petrov. Aardig van je om het voor haar op te nemen. Maar je kent de feiten niet die ik hier voor je heb, en je zou er goed aan doen verder je mond te houden.' Hij is op dreef en ruikt bloed, drukt zijn mes nog wat dieper in de wonde. 'Je houding deugt niet, Petrov, zeker niet voor iemand die lid is van de Komsomol. Medelijden met een dochter van volksvijanden is niet gepast.'

Gribkov deelt de zaal met grote woorden mee dat Yelena's ouders voor de Revolutie eigenaar waren van een fabriek in

Charkov, uitbuiters van de arbeidersklasse. Daarbij is er nu ontdekt dat drie van haar neven tijdens de Revolutie naar Berlijn zijn gevlucht en dat aangenomen wordt dat zij de nazi's actief steunen in hun strijd om de macht.

'Yelena Rozhkov, jij bent een non-persoon,' verklaart hij plechtig. 'Je recht op onderwijs wordt je hierbij ontnomen, je bent op deze school niet meer welkom.'

Yelena rent huilend de aula uit, ontwijkt links en rechts vuistslagen van een aantal brute leerlingen. Misha en Nikolai houden een paar medestudenten tegen, die met een dierlijke blik in hun ogen zich een weg naar voren banen om haar ook een paar klappen te verkopen. Dan gaan ze naar haar op zoek, maar ze heeft de benen al genomen.

Voor zijn moeder werd gearresteerd, had Misha nooit zo stilgestaan bij non-personen. Nu schaamt hij zich ervoor dat hij nooit veel meer gevoeld heeft dan een vlaag van medelijden. Tijdens zijn eerste schooljaren was het aan de orde van de dag dat jongens of meisjes naar voren werden gehaald en dat daar, voor het oog van de hele school, de sjaal van de Jonge Pioniers van hun nek werd getrokken omdat ze ontmaskerd waren als nakomelingen van een 'element uit de niet-arbeidende klasse'. Zo'n kind werd dan meteen van school gestuurd en droop snikkend en rood van schaamte af.

Een enkele keer was hij er later nog wel eens een tegengekomen: de zoon of dochter van een gewezen priester, edelman of fabriekseigenaar, met holle ogen en bedelend op straat. Hij heeft ouders die hij herkende van het schoolplein, met diezelfde opgejaagde blik openbare toiletten zien schoonmaken. Geen van zijn schoolkameraden bleef ooit met een van hen staan praten, ook niet als zij en hun kinderen vrienden waren geweest. In zijn eigen vriendenkring waren ze het altijd roerend met elkaar eens geweest: voor de Revolutie hadden die lui hetzelfde met de gewone arbeiders gedaan. De rijken en de machtigen hadden het voetvolk altijd met minachting behandeld, nu kregen ze niet meer dan hun verdiende loon voor alle onderdrukking en uitbuiting.

Nu schaamt hij zich kapot dat hij die ontmaskeringen altijd als vanzelfsprekend heeft geaccepteerd. Helemaal omdat hij heel goed weet dat het alleen aan de positie van zijn vader in het Kremlin te danken is dat hem niet hetzelfde is overkomen. Mama's verdwijning is zorgvuldig stilgehouden. Misha heeft zijn vrienden verteld dat zijn moeder erg ziek is geworden en verpleegd wordt in een sanatorium bij de Kaspische Zee.

* * *

Misha gaat de daaropvolgende Rustdag naar Yelena's huis. Nikolai en Sergei wilden mee, maar hij heeft hen zover gekregen dat ze hem alleen laten gaan. Het heeft weinig zin om alle drie risico te lopen.

De Rozhkovs wonen in een appartementje vlak bij zijn oma Olja. Yelena's ouders zijn al wat ouder en werken op het kantoor van het volkscommissariaat voor Zware Industrie. Het zijn prominenten, maar Misha is er zeker van dat ze hun baan nu kwijt zijn. Hij klopt aan en hoort, een beetje tot zijn verrassing, geluid aan de andere kant van de deur. Een bange stem vraagt: 'Wie is daar?'

Yelena's moeder doet de deur op een kiertje open. Het lijkt of ze gehuild heeft. 'Je hebt geluk dat je ons nog treft, Misha,' zegt ze, terwijl ze de deur helemaal opendoet en hem binnenlaat. 'Over twee dagen moeten we hier weg zijn. We verhuizen naar een kommunalka in Sokolnitsjeski.'

'O. Wat naar,' zegt Misha. 'Kan ik helpen? Met pakken, misschien?'

Yelena's moeder onderdrukt een hysterisch lachje. 'Anton, hij wil ons helpen pakken,' gilt ze naar haar man. 'We mogen per persoon maar één koffer meenemen, Misha.'

Misha kijkt met open mond het appartement rond. Het is er gezellig. Er staan comfortabele meubels, er zijn boeken, schilderijen en versieringen. Ze moeten bijna al hun bezittingen achterlaten.

'Ik wilde Yelena zeggen dat ik het verschrikkelijk vind dat dit gebeurt en dat ik graag contact met haar wil houden,' zegt Misha.

Yelena's vader komt erbij staan. 'Ze heeft altijd een zwak voor je gehad, Mikhail. En dit is een heel warm gebaar van je. Ik zou willen dat je haar dat zelf kon zeggen. Ik zou willen dat ik het haar...' Hij klemt zijn kaken stijf op elkaar, alsof hij wil voorkomen dat zijn emoties hem te veel worden. 'Zij is gaan vechten bij de partizanen. Dat wilde ze want: "Dan kan niemand mij er nog van beschuldigen dat ik een volksvijand ben." Dat zei ze.'

Misha heeft het gevoel dat hij een schop in zijn maagstreek krijgt. Hij zegt nog maar een keer hoe verschrikkelijk hij het vindt dat hun dit overkomt, en vertrekt. Hij loopt twee straten ver, maar dan kan hij zich niet meer goed houden en strijkt neer in een portiek, waar hij zijn tranen verbijt.

Na die eerste verschrikkelijke dag is het wel weer prettig om naar school te gaan. Het dagelijkse ritme houdt Misha bezig.

Hij vindt het prettig dat ook Valya een paar dagen in de week naar school komt om natuurkunde te geven aan onderbouwklassen, terwijl ze op de oproep voor de luchtmacht wacht. Misha heeft zich aangemeld om literatuur te geven aan jongere studenten, maar dat vindt hij een stuk lastiger dan lesgeven aan fabrieksarbeiders. Deze kinderen zijn veel onrustiger; Tsjechov en de opkomst en neergang van de aristocratie en handel in de negentiende eeuw interesseren hen geen fluit.

'Laat Tsjechov,' raadt Sergei hem aan. 'Neem Tolstoj. *Oorlog en Vrede*, Napoleons invasie en wat er met zijn leger gebeurt. Dan letten ze wel op, wat ik je brom.'

De volgende les leest Misha hun een samenvatting voor van het gedeelte waarin het gaat over Napoleons rampzalige nederlaag in de barre, Russische winter.

'En zo zullen we ook de Hitlerieten verslaan!' sluit Misha triomfantelijk af. De klas juicht. Dit willen ze horen. Vanaf dat moment heeft hij hun volledige aandacht.

Na de les haast hij zich naar de schoolkantine. Hij wil het succes graag delen met zijn vrienden, al wordt zijn enthousiasme een beetje getemperd door het vooruitzicht op wat er te eten zal zijn. De afgelopen zomer heeft hij het gebruikelijke rantsoen voor de elite van het Kremlin gekregen, en hij is behoorlijk geschrokken van de achteruitgang van de kwaliteit van de schoolmaaltijden. Die zijn altijd al laf en smakeloos geweest, maar nu zijn ze bijna niet te eten. De eerste dag kregen ze bij de lunch een soort pap, nauwelijks meer dan heet water, aangelengd met aardappelschillen en piepkleine stukjes ondefinieerbare groenten. Watertandend denkt hij aan de kippensoep die zijn moeder altijd maakte, vol mals vlees en gesneden wortel – in de lengte want dat ziet er beter uit, zei ze altijd – met in de heerlijk zoute bouillon een flinke handvol dille.

De lunch van vandaag is waarschijnlijk het smerigste dat Misha dit jaar gegeten heeft. Het vlees is nauwelijks meer dan taaie pezen.

'Wat moet dit voorstellen?' vraagt Nikolai. 'Hagedissendarmen?' Ze lachen erom. Zachtjes. Er zitten allemaal zwarte vlekken op de aardappelen en de kool is steenkoud. De jus is het ergst: een lauwe, dikke pasta met velletjes, die Misha doen denken aan bladderende bruine verf op een vochtige muur.

'Krijgen jullie dit in het Kremlin ook te eten?' vraagt Barikada kil. Vrienden zullen ze nooit worden, maar Barikada is vanaf de eerste dag op school wel heel erg vijandig en afstandelijk geweest.

Misha overweegt een moment om hem de ogen uit te steken met de geroosterde gans die ze gisteren gegeten hebben, restjes van het banket op het Kremlin voor diplomaten van de Britse ambassade die op bezoek waren. Maar hij begrijpt wel waarom Barikada zo nijdig is en wil zijn vrienden ook geen rotgevoel geven.

'De leiders van de Sovjet-Unie delen in het lijden van hun volk,' zegt hij. Hij voelt zich een enorme gladjakker.

Barikada werpt hem een hatelijke blik toe. Misha ontwijkt hem. Hij wil hem zeggen dat hij op zijn tellen moet passen, maar dat klinkt alsof hij van plan is hem aan te geven bij de NKVD.

Die avond, als Misha zijn vader helpt bij het schoonmaken en opruimen van de conferentiekamer in de Senaat, staat daar nog een stuk geroosterd rundvlees op tafel, overgebleven van een tussendoortje dat door het bedienend keukenpersoneel is aangerukt terwijl ministers en generaals zich bogen over een nieuwe strategie om de opmars van de nazi's tot staan te brengen. Zonder zich te bedenken, wikkelt Misha het in een schoon servet en stopt het in zijn zak. De volgende dag, tijdens een lunch van opnieuw een lauw mengsel van miezerig, grauw gehakt met aardappels, krijgt Nikolai heftig ruzie met Spartakus, een knaap uit zijn klas. Ze hebben net politicologie gehad en de leraar gaf hoog op over de prestaties van de Sovjet-Unie. De metro van Moskou, had hij zijn klas voorgehouden, was een van de grootste wereldwonderen. Nergens anders, in geen enkel kapitalistisch land, vond je iets vergelijkbaars.

Nikolai heeft op dat moment niets gezegd, maar nu houdt hij zijn gedachten niet meer voor zich. 'Een paar jaar geleden heb ik een boek over treinen en spoorwegen gelezen waarin stond dat er in Parijs en Londen in de vorige eeuw al ondergrondse spoorlijnen zijn aangelegd. Er stonden foto's in, en alles. Met tunnels en elektrische treinen.'

'Kapitalistische propaganda,' schampert Spartakus. 'Jij bent een klassenverrader, Nikolai. Je laat je bij de neus nemen door imperialistische klootzakken.'

Nikolai bijt van zich af. 'Dat boek is anders uitgegeven door het volkscommissariaat voor Onderwijs. En voor zover ik weet, worden die boeken gewoon hier gemaakt. Dus ik het lijkt me sterk dat ze door imperialisten geschreven zijn. Daarbij: die imperialistische klootzakken zijn nu onze bondgenoten, toch?'

Spartakus wordt bozer. 'Niemand heeft zo'n ondergronds spoornet, alleen de Sovjet-Unie. En die Britse imperialisten mogen dan nu bondgenoten zijn, zodra het hun uitkomt, lappen ze ons erbij en laten ze ons vallen als een baksteen.'

Barikada schuift aan en Misha vraagt zich af of hij zich ermee gaat bemoeien. Maar hij zit daar alleen maar met een scheef, spottend grijnsje en een blik waarin iets broedt. Misha probeert de gemoederen te sussen. 'Hé, ophouden! Laat toch zitten. Ik heb iets dat ik wil delen.' Hij haalt het in een servet gewikkelde pakketje uit zijn zak en vouwt het open. Als hij een Fabergé-ei uit zijn zak had getoverd, had het effect niet groter kunnen zijn. Nikolai steekt zijn hand uit en wil alvast een stuk grijpen. 'Ho! Even wachten, dan verdeel ik het. Hebben we allemaal wat,' zegt Misha.

Hij snijdt het stuk vlees in zes min of meer gelijke plakken en geeft het door, zodat iedereen een stuk kan nemen. Maar wanneer Misha zich naar Barikada keert, spuugt deze op het vlees. Nikolai geeft hem een duw, zo hard dat hij van zijn stoel tuimelt. 'Dat had iemand anders nog kunnen eten, idioot!' schreeuw hij.

Barikada komt overeind en ook Nikolai gaat staan, klaar om zich te verdedigen. Maar Barikada richt zijn pijlen op Misha. Hij trilt van woede. 'Jij denkt dat je heel wat bent, niet, Mikhail Petrov? Jij zit daar lekker in het Kremlin, met de rest van die schoften die ons verraden hebben. Jullie met je lekkere eten, terwijl wij rotzooi vreten dat je een hond nog niet zou voeren. Nou, geniet er maar lekker van, zolang het nog kan. Als de Hitlerieten hier zijn, nagelen ze jullie allemaal aan de poorten van het Kremlin. En ik zal erbij staan applaudisseren.'

Het lijkt of de kantine is stilgezet. Als Barikada zichzelf spiernaakt had uitgekleed en zijn polsen had doorgesneden, had hij niet meer aandacht getrokken.

Barikada draait zich op zijn hakken om en beent de aula uit. De rest blijft stomverbaasd en zwijgend zitten. Niemand spreekt het uit, maar iedereen weet dat ze Barikada nooit meer terug zullen zien.

Valya heeft die middag lesgegeven en samen met Misha wandelt ze aan het eind van de dag langzaam terug naar het Kremlin. Het is nog steeds warm, geen spoortje van de herfst te bekennen.

'Ik heb het gehoord. Van Barikada,' zegt Valya.

Misha knikt.

'Ik vraag me af wanneer ze hem komen halen,' gaat ze verder. 'Geven ze hem nog een paar dagen, of staan ze meteen op de stoep?'

'Ik ben in elk geval niet van plan om hem aan te geven,' zegt Misha. Hij voelt zich een beetje misselijk; hij weet dat hij iets gedaan heeft wat er mede toe bij zal dragen dat een schoolkameraad van hem wordt opgepakt.

'Het is heel stom van hem om zo in het openbaar uit te vallen, maar mensen doen stomme dingen als ze boos zijn.'

'Misschien houdt iedereen zijn mond wel,' zegt Misha hoopvol.

Valya kijkt hem aan en Misha weet dat ze iets vernietigends gaat zeggen. 'O, Misha. Denk je nou echt dat er in die hele kantine niemand naar de NKVD zal stappen om te vertellen wat er gebeurd is? De Komsorg, de surveillanten, de kantinestaf... de NKVD heeft het waarschijnlijk al gehoord voordat de pauze voorbij was.'

'Maar hij heeft toch niemand kwaad gedaan, niet echt. En hij is nog geen achttien.'

Ze kijkt hem met een spottende grijs aan. 'Kijk naar Beria. Naar Zhiglov. Die lui kennen echt geen genade. Volgens mij krijgt de NKVD betaald voor het aantal mensen dat ze arresteren, het aantal mensen dat ze executeren... de lagere functionarissen, bedoel ik dan. Niet Beria of Zhiglov. Ik zou niet graag in Barikada's schoenen staan.'

Ze bereiken de grote brug over de Moskva. Er staat een briesje dat over het water hun kant op dwarrelt. Valya trekt haar jas wat vaster om zich heen. 'Jij en ik hebben meer geluk dan de meesten,' zegt ze. 'Wij vertrouwen elkaar, wij kunnen met elkaar praten. We weten dat wij elkaar nooit zullen verlinken bij de NKVD.' Ze trekt Misha dichter tegen zich aan en legt haar hoofd op zijn schouder. Hij wil niets liever dan haar kussen.

'O, Misha. Dat zal ons nooit gebeuren. Jij bent veilig bij mij. Ik zal je nooit verraden.'

Maar die avond, als hij in bed ligt te mijmeren over het moment dat ze hem zo dicht tegen zich aantrok, beseft hij dat het ook angst is wat hen bindt. Het maakt hem verdrietig. Dan voelt hij woede. Woede op zijn land, dat maakt dat vrienden bang zijn voor elkaar. Hij weet dat Valya hem nooit bewust verraden zal. Maar Misha realiseert zich maar al te goed dat ze, als ze haar martelen, uiteindelijk alles zal zeggen. Ook al wil ze dat niet. Diep in zijn hart weet hij dat dat net zo goed voor hem geldt.

16

eind september 1941

Het is een uur of negen in de avond als er wordt aangeklopt. Het klinkt als Valya. Dat verbaast Misha, want ze komt rond dit tijdstip nooit op bezoek. Of het moet zijn om met haar vader te komen eten.

Ze blijkt het inderdaad te zijn.

'Je raadt het nooit! Ik heb mijn oproep. Begin december moet ik me melden bij Khodynka Aerodroom. In de tussentijd moet ik doorgaan met lesgeven en zorgen dat ik fit en gezond blijf.'

Misha heeft haar in maanden niet zo blij gezien, niet meer sinds het uitbreken van de oorlog. 'Ik denk dat ik een opleiding krijg voor transportvliegtuigen. Die grote, zoals de Lisunov Li-2, dat toestel dat ze met een licentie van de Verenigde Staten hebben gebouwd. In die kisten voel ik me wel veilig, tenzij ik met paratroepers naar het front moet, natuurlijk. Maar dat is dan ook wel weer spannend; dan heb ik mijn kleinkinderen later in elk geval wat te vertellen... Fantastische kist is dat. Twee Shvetsov negencilinders, luchtgekoeld, stermotoren, driehonderd kilometer per uur, tweeduizend kilometer actieradius... Misha! Let op!' Ze mept hem op zijn schouder. 'Die dingen vliegen zonder tussenlanding van hier naar Londen. Stel je voor! Na de oorlog stroom ik zo door naar de burgerluchtvaart.'

Ze ziet dat hij een geeuw onderdrukt. 'Ik zal je een geheim verklappen,' zegt ze. 'Die stuwdam in de Dnjepr, je weet wel. Met die elektriciteitscentrale, de grootste van Europa, waar ze tien jaar over gebouwd hebben.'

Misha knikt. Ieder Sovjetkind kent die dam; het is de grootste technische prestatie van de Sovjets.

'Die is opgeblazen. Dat hebben we zelf gedaan, om te voorkomen dat de Hitlerieten hem in handen zouden krijgen. Papa huilde bijna toen hij het me vertelde.'

Misha kijkt haar met open mond aan. 'Al die moeite om dat ding te bouwen, alle offers die daarvoor gebracht zijn, allemaal voor niets.'

Ze gaat aan de eettafel zitten en Misha zet thee. Hij pakt de mooiste porseleinen kopjes uit de kast. Die hebben ze gekregen toen ze in het Kremlin kwamen wonen. Ze schijnen van een neef van tsaar Nicolaas te zijn geweest.

Valya wordt ineens serieuzer. 'Ik heb ook slecht nieuws, Misha,' zegt ze, nadat ze de eerste slok van haar thee genomen heeft. 'De Duitsers zijn bij Kiev. Dat is waar je broer werkt, toch?'

Misha knikt. 'Pap denkt dat Viktor zich bij de partizanen gaat melden.'

'Maar als ze bij Kiev zijn, dan willen ze naar Stalingrad. Richting de olievelden daarachter. Leningrad is nog niet gevallen. Ik blijf maar hopen dat ze meer opvreten dan ze kauwen kunnen en dat ze zich vroeg of laat verslikken, maar ze blijven maar oprukken. En het blijft ook mooi weer. Het kan nog wel weken duren voor de regen en modder van de raspoetitza komen. Wie weet hoe ver ze tegen die tijd zijn? Ze hebben het hele gebied tussen Moskou en Leningrad al in handen. Je kunt er al niet meer met de trein naartoe.'

'Wat gaat er gebeuren als de Hitlerieten echt zo ver komen?' vraagt Misha. 'Dan zal kameraad Stalin de overheid, de staf en het kader toch een keer naar het oosten moeten verplaatsen.'

'Dat neem ik aan. Maar dat wordt een chaos, Misha. Stel je voor dat iedereen op de vlucht slaat op het moment dat de winter net invalt. Dat wordt een ramp. De Hitlerieten deinzen nergens voor terug, zeggen ze. Uit het bezette gebied komen meldingen van massaslachtingen. Moord op grote schaal. Je weet hoe ze ons noemen, toch?'

Misha heeft geen idee.

'*Untermenschen*. Dat is een Duits woord. Ondermensen, betekent het. Een lager ras mensen.'

Misha lacht. Het is belachelijk, bijna te idioot voor woorden.

'Denk je dat we ze nog tegen kunnen houden?' zegt hij dan. 'Ik dacht altijd dat wij het machtigste leger op aarde hadden.'

'Dat dacht ik ook. Maar als je generaals er een potje van maken, maakt het niet zo veel uit hoe goed of gemotiveerd je soldaten zijn, ben ik bang...'

Er klinkt een luide klop op de deur. Niet het soort dat een buurman maakt die voor de gezelligheid even aankomt. Ze vliegen beiden stijf rechtop en wachten zwijgend.

'Niet reageren. Misschien gaan ze wel weer weg,' zegt Valya. 'Wordt jullie appartement afgeluisterd, denk je? We hebben dingen gezegd die we niet mogen zeggen.'

Misha pikt haar angst op en begint nu zelf ook bang te worden. Hij realiseert zich dat ze hebben nagelaten de gebruikelijke voorzorgsmaatregelen te nemen en de radio aan te zetten, zoals zijn vader altijd doet.

Er wordt opnieuw geklopt. Luider, beslister.

'Ik ga. Ze weten dat er iemand thuis is, de lampen zijn aan. Nu lijkt het net of we ons betrapt voelen.'

Hij doet open. Zhiglov staat op de stoep; hij rookt een sigaret. Zijn blik is troebel en Misha beseft dat hij dronken is. Hij ruikt alcohol.

'Kameraad Petrov junior,' begint hij, gemaakt vriendelijk. 'Mag ik binnenkomen?'

Misha zet een pas opzij en maakt een uitnodigend gebaar. Zhiglov stapt over de drempel, gaat aan de eettafel zitten en staart enkele ogenblikken naar Valentina Golovkin. 'Dus daarom duurde het zo lang voordat je opendeed,' zegt hij met een sluw grijnslachje.

Hij lijkt een beetje van slag, doet zijn mond open, alsof hij iets wil zeggen, maar klapt hem dan weer dicht. Misha heeft nog nooit iemand van de NKVD zich zo zien gedragen. Hij krijgt er een heel onheilspellend gevoel bij.

Dan staat Zhiglov weer op en zegt, licht zwaaiend op zijn benen: 'Petrov, ik wil dat je later vanavond naar mijn appartement komt.' Hij kijkt op zijn horloge. 'Laten we zeggen: rond half elf. Ik moet iets met je bespreken.'

Daarmee draait hij zich om, beent de kamer uit, de hal door en slaat de voordeur achter zich dicht.

'Waar gaat dat in hemelsnaam over?' zegt Valya.

'Geen idee,' zegt Misha. 'Ga je mee?'

Ze kijkt hem in zijn ogen. 'Misha, je zag toch hoe hij naar me keek? Sinds die dag dat ik hem Beria's auto zag rijden, heeft hij me totaal genegeerd. Hij liet heel duidelijk doorschemeren dat hij me er niet bij wil hebben. Je zult alleen

moeten gaan, ben ik bang. Ik blijf hier wel op je wachten,
als je dat fijn vindt? Wanneer komt je vader thuis, denk je?'
'Ergens na middernacht, waarschijnlijk,' antwoordt Misha,
zonder haar aan te kijken.
'Niet boos op me zijn, Misha,' zegt ze ferm. 'Je weet dat ik
niet meekan.'
'Ik ben niet boos, Valya,' liegt hij. 'Ik ben bang.'

Valya loopt naar haar huis om een briefje voor haar vader
neer te leggen, zodat hij weet waar ze is. Dan gaat ze weer
terug naar Misha's appartement. Het is even na tienen als ze
weer aan de eettafel zitten en zich afvragen wat Zhiglov te
melden kan hebben.
'Hij wil je misschien rekruteren voor de NKVD?' oppert
Valya.
'Maar mijn moeder is een volksvijand.'
'De vrouw van Molotov is een volksvijand; de minister van
Buitenlandse Zaken, nota bene. De vrouw van secretaris
Poskrebisjev is een volksvijand. De zoon van kameraad
Stalin zelf is een volksvijand. Er zijn zo veel volksvijanden,
dat maakt niks meer uit tegenwoordig.'
Wanneer de klok in de Verlosserstoren van het Kremlin half
elf slaat, slaakt Misha een diepe zucht en staat op. 'Dan zie
ik je zo weer,' zegt hij. 'Hoop ik.'
Ze legt een hand op zijn arm en knijpt zacht. 'Ik blijf hier
wachten tot je terug bent.'
Misha loopt het korte eindje door de gang naar het appartement van Zhiglov. Hij klopt zachtjes aan, zich bewust van
het tijdstip. De deur vliegt open. 'Je bent laat,' zegt Zhiglov.
Hij koestert een kop koffie in de holte van zijn hand en zijn
haar is vochtig van een bad of een douche. Misha verbaast

zich over de transformatie: van dronken naar de ogenschijnlijk nuchtere man die nu voor hem staat.

'Kom. Ga zitten.' Kapitein Zhiglov gaat Misha voor naar een warme woonkamer met comfortabele leunstoelen en een helderrode leren bank. Ze hebben Galina hier bijna elke dag opgehaald, maar hij en Valya zijn nooit binnen genodigd. Het verrast Misha hoe bourgeois het er is. Er hangen olieverfschilderijen aan de muur. Tussen de twee grote vensters staat een grote kast, versierd met prachtige motieven van ingelegd hout. Op de grond ligt een kunstig geweven Perzisch tapijt. Het ziet eruit als een koopmanshuis op een schilderij uit een van de zalen in de Tretjakovgalerij, waar het werk van voor de Revolutie hangt. Zhiglov heeft connecties, dat is duidelijk.

Zhiglov schenkt hun beiden zonder te vragen een fors glas wodka in. 'Op ons geluk en onze gezondheid,' zegt hij, terwijl hij met een sardonische grijns het glas heft. Hij slaat de inhoud in een keer achterover. Misha schuifelt wat onrustig op de bank heen en weer, die krakend protesteert tegen elke beweging die hij maakt.

Misha nipt van de wodka. Hij heeft er geen verstand van, maar zelfs hij proeft dat het er een van de beste kwaliteit is.

'Kom op! Sla achterover,' schampert Zhiglov. Misha gehoorzaamt. De vloeistof zet zijn slokdarm en maag in brand en hij hoest. Hij zet zijn glas op tafel en Zhiglov schenkt hem meteen weer vol.

'Hoe gaat het met Galina in Koejbysjev?' vraagt Misha.

Zhiglov negeert de vraag. 'Mijn familie komt uit Oekraïne, wist je dat?' zegt hij.

Dat vermoedde Misha al. Valya's vader komt uit Oekraïne

en heeft net zo'n accent. Je kunt het horen aan de manier waarop ze de 'r' uitspreken.

'Ik heb van vrienden in Kiev afschuwelijke verhalen gehoord.' Misha huivert. Hij vraagt zich af of Zhiglov nieuws over zijn broer heeft.

'Verhalen over hoogverraad. De bevolking haalt de Hitlerieten juichend binnen. Ze trekken hun beste kleren aan, staan in rijen met vlaggen en bloemen langs de kant van de weg. Ik heb foto's gezien in buitenlandse tijdschriften en kranten. Die zijn echt, dat weet ik zeker.' Hij zwijgt even en steekt een sigaret op. 'Maar we zullen het wel verdiend hebben, denk ik.'

Misha weet niet wat hij hoort of wat hij zeggen moet. Is dit een test? Maar Zhiglov lijkt niet op een reactie te wachten.

'Ik zat in Kiev tijdens de hongersnood,' gaat hij verder. 'Daar heb je wel van gehoord, toch: de hongersnood?'

Misha schudt zijn hoofd.

Zhiglov is niet overtuigd. 'Kom nou, Mikhail. Vanavond kunnen we eerlijk zijn tegen elkaar.'

'Ik herinner me een jongen en een meisje bij ons op school. Ik was nog klein,' zegt Misha. Hij is op zijn hoede. 'Die kwamen ergens uit het westen, waarschijnlijk uit Oekraïne. Ze waren broodmager, heel erg bleek. Ziekelijk. Op een gegeven moment waren ze ook weer verdwenen. We hebben ons toen wel afgevraagd of ze zo verzwakt waren dat ze het misschien niet hadden overleefd.'

'Diegenen die naar Moskou kwamen, hadden nog geluk,' zegt Zhiglov. 'Er zijn er miljoenen doodgehongerd. De schilderijen die je in musea ziet, de foto's in tijdschriften van blije boeren op een kolchoz die de oogst vieren... Allemaal propaganda. In Kiev lagen de lijken op straat, iedere dag opnieuw. Hopen. Overal vliegen. Mensen vielen letterlijk om van de honger, dood. Op een keer werden we opgeroepen... Daar had je hem zitten, de koelak, zo'n boerenpummel, je weet wel. Vette baard, ranzige grijze overjas, een stuk versleten touw als riem. Hij verkocht in een kraampje op straat ontlede kinderlichaampjes als vlees.'

Misha voelt zich misselijk worden.

Zhiglov schenkt zichzelf nog eens bij.

'Allemaal opzet, natuurlijk. Die hongersnood, bedoel ik,' zegt hij. 'Om die boeren te straffen voor het geloof in hun god, voor hun hebberigheid, hun weerstand tegen de Revolutie. "Verdelgen door honger" noemde Beria het. Geen wonder dat ze de Hitlerieten met open armen ontvangen. Zou ik ook doen, als ik hen was.'

Misha weet dat de Sovjetleiders geweldige blunders maken. Maar dat ze tot zulke berekende wreedheden in staat zijn, is nooit in hem opgekomen.

'Maar het is er niet beter op geworden voor ze. Ze komen er nu achter dat de nazi's nog erger zijn dan wij. Ik hoorde vanochtend dat ze Joden opgepakt hebben; het stikt van de Joden in Kiev. Die hebben ze allemaal afgemaakt. In een paar dagen tijd; tienduizenden, doodgeschoten in een ravijn ergens buiten de stad. En als de nazi's dat in Oekraïne doen, kun je er vergif op innemen dat ze dat overal op veroverd grondgebied van de Sovjet-Unie gaan doen. Galina's moeder was Jodin. Maakt dat Galina ook een Jood? Ik denk dat de nazi's vinden van wel. De Vozhd heeft het ook niet zo op Joden, weet ik, maar mij maakt het niets uit. Sommigen van de grootste Revolutionairen waren Jood.'

Zhiglov schenkt zich nog een glas wodka in en wipt dat achterover. 'Alleen... Ik dacht dat de nazi's beter waren dan dat. Ik heb in 1939, na het Molotov-Ribbentroppact, vaak contact gehad met de Duitse grenstroepen. We dineerden soms samen, als officieren. Dat waren goede kerels, hartelijke mannen. Fatsoenlijk, op hun manier. Ik dacht dat ik wel met hen door een deur zou kunnen, wanneer ze zouden komen. Want dat ze zouden komen, wist iedereen. Ik ben wat voor ze gaan doen. Kleine dingetjes. Heb wat informatie vanuit Moskou doorgespeeld. Over hoe slecht voorbereid we waren, dat ze zo over ons heen zouden walsen. Maar ik ben echt de enige niet, dat durf ik rustig te zeggen.'

Misha luistert met stijgend afgrijzen. Hij pakt zijn glaasje, wil een slok nemen, maar merkt dat het leeg is. Zhiglov schenkt hem nog een keer bij. Hij kijkt Misha aan, zonder met zijn ogen te knipperen. 'Ik heb er genoeg van,' zegt hij dan. 'Ik wil niet meer.' Misha weet niet goed of hij het over de wodka heeft, over het leven dat hij leidt, of het gesprek. Er valt een ongemakkelijke stilte.

'Het zal niet zo lang meer duren voordat ze een en een bij elkaar opgeteld hebben. Tien tegen een dat ik de lui ken die me gaan ondervragen. Vaak genoeg zelf gedaan: iemand verrot geslagen die ik regelmatig voor het avondeten over de vloer had gehad. Die opgeluchte blik wanneer ze zagen dat ik de ondervraging deed – wat had ik daar de pest aan. Niemand houdt het langer dan een paar weken vol. We kunnen iedereen alles laten zeggen, als we willen. We kunnen ze laten zweren dat hun bloedeigen moeder een Duitse spionne is die al tien jaar lang staatsgeheimen doorspeelt aan de nazi's en met oudjaar steevast dineert met Hitler en Göring in hoogsteigen persoon. Iedereen slaat door omdat ons geen enkele beperking is opgelegd. Wij mogen alles.

Misschien dat ik maar het beste open kaart kan spelen. Dat scheelt een hoop gedoe.'

Misha is met stomheid geslagen. Is dit een truc, wil die vent hem verleiden dingen te zeggen die hij beter voor zich kan houden? Hij staart de kapitein aan, wacht volkomen overdonderd op wat de man verder op zal biechten.

'Ik weet wat er met je moeder gebeurd is,' zegt Zhiglov ineens, zomaar.

Misha schiet rechtop. Hij voelt een knoop van angst, ergens diep in zijn maag. 'Leeft ze nog?' vraagt hij.

'Ik denk het wel,' antwoordt Zhiglov met een mat glimlachje. 'Ze hebben haar naar een kamp gestuurd dat Nojabrsk heet. Achter de Oeral ergens. In het westen van Siberië. Niet al te beroerd. Laat ik het zo zeggen: het kan veel slechter. Ze werkt daar op een *sovchoz*, als ze nog leeft. Maar ik heb alle reden om aan te nemen dat dat zo is. Er heerst daar geen streng regime. De politieke gevangenen zitten in barakken, buiten het plaatsje zelf.'

'Weet u wie haar gearresteerd heeft?'

'Het was niet mijn zaak, Mikhail.'

'Wie heeft haar dan aangegeven?'

Zhiglov valt uit. 'Niet te ver gaan, hè!'

'Waarom vertelt u me dit allemaal?'

'Je bent een goede vent.' De kapitein glimlacht weer. 'En Valentina is een net meisje. Ik vond het echt heel naar dat Beria een oogje op haar kreeg en zich zo opdrong. Galina mocht jullie altijd.'

De kapitein valt stil. Dan wuift hij met zijn hand. 'Dit was het. Je kunt nu wel gaan.'

Misha loopt wankel naar zijn appartement terug. Bij de voordeur blijft hij even staan. Hij zinkt op zijn hurken en blijft een minuut of twee zo op de gang zitten; hij ademt zwaar en probeert zijn bevende ledematen weer onder controle te krijgen.

De deur gaat open. 'Ik dacht al dat ik iets hoorde,' zegt Valya. 'Gaat het?'

De wodka, de spanning en de angst: alles borrelt tegelijkertijd naar boven en Misha heeft het gevoel dat hij moet kotsen. Hij wurmt zich lomp langs haar heen en weet maar net op tijd de badkamer te bereiken.

Ze komt achter hem aan, hurkt naast de toiletpot en houdt zwijgend zijn haren uit zijn gezicht.

Als de misselijkheid eindelijk wegtrekt, zet ze een pot thee voor hem. Misha is dankbaar dat ze hem niet gevraagd heeft wat er gebeurd is. Hij weet nog niet goed wat hij haar wel en niet veilig vertellen kan. Hij zweet, zit draaierig aan tafel zijn best te doen om niet opnieuw misselijk te worden. Zij zet een kop thee naast hem op tafel en klopt hem even op de arm.

'Vertel het me later maar een keertje, als je dat wilt,' zegt ze. 'Als je nu niet meer misselijk wordt, zoek ik mijn bed maar eens op.'

Misha wil graag opblijven en zijn vader het nieuws vertellen, maar hij voelt zich naar en zo slap als een vaatdoek. Vaag registreert hij dat zijn vader thuiskomt, ergens diep in de nacht. Kort daarna schrikt hij wakker van een pistoolschot. Hij vliegt zijn kamer uit en ziet Igor in de kamer staan, zijn werkkleren nog aan.

Ze gluren om het hoekje van de voordeur, de gang in. Er klinken voetstappen. Er rennen mensen de marmeren trappen op.

'Vlug. Naar binnen,' zegt Igor. 'Geen idee wat er aan de hand is, maar we willen er niet bij betrokken raken. Straks komt er iemand nog op het onzalige idee om ons ergens van te verdenken.'

Een paar tellen later stampen de voetstappen aan de andere kant van de voordeur voorbij. Er klinken stemmen. Igor hoort een van de buren van Zhiglov luidkeels protesteren. Dan horen ze harde bonzen en het kraken van versplinterd hout.

'Kom, weer naar bed,' zegt Igor. Dan, nijdiger: 'Heb jij aan mijn wodka gezeten, Misha?'

'Ik ben bij kapitein Zhiglov geweest, pap. Hij vertelde me dat mam nog leeft. Ze zit in een kamp in het westen van Siberië; Nojabrsk, zei hij, geloof ik.'

Igor neemt hem stevig in zijn armen. Misha hoort zijn ademhaling, een onderdrukte snik. 'Goddank. Goddank... Maar waarom heeft hij jou dat verteld?'

'Geen idee. Hij had gedronken. En hij bleef mij ook maar bijschenken. Volgens mij kwam dat schot uit zijn appartement.'

Igor drukt hem opnieuw stevig tegen hem aan. 'Ga nu maar weer naar bed. We hebben het er morgen bij het ontbijt wel over.' Hij zwijgt even, voor hij verdergaat. 'Nojabrsk ken ik wel. Ik heb vorige week een rapportage geschreven voor de Vozhd over de overplaatsing van fabrieken. We hebben daar een fabriek voor vliegtuiginstrumenten ingericht. Een aantal van de politieke gevangenen uit dat kamp wordt er tewerkgesteld. Goddank werkt ze niet in een mijn of is ze ergens een kanaal aan het graven. Dat had ze niet overleefd, denk ik.'

Dan, vlak voordat hij zich omdraait om naar zijn slaapkamer

te gaan, zegt hij: 'Misha. Hoe meer we over mama praten, hoe gevaarlijker dat voor haar en voor ons is. We moeten het voorlopig niet meer over haar hebben.'

17

De volgende middag komt Valya langs om te zien hoe het met hem gaat. 'Ik dacht: ik laat je je roes eerst maar even uitslapen,' zegt ze.

Dan, als ze merkt dat Misha haar niets zal vertellen, zegt ze: 'Ik heb het gehoord, van Zhiglov. Papa kwam thuis lunchen en vertelde dat ze hem met een kogel in zijn hoofd gevonden hebben. Hij vermoedt dat iemand dat appartement is binnengegaan en hem vermoord heeft.'

Misha schrikt zich wezenloos en verstijft.

'Maak je geen zorgen, Misha. Ik heb niks gezegd. Heeft iemand je gisteravond zien komen of gaan?'

'Het was laat. Er was niemand te bekennen.'

'Goed. Dan hoef je je geen zorgen te maken.'

'Maar mijn vingerafdrukken zitten op dat wodkaglas, Valya.'

'Dat is niet erg. Dat kan net zo goed van 's middags zijn. De buren hebben verteld hoe laat ze dat pistool gehoord hebben. Ze weten dus dat het midden in de nacht was. Ze zeggen dat hij mot met Beria had.' Ze trekt een smerig gezicht. 'Maar wie heeft dat niet?'

* * *

Pap is al om zeven uur thuis; vroeg, voor hem. Stalin heeft besloten verder te werken in de datsja in Kuntsevo en Igor Petrov opgedragen naar huis te gaan en wat te rusten. Misha vindt het heerlijk om eindelijk weer eens een avond met zijn vader te kunnen eten en Igor kondigt aan dat hij een dure fles Franse wijn open zal trekken om 'het goede nieuws te vieren'. Igor heeft uit de keukens van het Kremlin wat steak om te grillen meegenomen, al heeft de kok hem ervoor gewaarschuwd dat het waarschijnlijk paardenvlees is.

Als ze zitten, klaar om te eten, heft Igor zijn glas. Hij legt een vinger tegen zijn lippen en fluistert: 'Op mama!'

Ze vallen aan en het duurt niet lang voor de fles leeg is. Misha hoopt maar dat de lever van zijn vader niet gaat opspelen met dit machtige voedsel en de drank.

'Ik wil dat je iets voor me doet, Misha,' zegt Igor. 'Ik wil dat je naar de datsja gaat, daar iets opzoekt en dat dan vernietigt. Wil je dat voor me doen? Zelf lukt het me niet om te gaan. Ik ben te druk op het werk. Bovendien verwacht kameraad Stalin van me dat ik kom opdraven als hij me belt. Ook als ik niet op kantoor ben.'

Misha voelt zich er een beetje ongemakkelijk bij, maar hij heeft het sterke vermoeden dat het met zijn moeder te maken heeft en wil heel graag meer weten. Misschien kan hij zo ooit een keer het mysterie van haar verdwijning ontrafelen. 'Natuurlijk, pap.'

'Beneden in de woonkamer hebben we een hele hoop schilderijen hangen, dat weet je. Van Viktor en Elena en jou, toen jullie klein waren, maar ook aquarellen van mam. Die heeft ze buiten in de tuin geschilderd. Er is er een bij van klaprozen, een grote. Dat is een van haar beste, daarom hebben we die laten inlijsten. Er zit nog iets in die lijst: wat paperassen en foto's die we nooit hadden moeten bewaren, maar je moeder kon het niet over haar hart verkrijgen om ze weg te gooien. Nu ik weet dat ze nog leeft, wil ik er graag vanaf. Ik denk dat het niet meer zo lang duurt voordat de Hitlerieten bij Mesjkovo zijn en dan plunderen ze de hele boel, reken daar maar op. Die gasten smijten alles kapot, op zoek naar buit. Vroeg of laat worden ze ook weer verdreven, dat geloof ik vast, en dan wil ik niet dat onze soldaten of politiemensen die foto's en papieren vinden. Zeker de NKVD niet. Snap je?'

'Wat staat erop, pap?' vraagt Misha.

'Dat zul je wel zien. Maar beloof me dat je de boel in het fornuis gooit en ervoor zorgt dat het tot de laatste snipper verbrandt. Je moet dat maar zo snel mogelijk doen. Morgen is het nog een mooie dag, volgens mij. Buit deze laatste warme herfstdagen maar uit en ga erheen.'

18

begin oktober 1941

De volgende dag is het Rustdag. Misha heeft eigenlijk afgesproken om met Valya naar het Gorkipark te gaan,
waar een aantal vrienden van school bij de schaakborden
willen picknicken. En natuurlijk willen ze dan ook een paar
potjes schaken.

Wanneer zij op de deur klopt om hem te halen, besluit hij
haar in een opwelling uit te nodigen om mee te gaan naar
de datsja. Hij is er zeker van dat zijn vader dat een te groot
risico zou vinden, maar Misha vertrouwt haar volkomen.

Ze stemt meteen in en ze vertrekken met een kleine pick-
nickmand. De metro rijdt niet, maar na een flinke wandeling bereiken ze station Brjansk.

Ze nemen plaats in een lege wagon, die ook leeg blijft.
Misha houdt van de traagheid van de reis naar Mesjkovo.
De trein stopt onderweg op elk stationnetje; hij zit dan
intens te genieten van de zon, de geuren van de rook van
de locomotief, het langs sukkelende woud. Voordat mam
werd opgehaald, gingen ze vaak een heel weekend. Dan
draaiden ze de oude grammofoon op, dansten pap en mam
in het laatste avondlicht op een wals van Chopin terwijl hij

en zijn broer en zus in de tuin met potloden en wasco zaten te tekenen in hun schetsblokken. Hij verlangt intens terug naar die zorgeloze tijd.

Hoe verder ze naar het zuidoosten reizen, hoe groter de onrust in zijn binnenste wordt. Het is nog een kwestie van weken voordat iedereen hier, als ze niet van te voren naar Moskou zijn gevlucht, het geratel en metalen gedreun van tanks zal horen en daarna hordes nazisoldaten zal zien opduiken uit het woud.

'Hoe zijn jullie hier eigenlijk terechtgekomen? Ik zou denken dat je pa een datsja wilde die wat dichter in de buurt van de Vozhd zou zijn,' zegt Valya, Misha's mijmeringen onderbrekend.

'Nee. Hij heeft bewust gekozen voor een plek die niet in de buurt van Kuntsevo ligt,' zegt Misha. 'Ik weet nog dat hij het er aan tafel weleens over had, toen ik jonger was. "Ik moet soms even weg van de Vozhd," zei hij. Ik herinner me dat mam toen zei dat zelfs de trouwste dienaar het nodig heeft om zo nu en dan even bij zijn meester weg te zijn. Dat viel niet goed. Pap reageerde heel fel: "Waarom kleineer je me altijd zo?" schreeuwde hij. We zaten met z'n allen aan tafel, Viktor en Elena ook. We wisten niet waar we kijken moesten,' vertrouwt hij haar toe. 'Ze hadden vaak ruzie over kleine dingen.'

'Mijn ouders katten ook vaak op elkaar, hoor,' zegt Valya. 'Dat doen ze allemaal.' Ze kijkt uit het raam. 'De lucht ziet er goed uit. Ik denk dat het de hele dag nog warm blijft.'

De trein jakkert door de industrieterreinen rond de buitenwijken van Moskou en bereikt de randen van de dichte wouden rond de stad. Overal zien ze mensen picknickkleedjes uitspreiden en tafeltjes neerzetten langs de rails. Zo gewoon, terwijl er groot gevaar loert aan de horizon; het lijkt heel gek. Ze glijden langs een tonnetje ronde baboesjka en haar graatmagere, slonzige echtgenoot, die zich gulzig vergrijpen aan een glas rode wijn en beiden een sigaret paffen. Misha vraagt zich af of zij enig idee hebben van wat er komen gaat.

'Die lui hebben toch ook de radio gehoord en de *Pravda* gelezen, zou je denken?'

Valya is het met hem eens. 'Daar is geen woord Spaans bij. Vanochtend nog meldden ze dat onze troepen een heroïsch gevecht geleverd hebben bij Mozjaisk. Dat is een paar dagen hiervandaan.'

'Een paar uren, als niemand ze tegenhoudt,' zegt Misha somber.

'Defaitistenpraat,' schampert Valya, in een spottende imitatie van de aankondigingen op de staatsradio.

Misha leunt naar voren en begint te fluisteren. 'Ik moet je iets vertellen, Valya.'

Valya knippert even met haar ogen en deinst iets achteruit. Misha begrijpt dat ze denkt dat hij haar wil zeggen dat hij verliefd op haar is, of zo. Hij begint te blozen en vertelt vlug verder. 'Over waarom ik naar de datsja ga.'

'Ga verder,' zegt ze, op haar hoede.

'Mam heeft daar wat foto's verstopt. Foto's waarvan pap niet wil dat iemand ze ooit vindt. En wat documenten.'

Valya ontspant zich in een oogwenk en begint te lachen. 'Is ze buikdanseres geweest, of zo?'

Het stoort Misha dat ze zo lollig doet. 'Nee. Ik heb geen idee wat het is. Ik weet alleen waar ik ze vinden kan en dat ik ze in het fornuis moet stoppen.'

'Sorry, Misha.' Ze lijkt zich wat te schamen. 'Ik dacht even dat je wat anders wilde gaan zeggen.'

Ze laat het in de lucht hangen. Maar Misha heeft absoluut geen zin in een gesprek over dat onderwerp.

Kort na het middaguur rijdt de trein Mesjkovo binnen. Het is op het heetst van de dag en wanneer ze bij de datsja zijn, zoekt Misha wat twijgjes die hij bij de takken in het kleine gietijzeren fornuis stopt. Hij maakt vuur en zet een ketel water op. Dan vraagt hij Valya hem te helpen de grote vergulde lijst met de aquarel van zijn moeder van de muur te halen. De klaprozen uit de tuin rond de datsja staan er prachtig op.

'Ze was goed, hoor, je moeder,' vindt Valya. 'Ik zou willen dat ik zo kon schilderen. '

Ze leggen de lijst met de bovenkant omhoog op de salontafel. Het schilderij wordt op zijn plek gehouden met een dun houten paneel, dat met kleine spijkertjes is vastgezet in het houten frame van de lijst. Misha haalt een mes uit de keuken en begint voorzichtig de spijkertjes los te wrikken. Hij neemt de dunne plaat weg en ze zien dat er nog een paneel onder zit. In de ruimte tussen de twee panelen zitten een aantal documenten en drie kleine foto's. Misha pakt de foto's en bekijkt ze vluchtig. Het is een vreemde serie beelden die hij niet meteen kan plaatsen.

Een gewichtig uitziende marineofficier met een baard, zijn smetteloos witte jas behangen met medailles. Hij poseert naast een prachtige jongere vrouw, gekleed in een galante jurk van zwart fluweel en met een bonten hoed op haar hoofd, getooid met een veer. Het stel heeft twee kleine kinderen die op hun knieën zitten en gezellig tegen elkaar aanleunen. Meisjes. Ze zijn een jaar of vier, vijf en dragen eenzelfde jurkje van kant en zijde. Het valt Misha op dat ze hem wonderlijk bekend voorkomen en hij vraagt zich af waarom dat is.

Valya kijkt over zijn schouder mee. 'Mooi stel. Weet je wie het zijn?'

Er is nog een foto van een van die twee meisjes, maar dan van wanneer ze een jaar of twaalf, dertien oud is. Ze poseert naast een prachtig versierde vleugel: een slanke hand op het klavier, een hermelijnen stola over een schouder, om haar hals een parelketting.

'Dat lijkt je moeder wel,' zegt Valya. Misha ziet het ook, maar zij kan het niet zijn.

De laatste foto is er een van de beide meisjes, wat oudere tieners nu. Ze dragen baljurken en maken een kniebuiging voor een deftig uitziende man met een volle baard en een met medailles beladen uniform. Hij draagt een breed, zijden lint om zijn bovenlijf. Achter hen staat een gedekte tafel vol tafelzilver, kandelaars en porselein. De meisjes zijn het toonbeeld van zeer welgestelde, jonge en gelukkige dames. Achter hen een gezelschap van al even goed geklede mensen die druk met elkaar aan het praten zijn. Een feest, waarschijnlijk. Of een bal.

'Lieve hemel, Misha! Dat is de tsaar. Dat is Nicolaas, met al die medailles,' zegt Valya. 'Wie zijn die mensen?'

Misha's handen beginnen te beven. Wat is dit? Wat heeft zijn moeder hier verborgen gehouden?

Hij bekijkt de documenten. Het zijn er vijf, allemaal afkomstig van het Imperialistische Archief van Moskou, gedateerd tussen 1911 en 1916. Alle vijf verklaringen van de Prins Alexander Barjatinski Academie dat Anna Potemkin een serie pianoexamens heeft doorlopen. Met lof.

'Dat kan niet van mam zijn,' zegt Misha hees. Het klinkt opgelucht. 'Ze kon net "De Rode Vlag" spelen. En nog een paar andere communistische liederen.'

De ketel op het fornuis begint te fluiten. Ze gaan op de veranda in het waterige zonnetje zitten en genieten van koffie en de meegenomen lunch.

'En wat ga je met deze buit doen?' vraagt Valya.

'De pianocertificaten kunnen in het vuur,' zegt Misha. 'Maar die foto's houd ik.'

'Ik ga je er niet over aan je hoofd zeuren, Misha, maar je vader heeft je heel duidelijk gevraagd alles te vernietigen. Zou je dat dan niet doen?'

'Dat moet mam zijn op die foto's, Valya. Daarom wil pap dat ik alles verbrand.' Het voelt ineens of er een koude steen in zijn maag zit.

Ze blijven een tijdje zwijgend zitten, tot Misha opstaat de pianocertificaten verscheurt en de snippers in het fornuis smijt. De drie foto's stopt hij in zijn borstzak; hij timmert het paneel weer in de vergulde lijst.

Dan dwalen ze in een heerlijke nazomerroes door het woud van zilveren berken, bijna schouder aan schouder. Ze schoppen hopen bladeren op. Misha verlangt ernaar haar aan te raken, haar hand vast te houden. Plotseling komt er uit het niets een koude oostenwind opzetten. Ze rilt.

'Hier, neem mijn jas maar,' zegt hij. Tot zijn vreugde neemt ze hem aan.

'Ik vind dit de fijnste tijd van het jaar,' zegt ze zich verkneukelend. 'Op zo'n dag geniet je zo intens van elk moment, want je weet dat je tot mei moet wachten voordat er weer een komt.'

'Tijd om terug te gaan,' zegt Misha. 'De trein gaat net na vieren.'

Misha bekommert zich om de luiken en zorgt ervoor dat het

vuur in het fornuis uit is. 'Ik vraag me af of we hier ooit nog terugkomen,' zegt hij.

Hij pakt het schilderij met de klaprozen, zij een paar van de potloodtekeningen die hij heeft gemaakt toen hij een jaar of elf was, kleurige composities van de kat die steeds in de tuin kwam.

Beladen met lijsten haasten ze zich naar het station. Om twintig minuten over vier is er nog steeds geen trein verschenen en ze beginnen zich ongerust te maken. Hebben de Duitsers de spoorlijn verderop soms al in handen? Een paar minuten later horen ze in de verte toch het bekende fluiten en zien kort daarna de grauwe pluim van een naderende stoomlocomotief.

Wanneer de stad zich rondom hen sluit, krijgt Misha het deprimerende gevoel dat hem op zulke momenten wel vaker bekruipt. Fabrieken, opslagtanks voor gas en graansilo's staan in donkere silhouetten tegen de snel vervagende avondhemel. Maar dit keer voelt hij ook angst.

'Alstublieft, God, geen luchtaanvallen vanavond,' fluistert Valya. Misha kijkt verbaasd op; hij heeft uit haar mond nog nooit iets over God gehoord. Ze lijkt wat verlegen. 'Het moet verschrikkelijk zijn om in een trein te zitten tijdens een luchtaanval,' verklaart ze. 'De nazi's bestoken alle treinen. Niet alleen goederentreinen of transporttreinen van het leger, ook de kleine lokale treintjes.'

Misha kan er zich maar al te goed een beeld van vormen. De *Stuka's* met hun gillende sirenes, brullende motoren, het geratel van machinegeweren, brekend glas en krakend hout, de dood die ronddanst op de maat van kogelinslagen. Maar het geloei van het luchtalarm blijft uit. De trein rijdt zelfs rechtstreeks door, zonder om onverklaarbare reden twintig minuten net buiten Leninsky Prospect te blijven staan, zoals anders meestal wel gebeurt.

Ze wandelen over de brug naar het Kremlin, hun armen vol lijsten, een geheim in hun hart. De koude wind waait nog steeds en uit de zwarte hemel vallen de eerste vlokken sneeuw.

19

Misha zit de hele avond te wachten tot zijn vader thuis-komt. Een verlammend gevoel van onrust ligt als een steen op zijn maag en hij wordt voortdurend heen en weer geslingerd tussen verschillende gedachten. Zal hij gewoon naar bed gaan en niks zeggen? Gaat hij zijn vader confron-teren met het verraad aan zijn moeder? Ze zijn tenslotte voor haar gekomen, niet voor hem. Wat heeft die envelop met geld die hij in de kast vond, te betekenen? Maar hij weet nog niet zo zeker of hij het allemaal wel wil weten.

De klok in de Verlosserstoren slaat de kwartieren weg. Hij probeert te lezen, maar kan de rust niet vinden. Uiteindelijk dommelt hij weg. Als de voordeur klikt, schrikt hij wakker.

'Pap!' roept hij.

'Misha! Ben je nog op? Je moet morgen naar school. Dit zou je moeder nooit goed gevonden hebben.'

Igor Petrov stapt de woonkamer in. Zichtbaar vermoeid. 'Ben je naar Mesjkovo gegaan?'

Misha knikt.

'Pap, die foto's heb ik gehouden. Ik kon het niet... ik heb ze meegenomen. Ze zijn van mam, toch?'

Igor knikt alleen maar. Misha heeft zich dit moment al tien-tallen keren voor de geest gehaald, gedacht dat zijn vader zou gaan schreeuwen, slaan misschien wel, maar dit niet. Zijn vader pakt de foto's van hem aan. 'Ik verbrand ze wel,' zegt hij zacht. 'Je weet wat er gebeurt als iemand ze zou vinden.'

Igor gaat op de bank zitten en wrijft in zijn vermoeide ogen. Dan staat hij weer op, loopt naar de buffetkast, pakt er een fles wodka uit en schenkt zichzelf een glaasje in. Hij slaat het in een keer achterover en vult het glaasje opnieuw. Misha staat wat ongemakkelijk te wachten.

'Je hebt recht op de waarheid, denk ik,' zegt Igor.

Hij neemt nog een slok wodka en gebaart Misha naast hem te komen zitten. Hij zet de radio aan en begint, met een pianoconcert van Tsjaikovski zachtjes op de achtergrond, te vertellen. Hij praat op die stille, voorzichtige toon die mensen gebruiken wanneer ze in een café of in een park iets vertellen dat geheim moet blijven.

'Mam heeft een interessant verleden. Een verleden dat de Partij niet welgevallig is. Nu we van Zhiglov hebben vernomen dat ze nog leeft, wil ik voorkomen dat ze nog meer over haar ontdekken. Ze weten al genoeg. Het zou kunnen dat ze haar dan nog meer straffen. Daarom heb ik je erop uitgestuurd om die spullen te vernietigen.

Je moeder stamt van een adellijk geslacht, Misha. Stel je voor. Ze was een van hen! Kijk niet zo geschokt, zo erg is het niet. Ze is geen gravin of prinses of zoiets. Haar moeder – jouw baboesjka, die je nooit hebt gekend – was een dienstmeisje. Zij werkte op het landhuis van de graaf van Moskou en had een verhouding met hem. Hij was een marineofficier. Kijk, dat is hem, op die foto. Met haar.

Toen hij erachter kwam dat ze zwanger van hem was, heeft hij haar niet verstoten. Integendeel: hij heeft ervoor gezorgd dat er goed voor je grootmoeder en haar baby gezorgd werd. Hij voorzag hen van een mooi appartement in Arbatskaja en een heel behoorlijk maandelijks inkomen. Toen je moeder nog klein was, kwam hij vaak op bezoek. Niet lang daarna werd tante Mila geboren. Dit zijn ze, op deze foto, met hun vader en moeder. Hij toonde zich betrokken bij hen beiden. Anna had brieven van hem waarin hij schreef dat hij hen de mooiste meisjes van Rusland vond en dat hij er altijd voor hen zou zijn. Die brieven heeft ze nog heel lang bij deze foto's en de pianocertificaten bewaard. Maar mama was altijd bang dat dit in verkeerde handen zou vallen. Die brieven waren het duidelijkste en het meest belastende bewijs, dus die zijn al veel eerder in het fornuis beland. Ze heeft toen ontzettend gehuild.

De graaf heeft ervoor gezorgd dat zij naar een goede school konden. Hij heeft een verhaal verzonnen: dat hun vader in de Russisch-Japanse oorlog was gesneuveld. Hij heeft ook voor pianolessen betaald. Kijk haar, bij die piano. Wat een schoonheid, vind je niet? Ik kan je niet vertellen hoe erg Anna het miste om te kunnen spelen. Ik heb haar maar één keer gehoord. Dat was in een hotel, toen we op huwelijksreis waren. Ze speelde ongelofelijk mooi... Mozart, Chopin, Beethoven, alles uit het hoofd. Prachtig! Maar heel erg roekeloos. Het was 1920. Mensen keken haar heel argwanend aan, er werd gefluisterd. Ik heb haar gezegd dat ze nooit meer iemand moest laten merken dat ze zo goed kon spelen. Bij een vrouw van haar leeftijd is dat een veel te duidelijke aanwijzing dat ze een bourgeois opvoeding heeft gehad. Nu heb je muziekscholen voor talentvolle arbeiderskinderen en is dat geen probleem meer, maar als iemand van je moeders generatie zo kan spelen, is dat heel erg verdacht. Dan moet je bijna wel iemand uit de niet-arbeidende klasse zijn, een klassenvijand.

Ze heeft mij voordat we trouwden over haar afkomst verteld. Natuurlijk schrok ik, maar ik was niet van plan om haar te laten vallen. Haar vader, de graaf, was een bijzondere man. Hij was officier op de *Potemkin*, dat slagschip; een van de bevelvoerders die de kant van de muiters koos tijdens de revolutie van 1905. Dat is ook de naam die je moeder aangenomen heeft. De tsaar heeft hem daarom naar Siberië verbannen, naar een groot landhuis, met zijn hele huishouding. Niet het soort verbanning dat wij tegenwoordig kennen, waar je blij mag zijn als je naar een werkkamp gestuurd wordt in plaats van naar een mijn.

Maar goed, acht jaar later kwam hij terug, in 1914. Vlak voordat de oorlog uitbrak. Hij had tuberculose, opgelopen in ballingschap, maar hij vocht tegen de Duitsers. Hij overleefde de oorlog en koos in de burgeroorlog de kant van de Witten. Mam heeft tijdens de oorlog het contact met hem verloren, maar haar moeder vertelde haar vlak voordat ze stierf dat hij waarschijnlijk is gesneuveld in de strijd tegen de Revolutionaire Garde bij Tsaritsyn. Best kans dat ik zelf nog tegen hem gevochten heb.'

Misha is zich steeds bozer gaan voelen. 'Maar het is toch niet mams fout dat haar vader een aristocraat was?' zegt hij. 'Kameraad Stalin heeft zelf gezegd dat je kinderen niet kunt straffen voor de fouten van hun ouders, toch?'

'Misha, je bent onderhand oud genoeg om te weten dat wat mensen zeggen lang niet altijd hetzelfde is als wat ze doen. Kijk maar eens naar wat er gebeurt met de gezinnen van officieren die zich overgeven aan de nazi's. Toen Jakov, nota bene de Vozhds eigen zoon, afgelopen zomer gevangen-

genomen werd, hebben ze zelfs zijn vrouw en kinderen opgepakt en gevangen gezet. Nauwe verwanten van aristo-
craten die voor de Witten hebben gevochten, zoals jij en je
moeder, zijn dus het laagste van het laagste. Kom op! Ik vertel je niks nieuws, toch? Je hebt het vaak genoeg gezien bij
studenten die ontmaskerd werden.'
Misha is witheet. Zijn moeder was alles wat een goede communiste moet zijn. Ze was volkomen toegewijd aan haar studenten. Zij was degene die hem aanspoorde om vrijwillig les
te gaan geven aan fabrieksarbeiders. Er was niets burgerlijks
aan haar en ze was geen snob, zoals die sneue ouwe matro-
nes in hun zwartzijden jurken, die met porseleinen kopjes in
hun handjes geheimzinnig zitten te fluisteren in cafeetjes.
Mam was alles waar het nieuwe Rusland voor staat. Haar
leven, haar politieke kleur, alles was omgevormd tot wat de
Sovjet-Unie zoekt en wil. Maar kennelijk was dat niet genoeg
om haar uit de klauwen van de NKVD te houden.
'Dit land is door en door rot,' zegt Misha zacht. 'Van binnenuit. Pap, hoe kun jij nou blijven werken voor de man die
daar verantwoordelijk voor is?'
Igor reageert als door een wesp gestoken. 'We doen wat
we moeten doen om het er levend af te brengen, niet?
Om ervoor te zorgen dat onze gezinnen het er levend af-
brengen.'
Misha wacht tot hij wat kalmeert. 'Waarom heb je me nooit
eerder verteld wat je van mam wist?' vraagt hij dan.
Zijn vader pakt zijn hand, iets wat hij niet meer gedaan
heeft sinds Misha een jaar of tien, elf was. 'Misha, kinderen
met blauw bloed zijn paria's. Die hebben geen toegang tot
een universiteit. Jij was altijd al de slimste van onze kinderen. Het zou vreselijk geweest zijn als jij van school had ge-

moeten omdat je moeder van adel is, toch? Hoe minder mensen iets wisten, hoe veiliger het voor jou was.'

Misha walgt van het hele verhaal; hij kan zich nauwelijks beheersen. 'Wat een achterlijk gedoe, wat een verspilling van talent. De kinderen van deze mensen verdienen geen straf, net zo min als de vrouwen en kinderen van soldaten die gevangengenomen zijn.'

Als bij toverslag verschijnt die blik van angst weer op Igors gezicht. 'Nooit zo spreken, Misha. Zelfs tegen je eigen vader niet,' fluistert hij. 'Je mag dan nog jong zijn, maar ze slepen je mee en schieten je zonder pardon dood, als ze horen dat je zulke dingen zegt.'

Nu, nu pas, dringt het ten volle tot Misha door dat zijn vader net zo bang voor Stalin en Beria is als de rest. Een man die de vrouw en kinderen van zijn eigen zoon laat oppakken en opsluiten, zal zonder blikken of blozen het bevel geven voor de liquidatie van een oude kameraad.

'Wat weet jij van mams arrestatie?' vraagt Misha. 'Waarom hebben ze haar gearresteerd en niet jou? Ik begrijp nog steeds niet waarom ze is opgepakt. Was het haar afkomst?'

'Nee, dat was het niet. Mam heeft dingen gezegd...'

'Wat voor dingen? Tegen wie?'

'Tegen de Vozhd. Ze koos haar vriendinnen niet zo slim. Ik zal het je vertellen. Maar zweer me dat je dit nooit verder vertelt... Toen we hier net kwamen wonen, raakte mam bevriend met een echtpaar: de Usatovs.'

Misha herinnert zich hen. Dat was het echtpaar dat de Petrovs leerde wat goede wijn is. De man, Grigory, was marineattaché in het Kremlin. Misha ziet hem nog voor zich, in zijn uniform. Er waren niet zo veel marinemensen in het Kremlin en Grigory was een opvallende verschijning. Vera kwam altijd met cadeautjes – meestal een boek voor Viktor en Elena en wat chocola uit de buitenlandwinkel voor Misha. Zijn moeder en Vera zaten altijd uren te kletsen en koffie te drinken.

'Dat was geen gelukkige vriendenkeus. Grigory werd begin 1940 gearresteerd, hij bleek een trotskistische spion te zijn. Twee weken later kwam de NKVD ook voor Vera. Je moeder was ervan overtuigd dat zij volkomen onschuldig was. Ze vertelde me dat Vera tot in haar vezels een overtuigd communiste was. Anna is daarom bij de Vozhd gaan pleiten voor haar vrijlating. Ze wist dat kameraad Stalin haar mocht. Maar ze heeft een te grote broek aangetrokken. Ik vermoed dat hij dacht dat ze hem wilde verleiden toen ze vroeg of ze hem onder vier ogen kon spreken. Ze vertelde dat hij heel erg koeltjes reageerde toen hij begreep dat ze met hem alleen wilde zijn. Toen zij me vertelde wat ze geprobeerd had, wist ik dat het een kwestie van tijd zou zijn voor ze haar zouden komen halen. Ik dacht eigenlijk dat ze mij ook mee zouden nemen. Maar ze kwamen alleen voor haar; dat verraste me.'

'Waarom heb je niet geprobeerd haar te redden?' Misha probeert zijn boosheid niet te laten doorklinken in zijn stem. 'Jij bent een oude strijdmakker van Stalin. Er zijn toch wel een paar mensen waar hij naar luistert...?'

Igor Petrov zit kaarsrecht. Misha ziet op zijn kale hoofd een bloedvat opzwellen.

'Je moeder werd gearresteerd omdat ze probeerde iemand om wie zij gaf te redden. Ik kon het risico niet lopen dat jij alleen achter zou blijven. Wie had er dan voor je gezorgd? Ik heb nog wel iets voor haar kunnen doen. Meteen nadat ik hoorde dat ze opgepakt was, heb ik drieduizend roebel betaald aan een van Zhiglovs kameraden bij de NKVD om ervoor te zorgen dat ze naar een gewoon werkkamp gestuurd zou worden, niet eentje die haar einde zou betekenen. Ik heb er nooit meer iets van gehoord. Dat contact van Zhiglov verdween kort daarna zelf en ik heb nooit geweten of ze nou naar een minder zwaar kamp gestuurd was, of niet. Ik heb zelfs nooit geweten of ze naar een strafkamp is gestuurd of dat ze gewoon is doodgeschoten, tot gisteravond. Drieduizend roebel; misschien is dat de beste uitgave geweest die ik ooit gedaan heb.'

De envelop met geld. Misha voelt een overweldigende opluchting, maar ook schaamte voor het feit dat hij zijn vader verdacht heeft.

Igor spreekt verder, met een scherp randje boosheid dat zijn verdriet maskeert. 'Je moeder had beter moeten weten. Ik heb er heel wat meegemaakt die nog probeerden om iets voor een vriend of familielid te regelen. Weet je wat er met hen gebeurde? Als ze geluk hadden, niets. Maar de meesten hadden geen geluk. Morozovs vrouw, ken je die nog? Die probeerde de Vozhd zover te krijgen dat hij haar broer vrij zou laten. Kleedde zich in haar mooiste cocktailjurk, flirtte de hele avond met hem...'

Hij haalt een vinger langs zijn hals.

'En die idioot van een Leonov, met wie ik gewerkt heb. Sprak de Vozhd aan als Iosif Vissarionovitsj. Stalin heeft een gruwelijke hekel aan familiair gedoe. Die vent kwam trillend als een rietje die vergadering uit. Is een week later verdwenen. Ik was niet van plan mijn leven en jouw toekomst in gevaar te brengen door ook zo'n stomme streek uit te halen. Kijk me aan, Mikhail.' Zijn stem beeft. 'Kijk me aan.'

Misha mijdt de intense blik van zijn vader niet langer.

'Jou hadden ze in een tehuis gestopt. Of ze hadden je ook opgepakt, net als mij. Dan hadden ze je naar een strafbataljon gestuurd, Mikhail. Dan was je door de nazi's afgeslacht, toen de oorlog uitbrak...'

Misha beseft meer dan ooit hoeveel geluk hij heeft gehad dat zijn vader hem zo in bescherming heeft genomen.

'Ik heb vijf jaar in deze slangenkuil overleefd. Ik heb je een goed leven kunnen geven. Er is in dit land bijna niemand die het zo goed heeft als wij. En we waren gelukkig, totdat je moeder verdween.'

Misha schaamt zich kapot, staart met een vuurrood hoofd naar de punt van zijn schoenen.

Igor begint heel zacht te praten. 'Ik heb het allemaal gezien en meegemaakt. Partijleiders die Stalin ervan probeerden te overtuigen dat het kalmer aan moest, die probeerden een einde te maken aan de honger in Oekraïne, die vonden dat we te snel te ver gekomen waren... goede communisten, mannen en vrouwen die hun hele leven aan de Sovjet-Unie hebben gewijd. Ze dachten allemaal dat ze de positie en het gezag hadden om vrijuit te kunnen spreken, in de geest van communistisch broederschap. Allemaal verdwenen. Allemaal ergens in een zompige kelder doodgeschoten, smekend om vergeving soms. Ja, ik heb de verslagen over hun executies gehoord, de rapporten gezien. Ik denk dat hij me bewust liet luisteren en lezen, om me in het gareel te houden. We hebben een monster gecreëerd, Mikhail. Ik ben de dienaar van dat monster en ik ken het klappen van de zweep. Dat is waarom jij en ik er nog zijn. Heb jij je weleens afgevraagd wie er voor ons in dit appartement gewoond hebben? Ik heb verhalen gehoord... Het verbaast me dat ze hier nooit 's nachts zijn komen spoken.

Iedereen op kantoor weet wat het is om in je bed te liggen luisteren naar geschuifel op de trappen en te bidden dat het voor de buren is en niet voor jou. Gebonk op een deur, het gekrijs van kinderen als hun ouders worden weggesleept. Ik heb mijn leven eraan gewijd om ervoor te zorgen dat zoiets jou en mij niet zal overkomen. Ik weet niet eens wat ze je moeder in de schoenen hebben geschoven. Ongetwijfeld iets volslagen ridicuuls. Spioneren voor de Duitsers. Sabotage van een fabriek, samenzwering. Een volksvijand... Complete nonsens. Fantasie. Alice in Wonderland.

Ik heb gehoord van mannen die met hun blote handen een fabriek uit de klei hebben gestampt, die na marteling verklaarden dat ze hun eigen machines opzettelijk hadden gesaboteerd. Mannen die grote staalwerken hebben opgericht... gemarteld tot ze vertelden dat ze artilleriegranaten in hun eigen ovens gesmeten zouden hebben. Bizarre misdaden, volstrekt ongeloofwaardig. Krankzinnig.'

'Maar, pap, we horen op school bijna elke dag wel verhalen over trotskistische saboteurs en imperialistische spionnen. Daar moet toch wel iets van waar zijn?'

'De meeste van die verhalen zijn sprookjes, Mikhail. Was je moeder een saboteur? Een spion voor de nazi's? Zij is niet anders dan de anderen. Die waren alleen belangrijker. Bekender. We hebben het volk belazerd. De Revolutie heeft een heel bittere smaak gekregen.

Ik wil dat je leert begrijpen waarom de dingen zijn zoals ze zijn, mijn zoon. Ik wil dat je overleeft.'

20

De volgende ochtend wordt Misha bij het verlaten van het appartement geconfronteerd met een laaghangende grijze lucht en een bijtende noordenwind. Er valt nog geen sneeuw, maar de lucht is vochtig; hij hoopt maar dat het nog even uitblijft, tot hij op school is.

Het nieuws op de radio was beroerd. Geen woord over overwinningen of vooruitgang of nazitroepen die teruggedreven worden, alleen over 'heroïsche tegenstand' die geboden wordt. En de dorpen en stadjes die genoemd worden, liggen elke dag dichter bij Moskou.

Hij wandelt het Kathedraalplein op een ruikt iets vreemds. Hoe dichter hij bij de Borovitskajatoren komt, hoe sterker de geur wordt. Het is de weeë lucht die je ruikt in goedkope winkels met tweedehandskleding of in een marktkraam; een muffe geur van vocht, ongewassen kleren en ongewassen lichamen.

Wanneer Misha de poort onder de toren doorloopt, de brug op, ziet hij een heel ongewoon tafereel. Drommen uitgeputte, smerige mensen vullen de straat. Hij ziet oude mannen met warrige baarden, baboesjka's in alle soorten en maten, uitgeteerde kleine kinderen met uitdrukkingsloze gezichten, starend in het niets. Misha realiseert zich meteen dat dit een enorme stroom vluchtelingen is, op gang gebracht door het oprukkende nazileger.

Sommigen duwen handkarren met spullen voor zich uit, anderen lijken niets anders te bezitten dan wat ze aan het lijf hebben. De meesten hebben sjaals of dekens om het hoofd gewikkeld. Een enkeling is in het gelukkige bezit van een paard of een ezel die een kar voorttrekt, volgestouwd met huisraad.

Wat Misha het meest aangrijpt, is de volkomen stilte. Er klinkt getrappel van paardenhoeven, geratel van karrenwielen, geschuifel van duizenden voeten, maar kennelijk heeft niemand de energie om nog iets te zeggen. Zwijgend slepen ze een ellende met zich mee die bijna tastbaar is.

Hij hoort ganzen gakken en kijkt instinctief naar de lucht. Maar dan beseft hij dat het geluid uit de menigte komt, vlak bij hem, waar een kleine jongen met een stok een troepje ganzen bijeengedreven houdt. Het gegak zet ook een paar andere dieren die in deze trieste processie worden meegevoerd, aan geluid te maken. Er loeien een paar koeien, schapen blaten klagend.

Hier en daar wordt de menigte door een paar mannen en vrouwen in uniform in de juiste richting geleid. Misha kijkt via de Lebyazhilaan de Oelitsa Mokhovaja in; er komt geen eind aan de vluchtelingenstroom. De mannen en vrouwen van de militie en het leger hoeven nauwelijks de orde te handhaven, alleen hier en daar de massa wat te begeleiden. De mensen lijken te uitgeput voor boosheid of agressie. Misha vermoedt dat ze richting de Chaussee der Enthousiastelingen lopen, de uitvalsweg in het oosten van Moskou, richting de Oeral en Siberië. Hij vraagt zich af wanneer deze mensen voor het laatst gegeten hebben; ze moeten vergaan van honger.

Hij rent terug naar huis, plundert de ijskast en de kelder en keert terug met een canvastas vol brood, gedroogd vlees en appels. Hij stapt naar de rand van de mensenstroom en begint uit te delen aan wie er het meest behoeftig uitziet. Aanvankelijk grissen de langs sloffende vluchtelingen de etenswaar zwijgend uit zijn handen. Maar op het moment dat meer mensen in de gaten krijgen wat hij aan het doen is, ontstaat er een stormloop. Misha wordt ondersteboven gelopen, ziet zijn tas en de inhoud ervan over de grond rollen en tientallen handen die weggraaien wat er nog van het eten over was. Hij moet denken aan de keer dat zijn gezin werd overvallen door een troep wilde ganzen, toen ze net een picknick hadden klaargezet ergens langs de oever van de Dnjepr.

Misha heeft een snee in zijn hand en moet terug naar het appartement om het vuil eruit te spoelen. Terwijl hij zijn handen wast, slaat de klok in de Verlosserstoren op de noordoostelijke muur rond het Kremlin één uur. Hij gaat te laat op school komen.

Hij neemt een sluiproute om de ergste drukte te vermijden, passeert in de achterafstraatjes verschillende fabriekjes en werkplaatsen waar het overal een drukte van belang is. Hij gluurt door openstaande deuren en ramen en ziet mannen en vrouwen die druk in de weer zijn met het ontmantelen van machines en de inventaris in kratten en dozen te stouwen. Het lijkt of Moskou zich opmaakt voor een massale evacuatie.

Even, een ogenblik van egoïsme, heeft Misha er spijt van dat hij hun voedselvoorraad geplunderd heeft. Hij heeft het als vanzelfsprekend beschouwd dat hij en zijn vader in het Kremlin altijd voldoende te eten zullen hebben.

De schoolmaaltijden zijn nog beroerder geworden, zo belabberd dat hij blij is dat de porties zo minimaal zijn. Zo nu en dan neemt hij wat extra's mee, maar niet meer om te delen. Dat heeft hij, na dat incident met Barikada, wel afgeleerd. Hij werkt het snel en onopvallend naar binnen wanneer hij even alleen in het lokaal zit te wachten op de jongere leerlingen die hij lesgeeft. Hij wil niet dat iemand hem ziet; dat geeft hem het gevoel dat hij een of andere rijke stinkerd is die zich volpropt, terwijl het voetvolk om hem heen sterft van honger.

Vandaag treft hij maar de helft van de klas van twaalfjarigen die hij normaal lesgeeft. 'Waar is de rest?' vraagt hij de ongeveer vijftien kinderen die zich in de voorste bankjes gewurmd hebben.

'Alstublieft, kameraad Petrov,' zegt een lang meisje met vlechten en een beige, gesmokt bloesje. 'Het was echt een ramp om vandaag door de drukte heen te komen. De anderen hebben het waarschijnlijk opgegeven en zijn terug naar huis gegaan.'

'Het heeft mij ook de nodige moeite gekost,' zegt Misha. 'Dapper dat jullie toch gekomen zijn. Wees trots op jezelf.'

'Ach, kameraad Petrov,' zegt een kleine knaap. 'Zo dapper is dat niet, hoor. Ik woon hier om de hoek.'

Ze giebelen en Misha grinnikt mee. 'Nou, dat geldt dan niet voor jou. Maar wel voor de rest!'

'Kameraad, wie zijn die mensen op straat?' vraagt een ander kind.

Misha wil hun niet vertellen dat zij op de vlucht zijn voor de nazi's. Het zou hen alleen maar enorm ongerust maken. 'Onze dappere soldaten brengen die mensen naar een andere plek, om te voorkomen dat hun iets overkomt bij de gevechten,' zegt hij. Dan verandert hij snel van onderwerp. 'Goed. Wie heeft het stuk gelezen dat ik jullie als huiswerk gegeven heb?'

Alle kinderen steken hun hand op. Dat doet Misha deugd; ondanks alles blijft hij genieten van het lesgeven aan de jongere leerlingen. Nu hij zijn lessen heeft aangepast aan wat hen interesseert, merkt hij dat ze heel goed op hem reageren. Het kost hem weinig moeite om orde te houden, ook als het om de lastiger kinderen gaat. Het komt allemaal op zelfvertrouwen neer, is zijn theorie. Doe net of je precies weet wat je aan het doen bent en ze reageren goed en houden hun gemak.

Maar op het moment dat Misha verder wil gaan lezen uit *Oorlog en vrede*, ziet hij achter in het lokaal iets wat het bloed in zijn aderen doet stollen. In de hele Sovjet-Unie hangt achter in ieder lokaal een poster of tekening van kameraad Stalin, ook hier. Eromheen hangen tekeningen die leerlingen hebben gemaakt ter gelegenheid van de 1-mei-parade.

Iemand heeft een dolk op de poster getekend die dwars door de schedel van Stalin gaat, het ene oor in, het andere weer uit. Aan de punt hangen bloeddruppels. Uit zijn bovenkaak priemen twee vampiertanden en er sijpelt bloed over zijn kin. Een kinderhand heeft УБЛЮДОК – klootzak – op het voorhoofd van de Vozhd gekalkt. Daarboven, als een stralenkrans rond zijn hoofd, staat УБИЙЦА – moordenaar.

Misha stopt met lezen. Zoiets brutaals heeft hij nooit eerder gezien. Hij overweegt om net te doen of hij niks heeft gezien en gewoon door te gaan, maar de leerlingen hebben de schrik op zijn gezicht allang gezien. De eersten draaien zich om, volgen zijn blik. Anderen grinniken. Zij hebben het al eerder gezien.

Er breekt rumoer los. 'Stil, alsjeblieft,' smeekt Misha. Hij heeft een plan.

'Rustig, allemaal!' Het klinkt een stuk strenger en dit keer luisteren ze. Misha heeft er helemaal geen behoefte aan dat een van de andere leraren of de Komsorg poolshoogte komt nemen.

'Weet iemand wie dit gedaan heeft?' vraagt hij op een vriendelijke, feitelijke toon.

Hij monstert de gezichten voor hem, maar geen van de kinderen geeft iets weg.

Misha loopt naar de poster en rekt zich uit om hem van de muur te halen. Hij rolt hem tot een koker en legt die onder zijn bureau. 'Goed. Waar waren we?' glimlacht hij, en hij gaat verder met lesgeven alsof er niets aan de hand is.

Na afloop van de les, als de leerlingen het lokaal uit zijn, doet Misha de deur achter hen op slot. Met bevende vingers scheurt hij de poster in stukken en propt die in zijn rugtas. Hij is niet van plan om het incident te melden. Hij heeft geen zin in een heksenjacht van de Komsorg, die ongetwijfeld tekeer zal gaan als een moderne Torquemada op zoek naar ketters. De nazi's komen eraan; deze kinderen hebben genoeg op hun bordje.

's Avonds is Misha alleen thuis. Hij spelt de laatste editie van de *Pravda*, op zoek naar aanwijzingen waaruit hij iets van het verloop van de oorlog kan opmaken. Hij krijgt een knoop in zijn maag van een artikel over gruwelijkheden die de Hitlerieten in de omgeving van Smolensk hebben gepleegd. Op het lichaam van een gesneuvelde Duitse soldaat is een camera gevonden. De beelden vertellen een ijzingwekkend verhaal. Twee krijgsgevangen partizanen die opgehangen zijn. Een hele serie foto's laat tot in detail zien hoe dat in zijn werk is gegaan. Een foto van een jonge meid van zijn leeftijd, een tiener nog, trots maar onder de blauwe plekken, omringd door Duitse soldaten, de handen op de rug gebonden. Ze draagt eenzelfde gestreepte trui als Yelena vaak droeg op school en heeft een bord om haar nek waarop in het Russisch staat: 'IK BEN EEN TERRORIST.' Misha kan zichzelf er bijna niet toe zetten om verder te kijken. Hij vangt een glimp op van nog een foto van twee bungelende figuren, vouwt dan de krant om zodat hij niet meer naar de beelden hoeft te kijken en het artikel zelf kan lezen.

De laatste woorden die deze dappere partizane tot de nazimisdadigers richtte waren: 'Jullie kunnen nooit 169 miljoen mensen uitmoorden.' Met zo'n onwankelbare revolutionaire geest verliezen we de oorlog nooit!

Hij weet heel goed dat Yelena eenzelfde lot wacht. Alleen het lot of blind geluk kan haar redden van de strop of een Duitse kogel. Hij legt de krant weg en huilt tot hij geen tranen meer over heeft.

21

half oktober 1941

Het druilerige weer van de afgelopen week heeft de grond zompig gemaakt en nu is het ijzig geworden. Nikolai wist te vertellen dat zompig goed is. Blubber maakt het voor een leger lastig om op te trekken. Maar koud weer betekent dat de grond vastvriest. Hoe kouder het wordt, hoe gemakkelijker het voor de Duitse tanks wordt om op te rukken en de stad onder de voet te lopen. Ze zijn vlakbij. Op straat ziet Misha de mensen voortdurend angstig omhoogkijken. Er zijn geruchten over Duitse parachutisten die met duizenden tegelijk springen. Telkens als er een eskader vliegtuigen overvliegt, blijven de mensen stokstijf staan wachten of er geen stortvloed van ontelbare kleine figuurtjes hoog boven hen volgt, en lopen pas weer door als de vliegtuigen verder vliegen

De immense stroom ontheemde boeren en dorpelingen die wegvluchten van het westelijke front, is wel geslonken, maar de straten zijn nog steeds vol vluchtelingen, makkelijk herkenbaar aan de versleten koffers en uitgeputte verschijning. Misha weet inmiddels hoe hij het best de kleine kuddes schapen en varkens die zij met zich meevoeren, kan omzeilen. Hij vraagt zich deze dagen steeds vaker af of de dagelijkse gang naar school geen verspilling van tijd is. Er komen maar heel weinig leraren en kinderen opdagen. School is een broeinest van geruchten geworden, waar de laatste gruwelijke verhalen als een lopend vuurtje de ronde doen. Veel leerlingen komen met de tram en de metro, en die rijden volgens een dienstregeling die met de dag onbetrouwbaarder wordt. Steeds als er een tram of metro uitvalt, is het eerste wat hij zich afvraagt of de Duitsers de lijn verderop al in handen hebben. Op een dag ziet Misha een enkele tram in de Oelitsa Gertsena rijden en heeft hij voor een ogenblik het idee dat die vol Duitse soldaten zit.

Zelfs de meest nuchtere mensen weten de meest bizarre verhalen te vertellen. Nu, na een paar weken van dit soort verhalen, begint Misha ze bijna te geloven. Als hij vlak bij school is, komt Nikolai op hem afgerend. Hij begroet hem met het nieuws dat er nazisoldaten zijn gesignaleerd bij metrostation Sokol, net ten noordwesten van het stadscentrum.

'Nikolai, je bent niet goed wijs!' zegt Misha. 'Als ze zo dichtbij zijn, hadden we gevechten gehoord. Geweerschoten, machinegeweren, artillerievuur.'

Nikolai kijkt hem schaapachtig aan. 'Nou. Sergei vertelde me anders dat zijn vader achter de dierentuin Duitse tanks heeft gezien. Hij had het mondingsvuur van de lopen gezien, zei hij.'

Dat valt Misha tegen van zijn vriend. Dit soort verhalen dissen de twaalfjarige jochies in zijn klas op.

'Ik heb voor ik naar school ging het nieuws nog gehoord. Daar zeiden ze dat er nog steeds hevig wordt gevochten bij Mozjaisk,' antwoordt hij. 'Dat is nog honderd kilometer hiervandaan.'

Nikolai reageert schamper. Hij dempt zijn stem en zegt:

'Je gelooft toch niet wat ze op de radio vertellen, Misha?'
Misha wordt boos. 'Ik ben echt geen idioot, Nikolai. Maar
als ik "heroïsche tegenstand" hoor, dan weet ik dat daar
gevochten wordt.' Hij probeert rustig te blijven en legt een
hand op de schouder van zijn vriend. 'Als we artillerie-
geschut horen, moeten we ons ongerust gaan maken. Eerder niet.'

Maar honderd kilometer is niks. Dat is een uur rijden. Ook
binnen de stadsmuren dreigt gevaar. Sinds de zomer, vanaf
het moment waarop de nazi's vliegvelden in handen kregen
van waaruit Moskou binnen bereik kwam, zijn er strenge
verduisteringsmaatregelen van kracht. Er gaan constant geruchten over straatroof en verkrachting, en Valya en hij
lopen aan het eind van de dag altijd samen naar huis. Een
paar dagen geleden, op Dag Vier, zagen ze een oploopje
in de Oelitsa Serafimovicha, waar een kleine meute mensen de ruiten van een groentewinkel ingooiden. De dag
erna is Misha er nog eens langsgelopen en zag hij dat de
relschoppers hadden geprobeerd de winkel in de fik te steken. Gelukkig voor de winkels en panden ernaast was dat
niet gelukt.

Hij heeft een hekel aan de mannen van de militie, met hun
ruwe en smerige manier van optreden, maar nu mist hij ze
toch. Misha heeft al dagen geen politie of soldaten op straat
gezien, wel in het Kremlin; dat is van die mensen vergeven.
De Vozhd is waarschijnlijk bang voor een opstand en denkt
dat hij dan het leeuwendeel van de politiemacht en het
leger in Moskou nodig zal hebben om hem te beschermen.
Er zijn vandaag zo bedroevend weinig leraren en leerlingen
op school dat hij al vroeg vrij is. Als hij weer het Kremlin
binnenloopt, ziet hij dat het daar een drukte van belang is.

Bij alle toegangen staan tanks opgesteld, achter de muren staan rijen en rijen vrachtauto's geparkeerd. Er staat iets te gebeuren.

Hij stapt het appartement binnen en ziet dat zijn vader koffers aan het pakken is.

'Blij dat je er bent! Vlug, pak zo veel mogelijk in,' zegt zijn vader. 'De Vozhd heeft besloten Moskou te verlaten. De belangrijkste stafleden en hun gezinnen vertrekken vanavond.'

'Waar gaan we heen?' vraagt Misha.

'Dat zie je gauw genoeg. Het is een dag of drie met de trein, schat ik. We moeten dus ook wat proviand meenemen.'

'En de Golovkins?' vraagt Misha. 'Gaat Valya ook mee?'

Igor bromt: 'Anatoly Golovkin blijft hier. Vrijwillig. Er blijft een minimaal kader in het Kremlin achter. Moskou wordt niet zomaar prijsgegeven.'

'Dan ga ik even afscheid nemen.'

'Dat doe je niet, Misha. Over een uurtje moeten we op station Kazan zijn. De Hitlerieten zijn doorgebroken bij alle drie de toegangswegen in het westen van de stad. Op het Ivanplein staan al vrachtwagens op ons te wachten. Ik wil niet het risico lopen dat ik je hier achter moet laten.'

Misha loopt naar zijn kamer en pakt zo veel als hij dragen kan. Aanvankelijk is hij kwaad dat pap hem niet naar de Golovkins laat gaan, maar dan wellen de tranen op. Hij laat alles achter, zijn leven, zijn vrienden.

Alsof het een onwezenlijke droom is, stappen ze het appartement uit. Als zijn vader de deur op slot doet, realiseert Misha zich dat hij hier misschien nooit meer terug zal komen. Ineens ziet hij mam voor zich, in een groene avondjurk, op weg naar een banket in het Kremlin met pap. Hij voelt tranen branden en pakt snel de zware koffers op en begint ze de gang op te sjouwen.

'Hé, Misha,' roept zijn vader. 'Je moet nog wat proviand meenemen.' Hij geeft hem een grote ransel vol brood, gedroogd vlees en potten groenten op zuur.

Ze lopen de kille, miezerige avond in en slepen hun koffers richting het Ivanplein. Dat is, door de verduistering, een hachelijke onderneming. Vertrekkende vrachtwagens banen zich met afgeschermde koplampen behoedzaam een weg door de krioelende mensenmassa. De Petrovs worden snel naar een vrachtwagen geleid met een zwaar canvas doek over de open laadbak. Igor ziet een aantal collega's en hun gezinnen en groet kort, maar dit zijn allemaal mensen die Misha niet kent; hij zou dolgraag willen dat de Golovkins ook mee zouden gaan.

Omdat de meeste reizigers vrouwen en kinderen zijn, vindt Misha dat hijzelf zo dicht mogelijk bij de laadklep een plekje moet zoeken. Wanneer de vrachtwagen zich in beweging zet en door de inktzwarte schaduwen van de kathedralen rijdt, ziet hij zijn wereld achter zich verdwijnen. Hij tuurt in het duister in de hoop nog een glimp van Valya op te vangen; misschien heeft zij gehoord dat ze vertrekken en komt ze de vrachtwagens uitzwaaien. Maar hij ziet haar nergens. Als ze onder de Borovitskajatoren door rijden, richting het noorden, beseft hij dat hij haar waarschijnlijk nooit meer zal zien.

Misha heeft er niet bij zijn vader op aangedrongen om hem te vertellen waar ze heen gaan. Hij vraagt zich af of ze niet toch de hele reis met de vrachtwagen zullen maken. Hij vermoedt dat de bestemming ergens ten oosten van de Oeral zal zijn, Koejbyjev bijvoorbeeld, waar Svetlana, Stalins dochter, de eerste weken van de oorlog heeft doorgebracht. Dat is ruim duizend kilometer hiervandaan en de gedachte om die afstand in de laadbak van deze vrachtwagen te moeten afleggen, is deprimerend. Hij praat zichzelf moed in, probeert positief te blijven. Ze gaan in elk geval naar een leuke plek, waar het waarschijnlijk ook een stuk warmer is dan in Moskou. Buiten het bereik van Duitse bommenwerpers, in elk geval niet gevangen tussen de straatgevechten die ongetwijfeld zullen uitbreken wanneer de Duitsers Moskou binnen zullen vallen.

De vrachtwagen rijdt langs alle plekken die hem zo vertrouwd zijn, duistere silhouetten en schaduwen in de nu aardedonkere stad: het Rode Plein, het Bolsjoitheater, de Loebjanka. In de vochtige atmosfeer hangt een scherpe brandlucht, vooral in de buurt van overheidsgebouwen. Misha vermoedt dat ze documenten en archieven aan het vernietigen zijn en zo nu en dan vangt hij een glimp op van een vuur op een binnenplaats of een boven een gevel uitstijgende vonkenregen. Dat druist tegen alle verduisteringsvoorschriften in; normaal gesproken zou het de overtreders op de meest zware beschuldigingen komen te staan. Dit geldt als landverraad; tijdens de luchtverdedigingstraining van de Komsomol heeft hij geleerd dat saboteurs vuren aansteken om Duitse bommenwerpers naar strategische doelen te leiden.

Het konvooi zwaait de lange Oelitsa Mjasnitskaja op, richting het noordwesten. Misha begint te hopen dat ze toch op weg zijn naar het cluster spoorwegstations bij het Komsomolskajaplein.

Normaal gesproken is dat rond dit tijdstip vanuit het Kremlin een tripje van tien minuten, hooguit een kwartier. Maar vanavond gaat het traag. Er is enorm veel verkeer. Misha heeft nog nooit zo veel voertuigen tegelijkertijd op straat gezien, de meeste propvol gestouwd met huisraad; binnenin, maar ook provisorisch op het dak vastgesnoerd. Achter de ruitjes ziet Misha bange gezichten. Op deze getijdenstroom van mensen en spullen drijven ook vrachtwagens mee die zijn volgestouwd met apparatuur en machines uit fabrieken. Duizenden mensen zijn te voet op pad en slepen tassen, koffers en kisten met zich mee. Dit zijn niet de dorpelingen die met hun vee op de vlucht waren voor de Duitse legers van eerder deze maand: dit zijn de inwoners van Moskou.

Door een waas van motregen ziet Misha overal ingeslagen winkelruiten; donkere figuren springen over vensterbanken met armen vol tafellampen, stoelen, typemachines – alles wat ze vinden kunnen en waarvan ze denken dat het te pas kan komen. Hij vraagt zich af of er ergens nog voedsel over is, of wodka, of dat de boel dagen geleden al is leeggeroofd.

Ergens voor hen horen ze geweervuur. Iedereen verstijft. De truck, die al nauwelijks sneller dan wandeltempo rijdt, komt knarsend en piepend tot stilstand. Misha gaat staan en gluurt voorzichtig om het hoekje van de canvas luifel. Hij ziet doodsbange blikken; de menigte op straat maakt rechtsomkeert, zo snel mogelijk weg van waar het geluid vandaan kwam. Hij hoort roepen: 'De Duitsers, de Duitsers komen!' Er klinkt nog meer geschreeuw, nieuw geweervuur. Misha heeft zijn lidmaatschapskaart van de Komsomol in zijn borstzak. Als de Duitsers hem met dat ding op zak vinden, schieten ze hem ter plekke dood. Hij vraagt zich af of hij hem ongezien weg kan smijten. Als iemand dat ziet, kan het worden uitgelegd als defaitisme, als lafheid in het aangezicht van de vijand. En als hij zonder die pas door Sovjettroepen of de militie wordt aangehouden, krijgt hij ook de grootst mogelijke last. Ook dan loopt hij het risico als deserteur of spion te worden neergeschoten.

Dan ziet hij dat er verderop in het konvooi in een van de andere vrachtwagens een gevecht is uitgebroken. Er hollen soldaten heen. Misha voelt een vreemd soort opluchting. Wat er ook aan de hand is: dit gaat tussen Russen. De Duitsers zijn er nog niet. Hij gaat meteen weer op zijn koffer zitten. Hij heeft er geen behoefte aan om te zien hoe mensen worden neergeschoten. Niemand vraagt hem wat er aan de hand is. Zijn medepassagiers zitten stijf rechtop tegen de planken van het beschot, hun gezichten getekend door angst. Zo bang dat ze niet eens durven kijken wat er op straat gebeurt.

Dan begint Misha zich zorgen te maken dat mensen op straat misschien gaan proberen in de laadbak te klimmen.

Er klinkt opnieuw geschreeuw, maar schoten blijven uit. Na nog een paar minuten oponthoud komt de vrachtwagen met een schok weer in beweging. Iedereen leunt achterover, gezichten in de schaduw.

Tien minuten later, na verschillende keren stoppen en weer optrekken en een hoop getoeter, rijden ze door een haag van soldaten met bajonetten op hun geweren onder een poort door, tot onder een koepel van stalen balken. Station Kazanskaja. Misha herkent het in een oogopslag. Dat geeft hem een aanwijzing over hun bestemming. Hiervandaan vertrekken treinen in oostelijke richting: naar Kazan, Jekaterinenburg, Rjazan en Kazachstan.

Er duiken soldaten op die hen helpen uitstappen en koffers op wagentjes laden.

'Kameraden, jullie nemen de trein die gereed staat op perron zes,' roept een officier. 'Wij laden uw bagage in, neem alleen mee wat u nodig hebt voor de reis. Rijtuigen drie tot en met zeven zijn gereserveerd voor regeringsfunctionarissen en hun gezinnen.'

Het konvooi vrachtwagens staat op de enorme binnenplaats van het station geparkeerd, dat verder vrijwel verlaten is, op een paar groepjes soldaten en plukjes verloren reizigers na, die zijn neergestreken tussen hun koffers. Misha hoest de dieseldampen van een optrekkende vrachtwagen uit zijn longen. Hij tuurt het schaars verlichte station in en ziet stapels achtergelaten tassen, koffers en dekens op de marmeren vloer liggen, minstens een voetbalveld vol.

Er hangt een zware, prikkelende damp van locomotieven onder stoom. Dat stelt gerust. Ze zijn dan wel op de vlucht, maar er staan treinen klaar. Er arriveren nog meer mensen, die snel richting een perron gedirigeerd worden. De trein die voor hen gereedstaat, is eindeloos lang. Minstens dertig personen- en goederenwagons, schat hij. De perrons zijn niet overdekt en tegen de tijd dat ze de voorste rijtuigen bereikt hebben, zijn hij en zijn vader nat van de druilerige, gestaag neervallende regen. De coupés zitten al stampvol mensen die eerder zijn aangekomen en als ze bij rijtuig drie aankomen, vreest Misha al dat hij een zitplaats wel vergeten kan.

'Vlug, Misha. Twee plaatsen, helemaal aan het eind,' zegt zijn vader.

Ze hebben geluk. In een mum van tijd is ieder plaatsje vergeven. Tegenover hen zitten twee forse kerels in burgerkleding. Ze knikken een groet, maar zien er te intimiderend uit om een praatje mee te beginnen. Vast kerels van de NKVD, vermoedt Misha, die daar zitten om te horen of er geen opruiende gesprekken gevoerd worden. Waarom laten ze dat niet door twee jonge vrouwen in leuke jurkjes doen, of een paar slungelige boekhoudertypes? Dat lijkt hem slimmer. Bij dit soort kerels ligt het er zo duimendik bovenop.

'Zit je goed?' vraagt pap. Misha knikt. Hij ziet zich wel wegdutten op een zachte zitting als deze. Hij hoopt maar dat er niet nog een oude vrouw of een moeder met een baby bijkomt, want dan zal hij zijn plaats moeten afstaan. Dat zou drie dagen staan en slapen op de grond betekenen.

Het valt hem op dat het rijtuig nu pas vaag naar vochtige jassen begint te ruiken en stelt met een wat eigenaardig gevoel vast dat de mensen hier heel erg verschillen van de gebruikelijke groep reizigers in een Moskouse tram of trein. Op een druilerige avond als deze is de stank van vochtige kleren dan meestal niet te harden.

De stroom passagiers buiten het rijtuig slinkt snel en verdwijnt dan helemaal. Het perron ligt er nu verlaten bij, op een handvol soldaten na die met hun geweer over de schouder heen en weer paraderen. Zonder bajonet ditmaal, wat op de een of andere manier een geruster gevoel geeft. Misha ziet dat zijn vader met de minuut ongeduriger wordt. Stoomfluiten loeien, er wordt geroepen, maar het zijn steeds andere treinen die vertrekken; die van hen blijft staan.

'Laten we hopen dat er vanavond geen luchtaanvallen zijn,' zegt Igor, en Misha herinnert zich het verhaal dat hij weleens verteld heeft over de keer dat hij in de burgeroorlog vastzat in een trein die door jagers aangevallen werd.

'Geen defaitistenpraat, kameraad,' bromt een van de mannen tegenover hen.

Dan, als om zijn vader te tarten, begint de sirene van het luchtalarm klagend te huilen; op en neer. Een aantal passa-

giers staat op en wil naar de uitgang lopen, maar de soldaten bij de deur wijzen hen terug naar hun plaats.

Er daalt een ijzingwekkende stilte neer in de coupé. Een
paar bankjes bij hen vandaan begint een baby te huilen, on-
gevoelig voor de troostende geluidjes van zijn moeder. Het
houdt een tijdje aan en dempt dan tot een zacht gejammer.
Iedereen zit ingespannen te luisteren of hij het sonore dreunen van motoren en het gekraak van bommen hoort. Misha
kijkt omhoog. De vingers van de zoeklichten tasten de
hemel af, maar afweergeschut klinkt er niet. Even later horen
ze bommen vallen; de baby begint weer te huilen. Het geluid komt van verder weg en lijkt niet dichterbij te komen.

Ze wachten een angstig uur, tot het monotone loeien van
de sirene die het signaal geeft dat de kust weer veilig is,
over de stad klinkt. De locomotief maakt meteen stoom en
de trein begint te schokken en trillen. Maar nog altijd komt
hij niet in beweging.

Igors geduld is op. 'Misha, ga naar de deur en doe het raam
open. Probeer eens te zien wat er in vredesnaam aan de
hand is.'

Misha verwacht half een berisping van de twee mannen
tegenover hen om de Sovjetstrijd niet te ondermijnen door
paniek te zaaien en mensen ongerust te maken, maar zij lijken net als iedereen in het rijtuig heel graag te willen weten
wat er aan de hand is. Hij moet zich langs een paar mensen
heen wurmen voor hij bij de deur is. Hij ziet geen soldaten
buiten en opent het raampje net ver genoeg om zijn hoofd
erdoor te kunnen steken en het perron af te turen, richting
de voorzijde van de trein.

De dichte wolkenmassa is gebroken en het miezeren is gestopt. Maanlicht strijkt over de daken en torenspitsen rond

het station. Hij kan de locomotief, op de kop van het perron, duidelijk zien, de enorme wielen gehuld in dampende wolken stoom. Daar, vlak bij de cabine van de machinist, door de witte stoom half aan het zicht onttrokken, ziet hij een bekende figuur op en neer benen. Hij heeft zijn handen diep in zijn jaszakken gestoken, een niet aangestoken pijp bungelt tussen zijn lippen. De Vozhd.

Misha is opgelucht hem te zien. Nu Stalin er ook is, zullen ze gauw vertrekken. Dan ziet hij Stalin gebaren naar iemand in het eerste rijtuig. Er doemt een tweede figuur op en beiden staan een tijdje met elkaar te praten. Stalin schudt zijn hoofd. De andere man knikt. Dit ziet er niet goed uit.

Plotseling klinkt er een nijdige schreeuw; Misha schrikt zich een hoedje en trekt zijn hoofd zo rap terug dat hij hem hard tegen de onderkant van het opengeschoven raampje stoot. 'Maak dat je daar wegkomt!' blaft een van de bewakers op het perron. Dan beveelt hij iedereen de blinden voor de ramen in de rijtuigen te schuiven.

'Bomschade op het spoor, misschien,' oppert zijn vader.

Het wachten begint opnieuw. Pap geeft Misha een paar plakken salami, een homp brood en wat komkommer uit het zuur. Hij biedt de mannen tegenover hem beleefd wat aan, maar die weigeren even beleefd.

Misha begint zich na het eten slaperig te voelen. Hij doezelt weg. Vlak voordat zijn ogen dichtvallen, komt er een soldaat het rijtuig binnen. 'Kameraden,' zegt hij, 'ik verzoek u weer naar de binnenplaats van het station te gaan.'

'Dat is dan dat,' zegt Misha's vader. 'We gaan niet. De Vozhd heeft besloten om te blijven.'

22

Misha en zijn vader klimmen in een andere vrachtwagen, die hen naar het Kremlin terugbrengt. De
binnenplaats van het station stroomt nu vol met gewone
Moskovieten. Misha kan alleen maar raden waar die naartoe
gaan en wanneer ze hun plaats van bestemming zullen bereiken.

De chaos in Moskou is nog net zo groot als tijdens de rit
eerder op de avond. 'Lopen is sneller,' zegt Igor.

'Laten we dat dan gaan doen,' stelt Misha voor. Hun bagage
wordt tenslotte in een andere vrachtwagen teruggereden.

Igor schudt zijn hoofd. 'Denk na, Misha. Het is daarbuiten
complete anarchie.'

Misha zit achter in de laadbak en kijkt naar de losgeslagen
bende op straat. Hij moet denken aan de regels van een gedicht dat zijn leraar literatuur eerder dit jaar heeft gelezen.
Zacht fluistert hij:

Dingen vallen uit elkaar; het centrum houdt het niet meer;
Louter anarchie wordt losgelaten op de wereld...

Zijn vader schudt zijn hoofd. 'Wat is dat voor onzin?' zegt hij
zachtjes.

'Een gedicht, pap. Meer niet.' Misha is niet van plan hem aan zijn neus te hangen dat het van W.B. Yeats is. Deels omdat hij weet dat het zijn vader niet interesseert, deels ook omdat hij het donkerbruine vermoeden heeft dat de Partij niet zo veel opheeft met W.B. Yeats. Zijn leraar literatuur is in elk geval kort daarna uit hun leven verdwenen.

Het is vijf uur in de ochtend als Igor met een zwaar gemoed de sleutel weer in het slot van de voordeur van hun appartement steekt. 'Duik er maar in en slaap zo lang als je nodig hebt,' zegt hij tegen Misha. 'En morgen niet naar school gaan. Hier blijven. Als er nieuws is, bel ik je.'

Op het moment dat zijn hoofd het kussen raakt, valt Misha als een blok in slaap. Het luchtalarm gaat nog een keer, een nieuwe stroom vrachtwagens dendert het Kremlin in en uit, er klettert een enorme hagelbui omlaag; Misha hoort niets en slaapt er dwars doorheen. Hij wordt wakker als de klok van de Verlosserstoren elf uur beiert. Na een paar seconden dringt het verlammende besef tot hem door dat hij in zijn eigen bed ligt, terug is in het appartement dat hij amper zestien uur geleden verliet in de veronderstelling dat hij het waarschijnlijk nooit meer terug zou zien. In zijn binnenste woeden hevige en tegenstrijdige emoties. Al die dingen waarvan hij dacht dat hij ze ontvlucht was – de voortdurende herinneringen aan zijn moeder in dit appartement, de dreiging van een onvermijdelijke dood tijdens een luchtaanval of wanneer de gevechten in de stad losbarsten – horen nu weer volop bij zijn bestaan. Tegelijkertijd heeft hij een vreemd gevoel van opwinding, een spanning die hij niet goed verklaren kan.

Hij maakt een snel ontbijt klaar met de restjes die ze in huis hebben achtergelaten, en ziet dan een briefje liggen.

Misha, je kunt onze koffers aan de voorzijde van de
Wapenzaal ophalen. Worden daar om 11 uur verwacht.
Papa.

Dat is een prima excuus om even bij de Golovkins langs te gaan en Valya te laten weten dat hij terug is. Hij wast zich snel en haast zich om de koffers te halen voor het weer gaat regenen. Maar op het moment dat hij de Wapenzaal nadert, ziet hij twee bonkige kerels in het uniform van de NKVD de onmiskenbare figuur van Anatoly Golovkin weg-slepen. Golovkin schreeuwt en worstelt, maar wat hij roept, gaat verloren in het geluid van een konvooi vrachtwagens. Wanneer die gepasseerd zijn, is hij uit het zicht verdwenen. Misha ziet wel een Zwarte Raaf richting de Borovitskaja-toren razen. Zo noemen ze de gesloten wagens die de NKVD voor zijn duistere zaakjes gebruikt. Hij huivert.

De koffers staan op de plek die zijn vader aangaf. Hij zoekt de hunne uit de stapel en sleept ze zo snel hij kan naar hun appartement in het Arsenaal. Dan haast hij zich weer richting de Wapenzaal en naar het appartement van de Golovkins. Hij klopt op de deur, maar er komt geen reactie. Hij klopt nog een keer, roept zachtjes: 'Valya, ik ben het!'

Hij hoort schuifelende voetstappen en de voordeur gaat op een kier.

Ze trekt hem naar binnen en barst in tranen uit. 'Misha, wat moet ik nu?'

'Kom, ga even zitten,' zegt hij. Hij voelt zich verschrikkelijk hulpeloos.

Hij strekt zijn arm over de keukentafel, pakt haar hand. Kotja, haar kat, springt op het tafelblad en vraagt aandacht. Ze aait hem en komt langzaam een beetje tot bedaren.

'Ze beweren dat hij een handlanger van Zhiglov is,' zegt ze
dan. 'Hij werd woest. Ik heb hem nog nooit zo kwaad gezien. Ze sleepten hem weg. Hij schreeuwde en brulde. Ze
sloegen hem om ervoor te zorgen dat hij ophield, maar hoe
harder ze sloegen, hoe harder hij schreeuwde. Het was verschrikkelijk, Misha...'
'En jij? Hoe is het met jou? Gaat het een beetje?'
Ze veegt haar ogen droog en knikt. 'Ik vraag me alleen af
of ze mij ook komen halen. Als ik ook op het lijstje sta, zou
je denken dat ze me wel meteen meegenomen hadden.
Maar je weet het niet.'
Misha heeft haar nog nooit zo bang gezien.
'Ik heb nog geprobeerd iets te zeggen, maar ze duwden me
gewoon opzij.'
'Ik zou willen dat ik mijn vader kon vragen om te helpen,'
zucht Misha. 'Om met de Vozhd te gaan praten. Maar hij
heeft me net uitgebreid verteld dat mensen die dat proberen meestal zelf ook de pineut zijn.'
'Dat zou ik ook nooit van je vragen, Misha.' Dan voegt ze
eraan toe: 'Dat is wat er met je moeder gebeurd is, toch?'
'Hoe weet jij dat?'
'O. Sorry. Ik dacht dat je dat wist...'
'Ik heb het net een paar dagen geleden van mijn vader
gehoord, ja. Waarom heb je mij dat niet eerder verteld?'
zegt Misha. 'Nee. Laat maar. Dat heb ik niet gezegd. Het
spijt me, Valya. We zijn allemaal fluisteraars, nietwaar? Allemaal bang om te praten. We hebben allemaal geheimen die
we voor ons houden, omdat we bang zijn dat er anders elk
moment een valluik onder ons kan openklappen waar we
in een oogwenk door verslonden worden. Weg. Foetsie.
Voorgoed.'

Ze knijpt in zijn hand. 'Ik ga naar Beria. Kijken of er iets te regelen valt. Dat klinkt krankzinnig, ik weet het, maar ik kan hier niet niks zitten doen.'

Misha hapt naar adem. 'Valya…' Hij klapt zijn mond weer dicht. Wat moet hij zeggen? Mensen in een wanhopige situatie doen wanhopige dingen. Als zij denkt dat ze Beria kan overhalen om haar vader weer vrij te laten, wie is hij om daar een oordeel over te hebben?

Ze is gekalmeerd. 'Het kan werken, Misha. Ik weet werkelijk niet wat ik anders zou moeten doen.'

Misha gaat terug naar zijn eigen appartement. Pap is ondertussen thuis geweest en heeft wat eten uit de keukens van het Kremlin gebracht en een nieuw briefje achtergelaten waarop staat dat hij binnen de muren van het Kremlin moet blijven. De gebeurtenissen van de afgelopen vierentwintig uur beginnen hun tol te eisen en hij gaat naar zijn slaapkamer om wat uit te rusten.

Hij moet een heel aantal uren geslapen hebben, want hij komt van heel ver als hij wakker wordt van aanhoudend geklop op de voordeur. Het is Valya. Hij is sprakeloos als hij haar ziet. Onder de zwarte winterjas draagt ze haar rode jurk, een bijpassend rood lint in het haar. Ze is oogverblindend, mooier dan hij haar ooit heeft gezien. Met een schok registreert hij dat ze zelfs make-up draagt.

Misha verwacht opnieuw tranen, maar ze lijkt vooral afwezig. 'Ik heb het geprobeerd,' zegt ze vlak. 'Ik zag hem op de gang, waar ik hem wel vaker tegenkom. Ik heb zo verleidelijk mogelijk gelachen, voor zover me dat lukte, en ik heb gevraagd of ik hem even onder vier ogen kon spreken. Hij bekeek me van top tot teen, met zo'n kil glimlachje, en ik zag dat hij zich afvroeg wat hij zou doen. Toen streelde hij mijn wang en zei: "Lieve, kleine Valentina, dat jij zo'n snolletje geworden bent." En daarmee liep hij door.'

'Dat was het?' zegt Misha.

'Wat moet ik nu doen? Thuis blijven wachten tot de NKVD me komt arresteren? M'n koffers pakken en proberen te vluchten? Maar waarheen dan?'

Misha verbaast zich erover hoe kalm ze is. 'Blijf eerst maar even hier om iets te eten. Dan besluit je daarna maar wat je gaat doen.'

Hij kijkt in de koelkast en ziet dat zijn vader wat eieren en een liter melk heeft meegenomen. Er ligt ook een pakje margarine, geen boter. Ook in het Kremlin beginnen de luxeartikelen kennelijk op te raken. Er ligt nog een vers brood in de trommel en Misha besluit roerei te maken. Daar is hij goed in.

Hij hoort een onderdrukte snik en draait zich om. Valya zit met tranen in haar ogen aan de eettafel. 'Ik blijf maar denken aan wat ze nu met mijn vader aan het uitspoken zijn.'

Misha geeft haar een wat onwennige knuffel. 'Eet eerst maar eens wat. Dan voel je je in elk geval een beetje beter,' zegt hij. Het klinkt ongelofelijk stom.

Hij verdeelt het ei over de broden en loopt met de borden naar de tafel. Precies op het moment dat hij de borden neerzet, knalt de voordeur uit zijn hengsels.

Drie NKVD'ers vallen de eetkamer binnen. 'Valentina Golovkin, meekomen. Onmiddellijk.'

Misha schreeuwt verontwaardigd: 'Had geklopt! Dan hadden we gewoon opengedaan.' Hij wijst naar de deur. 'Kijk wat jullie hebben gedaan...'

Een van de kerels slaat hem tegen de vlakte. De borden keilen op de grond, ei en scherven spatten rond. Hij ziet sterretjes en terwijl hij van de klap ligt bij te komen, hoort hij Valya vragen: 'Waarom pakken jullie mij op?'

Misha verwacht dat zij ook een hengst zal krijgen, maar dat gebeurt niet. Twee kerels grijpen haar bij haar armen. 'Je bent een volksvijand,' hoort hij een van hen zeggen.

Een grote, lompe beer van een kerel sleurt Misha van de vloer alsof hij een tas boodschappen is. 'En jij, Mikhail Petrov, biedt kennelijk hulp aan een vijand van het volk.'

Ze worden het appartement uit gesleurd, de gang op. De voordeur blijft open hangen, scheef, aan een scharnier.

23

*P*al voor de ingang staat al een Zwarte Raaf te wachten, de motor draait. Misha kan wel raden waar ze heen gaan. Een ritje van niks, nog geen twee minuten. Wanneer de auto de route neemt die hij verwacht, begint zijn hart te bonken in zijn keel.

De auto komt knarsend tot stilstand bij een zijdeur van de Loebjanka. Er staat een kluitje kerels op de stoep te wachten; ze sleuren Valya en Misha de Zwarte Raaf uit en schoppen hen met glimmende laarzen het pand in. Een van de mannen van de NKVD grijpt Misha bij zijn nek en duwt hem voor zich uit. Het stinkt er naar urine, zweet en een of ander smerig desinfecteermiddel. Even, een seconde, botsen Misha en Valya tegen elkaar.

'Bekennen. Wat dan ook. Gewoon alles bekennen,' fluistert ze snel.

Een van de kerels slaat haar met een vlakke hand op het achterhoofd. 'Kop dicht.'

Ineens merkt Misha dat Valya niet meer bij hem is. Is dat het laatste wat hij van haar gezien heeft: een bleek gezicht, ogen die bang heen en weer flitsen? Hij vraagt zich af hoelang het zal gaan duren voordat ze hem verraadt en wat voor misdaden ze hem vervolgens in de schoenen gaan schuiven.

Misha wordt naar een kleine, muffe cel met witgekalkte muren gebracht. Het is er zo koud dat hij de damp van zijn adem ziet. Er staat een kleine, stalen tafel, met aan weerszijden twee stoelen. Hij moet op een ervan plaatsnemen, in het schijnsel van een kaal peertje, en zijn handen worden achter zijn rug gebonden. Dan laten ze hem alleen.

Hij wacht en krimpt in elkaar bij iedere voetstap aan de andere kant van de deur. In de verte hoort hij zo nu en dan een gil. Er verschijnt niemand. Na een eeuwigheid knalt de deur open en beent een lange, stevig gebouwde man met gemene ogen en dik, achterovergekamd haar de ruimte in. 'Recht voor je kijken,' zegt hij. 'Geen beweging met je hoofd, niet naar links, niet naar rechts. Geen woord, als je niks gezegd wordt.'

Dan gaat hij zitten en klapt een dossiermap tussen hen in op tafel.

'Mikhail Petrov, jij bent een volksvijand. Besmet met verfoeilijke ideeën.'

Misha kijkt hem aan, te bang om iets te zeggen. Hij ziet dat de man, behalve de gebruikelijke groene jas en zwarte laarzen van de NKVD, zwartleren handschoenen draagt.

'Je kunt me helpen, jezelf helpen, door schuld te bekennen. Simpel. Je vriendin...' het is of hij de woorden uitspuugt, 'heeft ons alles over je verteld. Die had weinig aansporing nodig.'

Hij staat op en gaat achter Misha staan, die doodsbang al zijn spieren spant. Een enorme dreun smijt hem omver en hij kermt van pijn wanneer zijn vastgebonden arm onder de stoel terechtkomt. Zijn beul laat hem zo een minuutje liggen en hijst hem dan met opmerkelijk gemak weer overeind.

'Een mager scharminkel ben je, Mikhail Petrov. Als je we jou echt onderhanden nemen, overleef jij dat niet. Dit is wat we over je hebben.' Hij slaat de map open en haalt er een dun velletje rijstpapier uit.

'Jij en je handlangers, Valentina Golovkin en de verrader Anatoly Golovkin, hebben op een lage, laffe manier samengespannen om de strijd van de Sovjets tegen de Hitlerieten te saboteren. Jullie hebben geheime informatie doorgespeeld aan Duitse spionnen en saboteurs die in Moskou actief zijn. Daarbij heb jij radiografisch gecodeerde boodschappen aan Duitse vliegers verzonden met aanwijzingen om het Kremlin te bombarderen op de momenten dat kameraad Stalin daar aanwezig zou zijn. Daarnaast heb je sabotage gepleegd in de Stalin Automobielfabriek door met opzet machines voor de productie van tanks te vernielen en op de assemblageafdelingen explosieven te plaatsen. Wat heb je op deze beschuldigingen te zeggen?'

Misha's hoofd tolt. Hij is sinds de oorlog uitbrak en ze de boel hebben omgebouwd voor de productie van tanks niet meer in de Stalin Automobielfabriek geweest. Maar hij voelt ook een raar soort van trots. Niets van wat deze vent hem voorleest, komt van Valya. Dit is klinkklare nonsens. Maar hij herinnert zich wat ze hem net zei. Hij zal alles bekennen.

'Het klopt. Alles beschuldigingen zijn waar.'

De kerel kijkt hem minachtend aan. Bijna alsof hij zeggen wil: 'Dat meen je niet. Dit is je reinste onzin, dat geef je toch niet toe? Dat kost je de kop, negen gram lood in je achterhoofd. Kom op. Iets meer tegenstand graag, dan kan ik je nog een paar klappen verkopen.'

Dan gaat de vent weer achter hem staan. Misha krimpt ineen, bang opnieuw tegen de vlakte geslagen te worden. Maar dan voelt hij dat zijn handen worden losgemaakt.

'Onderaan tekenen.'

Misha probeert de pen vast te pakken, maar zijn handen beven en het kost hem moeite zijn ademhaling onder controle te houden.

'Maak voort!' schreeuwt de ondervrager.

Misha krabbelt wat op de aangegeven plaats, zich er volledig van bewust dat dit weleens zijn doodvonnis kan zijn.

De man legt twee blanco vellen voor hem neer en gebaart Misha die ook te tekenen. Hij gehoorzaamt, zonder zich te bedenken.

De man roept twee bewakers en Misha wordt weggesleurd. Telkens als ze anderen horen naderen in de gang, wordt Misha ruw tegen de muur gedrukt zodat hij met geen mogelijkheid kan zien wie het zijn. Ze gaan twee trappen op, naar een kamer waar foto's van hem en afdrukken van zijn vingers worden gemaakt.

Ze nemen hem weer mee naar de kelder en schuiven hem in een grote cel, waar meerdere gevangen tegelijk worden vastgehouden. Misha kijkt wat angstig naar zijn celgenoten. Sommigen zijn hooggeplaatste mensen, dat ziet hij aan hun kleren. Fabrieksleiders, misschien, of hoofden van Partijdistricten in Moskou. Maar de meesten zijn jonge mannen, deserteurs of relschoppers waarschijnlijk. Verder zitten er een paar vrouwen en een handjevol echte criminelen, aan de tatoeages op hun gezicht en handen te zien.

De moed zakt hem in de schoenen als hij eraan denkt dat hij misschien wel jaren met dit soort mensen opgesloten zal zitten. Tot zijn verbazing wordt hij door de anderen totaal genegeerd. Hij vindt het best. Hij heeft geen enkele behoefte om te praten.

Hij zoekt een plekje bij de muur en probeert niet na te

denken over wat er gaat gebeuren als ze hem straks weer komen halen.

Gedurende de nacht worden er steeds mensen uit de cel gehaald. Sommigen keren terug, meestal onder de blauwe plekken. Een van de gevangenen wordt ruw de cel in gesmeten, terwijl hij kreunend van pijn een gebroken arm ondersteunt. De uren glijden voorbij in een waas van dichtslaande deuren, gedempte kreten en de echo van voetstappen.

24

Misha is in een onrustige slaap gesukkeld als hij uit de cel wordt geroepen. Hij staat op, loopt nog wat daas naar de celdeur en wordt door twee mannen van de NKVD beetgepakt en ruw een aantal gangen door gesleept, twee trappen op, naar een binnenplaats waar hij met een aantal andere gevangenen moet blijven wachten. De geur van de herfstnacht slaat als een golf fris water over hem heen; hij vult zijn longen met lucht en voelt de verdoving die bezit heeft genomen, van zijn lijf van zich afglijden. Maar het is koud, er hangt een dik wolkendek, en hij rilt. Hij heeft geen idee hoe laat het is. Dit is zo ver weg van de echte wereld, dat hij zich niet eens heeft gerealiseerd dat het alweer nacht is. Ze wachten. Dan hoort hij de klok van de Verlosserstoren slaan en telt mee. Tien.

Na een paar minuten voelt hij weer wat meer moed. Hij kijkt voorzichtig om zich heen naar zijn medegevangenen. Valya is er ook. Ze staart naar de grond, de houding die elke gevangene die ieder moment een klap kan krijgen automatisch aanneemt uit zelfbescherming. Ze staat een meter of twee bij hem vandaan, verder niet. Ze zouden zonder hun stem te verheffen met elkaar kunnen praten. Misha voelt een scherpe tik tegen zijn achterhoofd.

'Kop omlaag,' grauwt een bewaker.

Van de verre hoek van de muur rondom de binnenplaats klinken het geronk van een zware dieselmotor en geroep. Er wordt op een kleine stalen poort geramd en twee bewakers haasten zich om hem open te doen. De gevangenen worden erdoorheen geschopt en geslagen, als schapen door een horde valse honden, de gesloten laadruimte van een vrachtwagen in. Hier zijn geen bewakers en Misha gaat meteen naast Valya zitten, op een van de smalle bankjes die in de lengterichting van de laadbak zijn aangebracht. Ze ziet er afgemat en opgejaagd uit, maar anders dan bij de meesten ziet haar gezicht er ongeschonden uit. Misschien hebben ze haar toch minder slecht behandeld dan waar hij bang voor was.

Ze tasten naar elkaars hand. Het haarlint is verdwenen. Misschien waren ze bang dat zij zich ermee zou verhangen. Ze knijpt stevig in zijn hand en wil net haar mond opendoen, als twee van de potigere bewakers achter in de vrachtwagen springen, net voordat de beide deuren worden dichtgesmeten en er een lampje gaat branden dat aan het dak bevestigd is. De bewakers richten machinegeweren op de groep gevangenen.

'Niet praten, niet bewegen,' zegt een van hen.

De rit duurt nog geen minuut. Ze klimmen uit de laadbak en Misha herkent het gebouw dat voor hem oprijst: het Gerechtsgebouw van de Stad Moskou. Begeleid door schoppen en klappen worden ze naar een wachtruimte gedreven. Misha zorgt dat hij bij Valya blijft, maar zijn instinct zegt hem dat het beter is om niet te laten merken dat zij elkaar kennen.

De gevangenen worden in groepen van tien gedeeld en meegevoerd een trap op, naar de met houten panelen beklede rechtszaal. Daar worden ze in de beklaagdenbank gepropt.

De rechtbank heeft het al heel druk gehad. Tegenover hen zitten drie vermoeide maar strenge mannen van middelbare leeftijd in zwarte gewaden. De man in het midden staat op en verklaart dat de beklaagden voor hem lafaards zijn, saboteurs, verraders van het moederland en daarom, in overeenstemming met artikel 58 van het Wetboek van Strafrecht van de Sovjet-Unie, de hoogst mogelijke straf krijgen opgelegd: executie door middel van de kogel, waarbij al hun bezittingen verbeurd worden verklaard en in beslag worden genomen. De straf wordt onmiddellijk uitgevoerd, er is geen beroepsmogelijkheid.

Een van de vrouwen in de beklaagdenbank begint boos en wanhopig te roepen: 'Burgers hebben recht op een eer–' Verder komt ze niet. Een bewaker slaat haar tegen de grond. Misha, die naast Valya staat, voelt hoe zij ineenschrompelt op het moment dat de straf wordt uitgesproken, als een plant die plotseling verwelkt. Terwijl ze worden afgevoerd, weet ze hem toe te fluisteren: 'Ik dacht dat we naar een strafkamp gestuurd zouden worden.'

Er staat een andere vrachtwagen op hen te wachten. Ze worden in hoog tempo in de laadbak geladen, waar het stikdonker wordt op het moment dat de deuren dichtklappen. Er is geen bewaker ingestapt en iedereen begint te praten. 'Waar brengen ze ons heen?' 'Ik heb helemaal geen afscheid van mijn vrouw en kinderen genomen.'

Valya zegt: 'Ik vind het zo erg dat ik je hierbij betrokken heb... Ik had nooit naar jullie huis moeten komen.'

Hij kan zich niet boos voelen. 'Ze waren vroeg of laat toch wel voor mij gekomen,' zegt hij. Het verbaast hem dat hij zo rustig is. Het is te onwerkelijk allemaal. De vrachtwagen helt even een klein stukje over en dan wordt de motor gestart. Ineens, nu pas, wordt Misha gegrepen door een verlammende angst. Dit wordt hun laatste reis. Gaat het naar een plek net buiten de stad? Of worden ze achter de muren van de Loebjanka doodgeschoten? Terwijl ze worden opgeslokt door de donkere stad beginnen de sirenes van het luchtalarm te loeien.

Ze zitten zwijgend naast elkaar, hand in hand. Hun andere lotgenoten gaan woedend tekeer. Het lijkt of iedereen tegelijk praat en schreeuwt terwijl er niemand luistert. Hij voelt Valya diep in- en uitademen en vermoedt dat ze vecht tegen de tranen.

'Laten we proberen dapper te zijn. Voor elkaar,' zegt ze.

In de verte klinkt het onheilspellende gerommel van een serie zware explosies en iedereen valt stil. Dan begint in de inktzwarte duisternis een woedende stem te schreeuwen: 'Kom maar! Kom op dan! Recht op onze kop! Dan hebben we het gehad!'

Na amper een minuut komt de vrachtwagen weer tot stilstand. Misha neemt aan dat ze weer bij de Loebjanka zijn, maar als de deuren opengaan, ziet hij een gebouw dat hij niet kent. Ze worden uit de laadruimte geranseld. Alsof er haast bij is. Ondanks de angst en wanhoop – dit is hun laatste gang – laten de gevangenen zich als makke schapen naar de slachtbank leiden; instinctief de hoofden omlaag, niemand aankijken, geen aandacht trekken. Precies doen wat ze je zeggen, dan maak je het jezelf wat gemakkelijker in deze laatste ogenblikken.

Misha heeft het gevoel dat hij de hele scène van een afstandje zit te bekijken, alsof het iemand anders overkomt.

Het bloed suist in zijn oren; het enige wat hij hoort is het doffe bonzen van zijn eigen hart. Hij ziet monden bewegen, maar zijn brein verwerkt geen woorden meer; onbegrijpelijk gebrabbel is het, dat van heel ver weg komt, meer niet. Ze komen via een gebogen doorgang, versierd met pleisterwerk en voorzien van een zware, eikenhouten toegangspoort, op een grote binnenplaats. Er branden verschillende vuren, tegen alle verduisteringsreglementen in. Ondanks de allesoverheersende angst, registreert Misha verschillende geuren: brandend papier en karton, een vleug kerosine.

In de verte vallen nog steeds bommen. Maar de explosies komen uit oostelijke richting, waar zich geen fabrieken bevinden.

Bij de tegenovergelegen muur van de binnenplaats staat een groepje agenten van de NKVD, de vuren werpen grillige schaduwen van hun silhouetten op de gemetselde stenen. Vlak bij hen staat een grote, platte goederenwagon, zo een die je op rangeerterreinen ziet. Onder de kerels bevindt zich een man die opvalt; hij is niet bijzonder groot of klein, maar zijn enorm brede schouders en bouw wekken de indruk dat hij geweldig sterk moet zijn. Hij draagt hetzelfde uniform als de anderen, maar ook een groene voorschoot van leer en dikke, zwarte handschoenen. Het doet denken aan de beschermende kleding van iemand die in een slagerij werkt. Hij neemt een hijs van een sigaret terwijl hij luistert naar wat een van zijn makkers zegt, en blaast een dikke pluim rook uit. Dan lacht hij. De mannen om hem heen lachen ook. Hij kijkt even steels naar het groepje mensen dat aan de andere kant van de binnenplaats bij elkaar wordt gezet. Misha wendt zijn blik af. Hij heeft in het gezicht van zijn beul gekeken.

Ze worden omringd door mannen van de NKVD. Vlammen

weerkaatsen in bajonetten. Misha sterft liever door een kogel dan door een bajonet. Het is niet in hem opgekomen dat het anders zou kunnen gaan. Een kogel is snel. Mensen die in films worden doodgeschoten, vallen neer en zijn er in een fractie van een seconde geweest. Hij heeft nog nooit een film gezien waarin iemand aan een bajonet geregen wordt. Dat lijkt hem veel pijnlijker, veel langer duren ook. Misha is er zich ineens van bewust dat Valya nog steeds zijn hand vasthoudt. Hij kijkt opzij, naar haar gezicht, zacht verlicht door de vlammen. Ze is mooi, ook nu. Tranen hebben glinsterende spoortjes over haar wangen getrokken. Hij denkt met dichtgeknepen keel aan de vreugdevuren en het vuurwerk op oudejaarsavond. Hij vraagt zich af of zijn vader ooit te horen zal krijgen wat er van hem geworden is.

De man met de voorschoot blaft richting de andere kant van de binnenplaats: 'Goed. Aan de slag dan maar. Een voor een. Dan hebben we dit ook gehad.'

Twee bewakers grijpen een man die vooraan staat en slepen hem naar de muur. Ze houden hem stevig vast, hij vecht bij elke stap. De beul beent op hem toe en Misha ziet hem ineenschrompelen. Misha kan zijn ogen niet van het tafereel losrukken en ziet dat de beul zich voorover buigt en de man iets in het oor fluistert. Misha kan het niet langer aanzien.

Er klinkt een schot. Valya knijpt harder in zijn hand. Andere gevangenen gillen, paniekerig, wanhopig. De bewakers rondom hen richten de punt van hun bajonet, angstwekkend dichtbij.

'Koppen dicht,' zegt een van de soldaten. 'De eerste die nog geluid maakt, is er geweest.'

Een voor een worden de gevangenen hun lot tegemoet gesleept. Sommigen roepen Jezus aan, of Stalin, voordat ze worden doodgeschoten; anderen sterven zwijgend. Wanneer hij een blik op de executieplek durft te werpen, ziet Misha dat de dode lichamen op een keurige stapel op de platte wagon gedeponeerd worden. Zijn benen beginnen onbeheersbaar te klapperen en hij vraagt zich af hoeveel langer hij nog zal kunnen blijven staan. Zijn hoofd begint te tollen, zijn benen worden van pap. Hij valt op de grond. Vaag hoort hij iemand roepen: 'Zitten jullie. Allemaal. Op de grond.' Valya legt een arm om zijn schouder om hem te ondersteunen en hij pakt haar hand weer vast. Haar lichaam is verrassend warm op deze koude herfstnacht.

Het groepje gevangenen slinkt snel. Plotseling voelt Misha een laars. 'Jij,' zegt een barse stem.

'Ik houd van je,' fluistert hij tegen Valya. Ze kust hem zacht op zijn wang en omhelst hem nog een keer. Stevig. Wanhopig.

'Laat hem gaan, kameraad,' zegt een van de soldaten. Hij heeft het hart niet om haar een klap te geven.

Een andere bewaker grijpt hem bij een arm en sleurt hem overeind.

Het patroon is bekend. Twee bewakers houden hem stevig vast, elk aan een arm. Misha's voeten willen niet meewerken en slepen over de grond, eerst door het gras, dan over het grint van het brede pad dat langs de buitenzijde van de binnenplaats loopt.

Misha had verwacht dat zijn hele leven nu aan hem voorbij zou flitsen, maar het enige wat zijn zintuigen waarnemen, zijn de flakkerende vuren, de bittere brandlucht en de regen van opdwarrelende vonken en gloeiende stukken papier rondom. Zijn adem komt met horten en stoten, hete dampen in de koude nachtlucht. Hij kijkt omhoog, ziet een laatste glimp van sterren en de maan – een fluweelzwarte koepel vol glinsterende diamanten; de hemel heeft er nooit mooier uitgezien.

De man met de voorschoot stapt op hem af. 'Knielen, met het gezicht naar de muur, kameraad. Dan is het zo voorbij.' Misha, hoe bang hij ook is, verbaast zich over de kalmte waarmee de man het zegt. Heel feitelijk, klinkt het. Zakelijk. Een tandarts die een behandeling aankondigt die wat minder prettig is. Hij knielt neer, vlak bij de muur. Het grint doet pijn aan zijn knieën. Hij voelt iedere zwoegende ademhaling, iedere slag van zijn hart en vraagt zich af welke de laatste zal zijn. Op het moment dat de koude loop van het pistool zijn achterhoofd raakt, krimpt hij in elkaar. Hij dwingt zich om stil te blijven zitten zodat de man niet twee keer hoeft te schieten.

Er klinkt een metalen klik. Dan een vloek. De beul roept om een nieuw wapen. Er welt een snik op uit Misha's binnenste. Hij is er nog. Het leed is nog niet geleden. 'Schiet op, kameraad. Ik houd het niet langer vol op dat grint,' zegt hij hees.

Zijn oren vullen zich met een vreemd gehuil dat met de seconde luider wordt. Hij haalt nog een keer adem, vraagt zich af waarom er nog niet geschoten is. Dan verdwijnt de wereld in een enorme explosie, als in een vloedgolf die zich over hem uitstort.

Dit is het dan. Hij is dood. Maar zijn brein werkt nog. Hij hoort Valya. Smekend, scherp, wanhopig: 'Rennen, Misha! Rennen! Als de bliksem!'

Er is rook, steengruis, puin. Overal. Een reeks bommen heeft de muur weggeslagen, het pand achter hen in een rokende puinhoop veranderd.

Misha en Valya rennen alsof de dood hen op de hielen zit, verwachten elk moment een kogel in hun rug. Ook de anderen zijn op de vlucht geslagen. Er fluiten een paar kogels langs hen heen, maar vanaf de binnenplaats klinkt gekrijs en geroep. De bewakers hebben wel wat anders aan hun hoofd.

Misha en Valya rennen tot ze niet meer kunnen en stoppen dan om op adem te komen. Vlakbij slaat een klok voor het derde kwartier. Het gegalm drijft de nacht in, de bitterkoude wind huilt door de straten. Misha en Valya dragen beiden niet meer dan de dunne kleren die ze bij hun aanhouding aanhadden.

'Wat doen we nu, Misha?'

'We kunnen niet naar huis…' Misha slikt hevig, als hij dat zegt. Ze zijn amper tien minuten bij hun huis vandaan. Ze beseffen alle twee dat ze de warme, gezellige appartementen waar ze zo lang hebben gewoond, nooit meer terug zullen zien. Ze zwijgen een hele tijd, terwijl langzaam tot hen doordringt hoe overweldigend groot de consequenties zijn van wat ze nu voor zich hebben.

Ze zoeken een schuilplek in de donkere portiek van een winkel. Valya is de eerste die weer iets zegt. 'We hebben geen geld, we vriezen dood als we hier blijven zitten, en als we ons gezicht in het Kremlin laten zien, zijn we er alsnog geweest.' Het klinkt heel nuchter. Dan lacht ze, een kille, huiveringwekkende lach. 'We kunnen net zo goed in de Moskva springen. Dan zijn we er vanaf.'

Misha huivert bij de gedachte. 'We moeten toch ergens terechtkunnen?' Misha doet zijn best om dapper te zijn. 'Wie kunnen we vertrouwen?'

'Nikolai, misschien?' oppert Valya. 'Hoe zijn zijn ouders?'

'Aardige lui, maar fanatieke Partijleden,' antwoordt hij. 'Ik denk niet dat zij te vertrouwen zijn.'

'We moeten snel iets verzinnen,' zegt ze. 'Het zal niet zo lang meer duren voordat het signaal klinkt dat de kust weer veilig is. En als het licht wordt, wordt het nog drukker. We zien er zo wel heel erg verdacht uit.'

'We zouden mijn tante Mila kunnen proberen, maar die woont helemaal in Dennenheuvel. Oma Olja zou ook kunnen. Die woont hier een minuut of tien vandaan.'

'Dat zijn de eersten waar de NKVD gaat zoeken,' zegt Valya. 'En als ze ons daar vinden, zijn zij ook aan de beurt. Bovendien: je tante Mila woont te ver weg. Voor we halverwege zijn heeft de militie ons te grazen of zijn we doodgevroren.'

Dan herinnert Misha zich iets. 'En die vrouw dan, die jij geholpen hebt? Je weet wel, op de dag dat de oorlog uitbrak. Weet jij nog waar zij woont?'

'Misha! Dat is het.' Ze slaat haar armen om hem heen. 'Briljant idee. We moeten meteen gaan. Ik weet het niet meer precies en ik weet ook niet meer hoe ze heet...'

Misha schudt zijn hoofd. 'Ik ook niet. Maar we moeten het maar proberen; dan zien we wel hoe ver we komen.'

Ze haasten zich door de donkere, verlaten straten. 'Lastig om te zien waar je bent, met die verduistering,' zegt Valya. Maar dit is hun beste kans. Hun enige kans. Die oude dame wil hen misschien wel helpen. Als het maar lukt om haar te vinden voordat de schemering begint.

'Het gebouw waar zij woont, staat aan een plein,' hijgt Valya. 'Ja. Het was zo'n appartementencomplex van voor de Revolutie. Ze woont bovenin. Een groot appartement, geen kommunalka.'

'Stil even,' zegt Valya. Ze houdt haar hand op. 'Er komt iemand aan.'

Er klinken voetstappen. Minstens twee personen. 'Surveillanten van de militie, wedden? Vlug. We moeten ons verstoppen.' Ze duiken achter een berg rotzooi voor een nis in een klein pand. De voetstappen komen dichterbij. Misha probeert zijn ademhaling onder controle te krijgen. Hij durft niet te kijken en knijpt zijn ogen stijf dicht. Hij is duizelig van angst. Het is alsof hij op de rand van het dak van een torenhoog gebouw staat. Dan hoort hij het rinkelen van sleutels, een sleutel die in het slot gestoken wordt. Er gaat een deur open en dicht, dan is alles weer stil.

'Het moet hier ergens zijn,' zegt Valya. 'Zeker weten.' Ze gluurt om een straathoek en verstijft. 'Barst! Een eindje verderop. Twee kerels van de militie.'

'Daar zaten we op te wachten.'

'Ze hebben allebei een machinepistool.'

'Komen ze onze kant op?'

Ze schrikt, kijkt doodsbang en legt een vinger op haar lippen. Ze horen stemmen. Vlakbij. Hese, rauwe stemmen.

'Er is daar iets loos.'

'Doe je zaklantaarn eens aan.'

Valya grijpt Misha vast en drukt hem met de rug tegen de muur. Ze begint hem heftig te zoenen, legt zijn hand op haar rug, vlak boven haar billen.

Misha is volkomen verbouwereerd en verstijft. Ze onderbreekt haar kussen en sist: 'Je hand. Wrijf met je hand over mijn rug. Snel!'

Hij gehoorzaamt. Hij voelt blinde paniek, maar ook hoe warm ze is, ondanks de nachtelijke kou, de zachte welving van haar rug.

De lichtbundel van de zaklantaarn glijdt achter de berg rommel.

Ze horen een hees lachje. 'Stiekemerds,' zegt een van de mannen. Ze lachen nog een keer en lopen verder.

Misha blijft haar kussen, maar Valya stopt en fluistert: 'Sorry, Misha. Ik kon niks anders verzinnen.'

Ze wachten tot de voetstappen verdwenen zijn, hun lichamen nog steeds in elkaar verstrengeld. Misha voelt haar lichaamswarmte en vraagt zich af of dit de eerste en laatste keer zal zijn dat hij haar heeft gekust.

'Kom,' zegt ze. 'Het is hier vlakbij ergens...'

Ze glippen van schaduw naar schaduw, turen donkere steegjes in, lezen straatnaambordjes. 'Hier om de hoek, daar is het. Ik weet het zeker,' zegt ze.

Ze komen bij een groot met bomen omzoomd plein. 'Stratsnoy Boulevard. Dit is het. Ik herinner het me weer.'

De meeste gebouwen langs het plein zijn van voor de Revolutie en het valt niet mee om vast te stellen welk pand ze destijds binnen zijn gegaan.

Misha ziet een opvallende entree. 'Kijk! Dat is 'm. Die deur daar, onder die grote stenen boog.'

Ze kijken omhoog. Het pand telt acht verdiepingen, een brede trap van een paar treden leidt naar de hoofdingang. Valya probeert de deur. Hij zit op slot.

'Wat nu?' vraagt Misha hardop.

'Wachten tot er iemand naar buiten komt en dan naar binnen glippen. Dit soort deuren blijven meestal hangen, als je ze niet goed achter je dichtdoet.'

'Wie weet. Kan lukken.'

De sirenes kondigen aan dat de kust weer veilig is. Dat was altijd het moment waarop de straten volstroomden met mensen die uit de schuilkelders kwamen, maar dat is verleden tijd. Een tijdje geleden heeft een schuilkelder een voltreffer gehad. Honderden mensen zijn omgekomen en de meeste Moskovieten hebben bedacht dat het thuis net zo veilig is. Bovendien loop je dan niet het risico dat de boel geplunderd wordt.

Ze duiken de schaduw van een portiek in, huiverend van kou. Na een paar minuten, die een eeuwigheid lijken te duren, horen ze de deur opengaan en zien ze een man naar buiten komen, die gehaast de straat oversteekt. Zodra de man op veilige afstand is, stormen ze de treden op. Valya zet haar lichaam tegen de deur, die tot hun opluchting krakend opengaat.

De hal is flauw verlicht door een afgeschermde gloeilamp aan het plafond en ze zien het hokje van een conciërge. Ook daar brandt licht. Geen van hen durft iets te zeggen. Ze lopen omzichtig richting het trapportaal, verwachten dat ze elk moment teruggeroepen zullen worden. Valya kijkt Misha aan en haalt haar schouders op. Ze lopen op hun tenen de trap op.

Halverwege de eerste trapopgang durft Misha om te kijken. Hij ziet de glimmende bovenkant van een kale kop. De conciërge ligt in het hokje voorover op zijn bureau, het hoofd in de armen. Naast hem een ontkurkte fles wodka, op zijn kant. Het kost hen verscheidene minuten om zo zacht mogelijk de krakende trappen te beklimmen en de bovenste verdieping te bereiken. Dan staan ze in een hal met vijf stevige, zacht glanzende deuren. Gespannen bekijken ze de naamplaatjes, zoekend naar een naam die hen bekend voorkomt.

Antonina Ovetsjkin.

Dat is de oude vrouw. Ze weten het zeker.

'Ze zei dat we haar baboesjka mochten noemen, weet je nog?'

Er schijnt een streepje licht onder de deur.

Valya klopt zachtjes aan. Het laatste wat ze willen, is dat er andere mensen komen kijken wie er hier in hemelsnaam in het holst van de nacht op een deur staat te kloppen. Ze spitsen hun oren in de hoop leven te horen aan de andere kant van die zware deur.

25

*H*et blijft stil. 'Misschien slaapt ze met de lampen aan?'
oppert Misha.

Valya klopt nog een keer, iets luider nu. Misha buigt zich
voorover en steekt een vinger in de brievenbus. Valya trekt
hem terug. 'Niet doen. Ze schrikt zich rot.'

Ze horen binnen iets bewegen. Kuchen. Voeten schuifelen.
Een kat die klagend miauwt. Ze zetten een paar passen naar
achteren zodat zij hen door het spionnetje in de deur kan
zien.

Antonina Ovetsjkin doet vlug open. Het valt Misha op dat
de deur geen enkel geluid maakt. Dit is een vrouw die weet
hoe belangrijk het kan zijn dat een deur geruisloos opengaat.

'Ik ken jullie,' zegt ze zacht, de slaap uit haar ogen wrijvend.
'Zeg eens, waar heb ik jullie eerder gezien?'

Haar houding verbaast hen beiden. Ze hadden gedacht dat
ze toch wel wat geërgerd zou reageren, of tenminste zou
vragen waarom ze haar op dit onmogelijke tijdstip komen
lastigvallen.

Maar Antonina Ovetsjkin lijkt niet in het minst verrast of van
haar stuk gebracht. Ze nodigt hen binnen.

'Kom binnen, devotsjka,' zegt ze tegen Valya, terwijl ze

haar hand pakt. 'Waar heb ik jou toch eerder gezien?'
'We hebben u in de Gorkistraat ontmoet, na de speech van
Molotov, bij het uitbreken van de oorlog,' zegt Valya.
'Ah! Ik weet het weer. Jullie hebben hier koffie gedronken.'
Ze keert zich naar Misha en geeft hem een hand. 'Jullie heb-
ben me uit de nesten geholpen, niet? Wel, wel. Noem me
maar baba Nina.'
Er valt een stilte, onderbroken door het gekuch van Antonina
Ovetsjkin. Dan zegt ze: 'En nu zitten jullie in de nesten. Da's
wel duidelijk. Zonder jas of sjaal hierheen komen... Ik zal
eerst wat thee zetten, vertel me dan maar eens wat er aan
de hand is. Wanneer hebben jullie voor het laatst gegeten?'
'We zijn gearresteerd. Tijdens het bombardement hebben
we kunnen vluchten.'
'Wel... Dan hebben jullie pech en geluk gehad. Maar ik zal
jullie helpen. De vorige keer dat ik jullie zag, dacht ik al: dit
zijn twee jonge mensen die zich problemen op de hals gaan
halen. Ik heb gelijk gekregen, helaas.'
Ze wijst hun de bank in de zitkamer en laat hen dan alleen.
Valya kan de grijns bijna niet van haar gezicht krijgen. 'Ik
kan maar niet geloven dat we het gehaald hebben. Hier,
veilig!' fluistert ze tegen Misha.
Ze horen baba Nina rommelen in het keukentje, tot ze
terugkeert met een klein dienblad waarop maar net twee
kopjes thee, een stuk roggebrood, een pakje boter en een
pot jam passen. Het ziet er heerlijk uit. Misha realiseert zich
meteen dat baba Nina over een paar heel waardevolle con-
tacten moet beschikken. Het is in het Kremlin al heel moeilijk om aan echte boter te komen, maar zij heeft het. En ze
deelt er gul van uit aan een paar vreemden.
Misha merkt ineens, nu dat lekkers op tafel staat, hoeveel

honger hij heeft. Zijn maag gaat als een razende tekeer. Terwijl zij eten, vertelt zij alvast wat ze van plan is.

'Ik ga zo even een vriend van me bellen. Die komt dan met
jullie kennismaken.'

Valya en Misha kijken elkaar aan.

'Niet zo benauwd kijken. Hij gaat jullie helpen. Jullie hebben
papieren nodig. Valse identiteitsbewijzen, reisdocumenten.'

'Waarom helpt u ons?' Valya probeert geen achterdocht te
laten doorklinken.

Baba Nina glimlacht liefjes en dept haar mondhoek met een
zakdoekje. 'Devotsjka, ik ben tweeëntachtig en heb een
heel vervelende ziekte onder de leden. Ik maak het niet
meer zo lang. Het laat me koud of de NKVD nog op mijn
deur komt kloppen of niet. Wat mij betreft geven ze me een
pak ransel van heb ik jou daar. Dan is het meteen klaar;
altijd beter dan zes maanden ziek, zwak en misselijk liggen
wachten tot ik een keer doodga. Wat me niet koud laat, is
hoe het mensen zoals jullie vergaat. Jullie zijn de toekomst
van ons land. Toen mijn man werd opgepakt door de NKVD,
met grote mannen zoals generaal Tukatsjevski, wist ik dat
we door een stel ploerten en geboefte richting de afgrond
gesleept zouden worden. En dat het onze eigen schuld is.
Wij hebben Lenin en Stalin gesteund, ondanks de wreedheden die zij begingen. Ik was erbij, op dat grote congres van
de Communistische Partij waar we Stalin in het zadel hiel-
pen. We waren een nieuwe wereld aan het opbouwen en
we dachten dat daarbij alles gerechtvaardigd was. Wel, we
hebben er een vreselijke rommel van gemaakt en voordat
ik sterf, wil ik nog een paar dingen goed doen.'

Het is een overtuigende toespraak.

'Wat kunnen we doen?' vraagt Valya. 'We zijn ter dood veroordeeld omdat we volksvijanden zouden zijn. Ik heb een aantal krankzinnige misdaden bekend; vraag me niet meer welke, ik zou het werkelijk niet meer weten.'

Baba Nina legt een hand op de hare en glimlacht. 'Jullie moeten naar het oosten, naar een van de nieuwe steden waar ze de fabrieken uit Moskou weer aan het opbouwen zijn. Dan heb je nieuwe namen nodig, maar dat is het moeilijkste niet. Is een van jullie ooit in Kiev geweest?'

Misha knikt. Hij is in de zomervakanties verschillende keren bij zijn broer geweest.

'Heel goed. Kiev is nu in handen van de Duitsers. Niemand kan jullie gegevens daar nu natrekken. Er valt ook niet veel meer na te trekken, trouwens; de meeste archieven zijn tijdens de burgeroorlog al verloren gegaan.' Ze knipoogt. 'Er komen massa's mensen uit Kiev. In het bijzonder mensen zoals jullie. En als die Duitsers weer ophoepelen, zullen ze de gegevens van de burgerlijke stand ongetwijfeld opnieuw vernietigen.'

'Denkt u dan dat wij hen hier ooit weer verdrijven?'

'Maar natuurlijk, liefje,' zegt Nina. 'Heb jij geschiedenis gehad?'

Misha knikt. Valya schudt haar hoofd. 'Zij is een wetenschapper,' zegt Misha.

Nina snuift. 'Wetenschappers. Die denken dat ze weten hoe het werkt. Ware wetenschap vindt je in de geschiedenis. Hitler is geen historicus. En als hij het wel is, dan is het een oliedomme historicus.' Ze lacht. 'Kijk naar Napoleon. Wist je dat de nazi's ons land op bijna exact dezelfde dag zijn binnengevallen als hij in 1812? Geen best voorteken, wel? De Duitsers zal hetzelfde overkomen, let maar op. Wij zijn Russen. Wij dulden geen indringers.

Ik zal jullie eens een verhaal vertellen. Moet je luisteren.

Mijn broer heeft drie jaar de bouw van de Charkov Tractor Fabriek geleid. Die fabriek hebben ze letterlijk uit de barre klei gestampt. In vijftien maanden tijd bouwden ze eerst de staalconstructie en de rest van het gebouw, toen het machinepark en vervolgens tractoren. Duizenden. En dat met dorpelingen die voor de Revolutie alleen paard en wagen kenden. Mijn broer werkte schouder aan schouder met hen mee. Als ze achterlagen op schema, waren er "stormnachten", waarin ze doorwerkten tot de zon opkwam. De drumband van de fabriek speelde dan om hen moreel te ondersteunen. Tegen zo'n volk hebben de nazi's geen schijn van kans. We zullen winnen, maar niet zonder dat er een hele hoop bloed gevloeid is, vrees ik.'

Ze staat op. 'Nu ga ik eerst even bellen.'

Ze verlaat de kamer en doet de deur achter zich dicht. Even later horen ze haar gedempte stem.

'Is zij te vertrouwen, denk je?' vraagt Valya.

Misha haalt zijn schouders op. 'Waarom niet.'

Valya schudt langzaam haar hoofd. 'We kennen de NKVD lang genoeg om te weten dat ze allerlei trucs hebben, allerlei soorten agenten ook.'

Misha knikt en zegt: 'Maar wat kunnen we anders?'

Baba Nina komt terug. 'Goed nieuws. Die vriend van me kan hier over een uurtje zijn. Jullie kunnen ondertussen wat uitrusten, als jullie willen. Jullie zien eruit of jullie dat wel kunnen gebruiken. Als jullie je willen wassen, zet ik wel even een ketel water op.'

Meer aansporing hebben ze niet nodig. Misha en Valya vallen als een blok in slaap op de zachte bank van baba Nina, de schouders tegen elkaar. Zij ziet het met een toegeeflijk glimlachje aan, vlijt een deken over hen heen en knipt het licht uit.

Misha wordt met een schok wakker. Valya slaapt door. In de hal klinken stemmen. De deur gaat open en hij knippert tegen het licht dat vanuit de hal de woonkamer invalt. In de deuropening staat de lange gestalte van een man. Hij draagt het onmiskenbare uniform van de NKVD.

26

Baba Nina lijkt onaangedaan. Ze stommelt achter hem de kamer in. 'Dit is mijn vriend Vladimir. Ik denk dat jullie hem ook zo mogen noemen, nietwaar Vladimir?'

De man glimlacht en zet zijn pet af, waaronder de meest woest geknipte haardos tevoorschijn komt die Misha ooit gezien heeft. 'Jonge vriend, maak je vriendin eens wakker.' Hij heeft een donkere, zware stem.

Valya ontwaakt met een schok en deinst terug bij het zien van het NKVD-uniform.

Ze blijven stokstijf zitten en vragen zich af wat er komen gaat.

'Wat we gaan doen, is tamelijk eenvoudig,' zegt baba Nina. Ze doet Misha denken aan een arts die een patiënt gaat uitleggen welke behandeling hij in gedachten heeft. Best kans dat ze voor haar pensioen arts is geweest.

'Jullie hebben paspoorten en reisdocumenten nodig,' zegt de man. 'Ik denk dat we jullie naar Lysva sturen, dat is een nieuwe stad, niet ver van Perm. Dat is ver genoeg weg voor een nieuwe start. Jullie moeten alle twee een nieuwe naam voor jezelf bedenken. Noem mij er een die je makkelijk kunt onthouden, dan zorg ik voor de rest.'

Ze kijken hem met uitdrukkingsloze gezichten aan.

Nina klopt zacht op Misha's hand. 'Wat Vladimir zegt, klinkt heel verstandig. Er is net een tankfabriek verhuisd naar Lysva en het is er vergeven van mensen die ook zijn overgeplaatst door deze hele verschrikkelijke situatie. Er rijdt een trein naartoe. Dat kost je een paar dagen, iets meer misschien, en in de fabriek is werk genoeg te vinden.'

Ze kijkt naar Valya. 'En voor jou ook, denk ik. Anders kun je misschien ook lesgeven.'

Misha zegt: 'Ik geef al heel veel les. Dat zou ik dan ook kunnen doen.'

Nina schudt haar hoofd. Vladimir legt uit: 'Jongens van jouw leeftijd sluiten zich al vrijwillig bij de partizanen aan. Een doodsvonnis, als je het mij vraagt, jongens van die leeftijd laten vechten in zo'n rauwe oorlog. Ze geven jou geen toestemming om les te geven, maar we kunnen wel een werkvergunning voor die tankfabriek voor je regelen. We hebben alleen niet zo veel tijd en ik heb een paar namen nodig.'

Valya fluistert ongeduldig: 'We moeten doen wat deze beste mensen zeggen, Misha. Dit is niet de tijd om heel lang na te denken en alle voors en tegens tegen elkaar af te wegen. We moeten knopen doorhakken.'

Ze breken zich het hoofd over geschikte namen.

'Alexander Markov,' zegt Misha.

'Katerina Markov. Dan zijn we broer en zus. Dat ligt voor de hand, toch?'

Vladimir knikt. 'Zoals je wilt.' Dan pakt hij zijn tas en loopt naar de gang. Misha en Valya kunnen niet horen wat hij tegen baba Nina zegt, maar hij buigt zich naar haar toe en kust haar teder op de wang. Valya fluistert: 'Zou het haar zoon zijn, denk je?'

Dan, in een opwelling, krijgt Misha een gek idee. 'Kameraad Vladimir, ik heb een verzoek, als het mag. Misschien kan het niet, en dan begrijp ik dat, maar mijn moeder is vorig jaar gearresteerd en ik weet sinds kort dat ze naar Nojabrsk gestuurd is. Dat ligt achter de Oeral. Ik heb begrepen dat ze daar een fabriek voor apparatuur voor vliegtuigen aan het herbouwen zijn. Als er een mogelijkheid is om ons naar Nojabrsk te sturen, dan zou ik je daar enorm dankbaar voor zijn.'

Vladimir schrijft de naam van het plaatsje op en zegt dat hij zal zien wat hij kan doen.

Nadat de deur met een klik in het slot is gevallen, komt Nina terug om nog even wat te kletsen. Dan zegt ze: 'Jullie moeten nu maar lekker gaan slapen. Zolang je wilt. Hier. Ik heb een gastenkamer.' Ze doet een deur open en wijst naar een opgemaakt tweepersoonsbed.

Misha valt meteen in slaap.

Als hij weer wakker wordt, weet hij eerst niet waar hij is; in een cel in de Loebjanka, denkt hij heel even. Maar in deze kamer is het een stuk warmer dan daar, en als hij zijn ogen opendoet, ziet hij dat Valya pal naast hem ligt. Op haar gezicht ziet hij sporen van tranen en zijn hart barst bijna van de tederheid die hij voelt. Ze is nu zijn zus, bedenkt hij. Hij peilt de hoek van de banen zonlicht die de slaapkamer binnenvallen en schat dat het ergens halverwege de middag moet zijn Baba Nina maakt een ontbijtje voor hem klaar. 'Zij is niet je vriendin, hè?' Misha voelt dat hij bloost en schudt zijn hoofd. 'Ik denk het niet.'

Niet lang daarna wordt ook Valya wakker. Als ze gedrieën aan de keukentafel zitten, zegt Nina: 'Vladimir komt vanavond terug, misschien morgenavond. Dan moeten jullie klaar zijn om zo snel als nodig is te vertrekken.'

27

*I*gor Petrov kijkt om zich heen. Dit zijn de puinhopen van zijn bestaan. Dit appartement, dat zo veelbelovend was, is zijn graftombe geworden. Hij heeft de hele Rustdag in zijn eentje doorgebracht; nu is het laat in de avond. De eenzaamheid maakt hem gek. Dit is waar Anna de kamer binnenkwam met haar armen vol lekkers; dit is waar ze hem begroette met een kus als hij thuiskwam na een lange werkdag bij de Vozhd. Dit is waar zijn kinderen spelletjes speelden op de grond, in de grote woonkamer.

Nu is er niemand meer.

Hij denkt erover om zijn moeder nog een keer te vragen bij hem in te trekken, maar hij weet hoe graag zij op zichzelf woont. Hij zou het zelfs fijn vinden als Mila nu onverwacht op de stoep zou staan; dat zegt veel.

De staande klok in de hoek tikt veel te hard en onheilspellend. Er glijdt sneeuw van het dak, wat het geluid van knerpende voetstappen beneden op het plein dempt. Wanneer de sneeuw weer stabiel is, hoort Igor het gelijkmatige stampen van soldatenlaarzen. Het komt dichterbij. Dan hoort hij voetstappen op de trap. Hij weet zeker dat ze voor hem komen; een korte, felle tik op de voordeur bewijst zijn gelijk.

Dit is het dus.

Hij kijkt nog een keer het appartement rond en onderdrukt een snik die diep uit zijn binnenste opwelt. Hij doet voorzichtig open; hij heeft de deur weliswaar gerepareerd, maar zo'n beste timmerman is hij niet. Voor hem staan een kolonel van de NKVD en drie van zijn manschappen. 'Kameraad Petrov, de Vozhd wil je spreken.'

De mededeling verwart Igor. Hij had verwacht dat ze hem rechtstreeks in een Zwarte Raaf naar de Loebjanka zouden afvoeren. Hij vraagt zich af of hij een speciale behandeling krijgt; een gewone politiewagen, misschien, of een van die onopvallende bestelbusjes met *Bakker* op de zijkant geschilderd.

'Moet ik... moet ik nog iets meenemen?' hakkelt hij.

De kolonel negeert de vraag. 'Kom,' beveelt hij.

Stalins kantoor in het Hoekje is een minuut of twee lopen. Ze stappen de voorkamer in, waar een dichte nevel sigarettenrook hangt. Het is zo vertrouwd; meestal is het Igor zelf die hier nerveuze bezoekers ontvangt en bij de Vozhd binnenbrengt.

Stalin laat hem niet wachten. Hij doet zelf de tussendeur open en nodigt hem met een armgebaar binnen.

'Igor, ik hoorde dat jouw zoon, Mikhail, is verdwenen. Met dat meiske, Golovkins dochter.'

'Kameraad Stalin, ik kan je niet zeggen hoe diep ik me schaam.'

Stalin schenkt Igor uit een van de kristallen karaffen een glaasje wodka in en biedt hem een sigaret aan. Ondanks het verdriet en de angst valt het Igor op dat het Chesterfields zijn, in plaats van Belomor, het gebruikelijke merk. De Vozhd heeft kennelijk een paar hooggeplaatste Amerikanen op bezoek gehad. Hij herinnert zich ineens dat hij de bijeenkomst zelf heeft gepland. Het ging over wapenleveranties.

Igor neemt een sigaret, maar krijgt er met zijn trillende hand geen vlam in. Stalin haalt een aansteker uit zijn zak en geeft hem vuur. Zijn vlam hangt roerloos voor Igors neus. De Vozhd heeft weer gedronken. Igor ruikt het in zijn zweet en hoort het aan de licht slepende manier waarop hij spreekt. 'Twintig jaar kameraadschap, Igor. Jij en ik. Ik weet wat het is als kinderen je te schande maken. Jakov viel levend in handen van de vijand; ik heb zijn vrouw en kinderen moeten laten arresteren. Ik had geen keus. Als ik de mannen en vrouwen die voor ons vechten harde maatregelen opleg, kan ik mijn eigen familie niet met fluwelen handschoentjes aanpakken. Natuurlijk, natuurlijk, in het geval van Mikhail gaat het niet om schandelijk handelen in een gevechtssituatie, maar om een eigenwijs en rebels kind. Maar wij hebben allemaal eigenwijze en rebelse kinderen gehad.' Hij zwijgt een moment en wijst dan naar zijn assistent. 'Ik wil jou niet kwijt. Jij bent te belangrijk voor me. Ik wil dus niet dat jij jezelf zorgen maakt over de NKVD. Ik weet dat jij niets met het gedrag van Mikhail te maken hebt.'

Hij zwijgt en schenkt zijn glas nog een keer vol. Na een paar ogenblikken peinzend uit het raam te hebben gekeken, gaat hij verder. 'Ik ken ook de schok en de schaamte van het verlies van een vrouw. Maak je ook daar geen zorgen over. Als we de zaken hier weer op orde hebben, zoeken we een nieuwe voor je.' Er valt een lange stilte. Igor vraagt zich af of dit het teken is dat hij kan gaan.

De Vozhd begint weer te spreken. 'Wel, ga nu eerst maar weer naar huis. Rust wat. En sta morgenochtend weer gereed om aan het werk te gaan. We hebben bergen te verzetten. Ik hoor van bronnen in Tokyo dat de Japanners niet van plan zijn het oostelijke territorium binnen te vallen. De Hitlerieten mogen dan een formidabel leger hebben, ze hebben bondgenoten zonder ruggengraat die het lef niet hebben om met hen op te trekken. Wij hebben in elk geval de Britten nog, met wie we dit samen doen, en als het meezit de Amerikanen, als zij de oorlog ingezogen worden. Maar als mijn gevoel me niet bedriegt, gaat dat wel gebeuren. Nu we ze niet nodig hebben tegen de Japanners, kunnen we de vier divisies in het verre oosten hierheen halen en tegen de Hitlerieten inzetten. Tienduizenden verse manschappen, Igor. En bikkelhard. Gewend om in de sneeuw te vechten. We hebben er goed aan gedaan om in Moskou te blijven. De opmars van de Hitlerieten vertraagt. Zij zijn niet voorbereid op onze winter.'

Wanneer de Vozhd ophoudt te praten, gaat Igor staan om te vertrekken.

Stalin zegt: 'Vergeet Mikhail, Igor. Wie zal zeggen wat er met hem gebeuren gaat? Wie zal zeggen waar hij is?' Hij zwijgt en zucht. 'Svetlana mocht hem graag, dat wilde ik je nog zeggen. Maar hij is er niet meer, net zoals Jakov er niet meer is. Wij beiden kennen de smart een kind te verliezen, wij beiden kennen de smart een vrouw te verliezen. Maar maak je over je eigen toekomst geen zorgen.'

'Dank je, Iosif Vissarionovitsj,' zegt Igor, en de twee mannen kussen elkaar op de wang. Zoals oude kameraden doen.

Igor Petrov keert terug naar zijn appartement en schenkt zichzelf een glas wodka in. Hij beeft zo onbedaarlijk dat hij de helft ernaast giet. Pas wanneer hij het eerste glas achterovergeslagen heeft, wordt het beven minder.

Hij vraagt zich af of hij op dit late tijdstip Anatoly Golovkin nog kan lastigvallen, herinnert zich dan met een schok dat die ook verdwenen is en wordt koud. Hij probeert zich te troosten met wat hij nog wel heeft. Zijn vrouw leeft nog. Hij hoopt vurig dat dat in elk geval waar is. Misschien dat ze elkaar ooit op een dag weer zien en herenigd zullen worden. Met weerzin denkt hij aan Stalins aanbod om een nieuwe vrouw voor hem te zoeken. Elena, zijn dochter, is er ook nog, ergens. Het is haar in elk geval gelukt om aan de nazi's te ontkomen. Wie weet wat er met Viktor gebeurd is? Igor heeft de statistieken met slachtoffers gezien. In de eerste paar weken van de oorlog zijn er zo'n twee miljoen mensen vermist geraakt, vrijwel zeker allemaal omgekomen. Hij weet dat de meeste nabestaanden nooit zullen weten wat er van hen geworden is. Misschien dat Viktor ooit op een dag opduikt met een borstkas vol medailles. Misschien dat een enkele partizaan het haalt. Igor weet dat de kans veel groter is dat hij sterft, of al gestorven is en ergens een anoniem graf in het open veld gevonden heeft.

En Misha. Misha, met zijn geestdrift en zijn passie die hem waarschijnlijk het leven hebben gekost... Lieve Misha. Hij had zulke hoge verwachtingen van hem... Igor weet dat hij hem nooit terug zal zien. Hij slaat nog een glas wodka achterover en vraagt zich bitter af waarom een goed mens als hij zo'n slecht lot beschoren is.

28

Vladimir keert die avond niet terug en ook de avond erna niet. Antonina Ovetsjkin lijkt er zich niet druk om te maken. 'Zo gek is dat niet,' zegt ze. 'Hij komt vanzelf weer opdagen.' Maar voor Misha en Valya is het een bezoeking. 'Maak gebruik van deze wachttijd,' adviseert baba Nina. 'Ik zal jullie van nu af aan bij je nieuwe namen noemen. Spreek elkaar er ook mee aan, wen eraan: Alexander en Katerina. Sasha en Katja. Bedenk een geloofwaardig verhaal over jullie verleden in Kiev. Wie waren jullie ouders? Wat deden zij? Beter is het als er maar één ouder is; jullie vader verdween toen jullie nog heel klein waren. Leven ze nog? Nee. Jullie moeder is omgekomen bij gevechten, bij een bombardement. Houd het zo eenvoudig mogelijk.'

'Ik ken Kiev een beetje,' zegt Misha. 'Mijn broer woont er.'

'Papa's familie komt er ook vandaan,' voegt Valya eraan toe. 'Ik ben er ook een paar keer geweest.'

'Uitstekend,' zegt Nina. 'Schrijf het verhaal op, zo gedetailleerd mogelijk. Tijdens de reis zal niemand je lastigvallen met al te veel vervelende vragen, dan heeft iedereen genoeg aan zichzelf. Maar als je daar eenmaal bent, heb je altijd wijsneuzen die alles van je willen weten. Zorg dat je daarop voorbereid bent.'

Ze blokken hard, bevragen elkaar om de beurt over hun nieuwe levensverhaal. Details over nieuwe schoolkameraden zijn niet zo moeilijk. Ze kunnen gewoon uitgaan van de vrienden die ze al kennen. Ze verzinnen een denkbeeldige vader en moeder, waarbij ze de favoriete kenmerken van hun beider ouders gebruiken. Dat is moeilijk. Allebei slikken ze geregeld tranen weg.

'We hebben nu niet veel ruimte om verdrietig te zijn,... Katja,' zegt Misha, die het maar lastig vindt om eraan te denken dat ze hun nieuwe namen moeten gebruiken.

Nina laat hen haar voorraad gebruikte kleren doorspitten, op zoek naar de warmste jas die ze kunnen vinden. In een grote kast in de hal ligt van alles en nog wat. Misha vraagt zich af hoeveel mensen zij al geholpen heeft. Baba Nina wast de kleren waarin zij gekomen zijn en zorgt ervoor dat hun tassen gepakt klaarstaan. 'Wees er klaar voor om op elk moment te kunnen vertrekken.'

Het is laat op de derde avond en ze maken zich klaar om naar bed te gaan. 'Morgen komt hij, houd daar maar rekening mee,' zegt baba Nina. Ze lijkt zeker van haar zaak.

Misha heeft ontdekt dat Valya vaak onrustig slaapt. Ze snurkt als een havenarbeider en praat in haar slaap. Vaak droomt ze van het moment dat haar vader wordt opgehaald, dan roept ze zijn naam. Soms wordt ze verward wakker en dan nemen ze elkaar in de armen, als twee bange kinderen.

Heel vroeg in de ochtend, als ze merkt dat hij ook wakker is, zegt ze peinzend: 'Oude mensen zijn vaak verbitterd en een beetje argwanend en op hun hoede. Is jou dat ook opgevallen? Je voelt dat ze geheimen met zich meedragen; iets ergs dat hun overkomen is of iets wat ze zelf hebben gedaan, en ze weten dat ze er gloeiend bij zijn als het ooit uitkomt. Bang voor die klop op de deur, 's morgens in alle vroegte of in het holst van de nacht... Ik vraag me af wat wij in deze oorlog nog gaan meemaken, wat voor ouders wij zullen worden, of onze kleinkinderen bang voor ons zullen zijn.'

Misha denkt daarover na. Voordat ze weer in slaap sukkelen, zegt hij: 'Maar Antonina is niet zo. Zij is nog steeds vriendelijk en goed, toch heeft ze verschrikkelijke dingen meegemaakt. Laten we proberen te worden zoals zij, Valya. Als we het halen.'

Nina wekt hen later die ochtend met een klop op de deur. 'Hij is geweest,' zegt ze met een triomfantelijke grijns, en ze wappert met een hele stapel documenten en identiteitsbewijzen, alle voorzien van het stempel van de NKVD. Ze houdt ze tegen het licht zodat ze het watermerk kunnen zien. 'Mijn Vladimir levert kwaliteit.'

Er zijn nieuwe identiteitskaarten, reisvergunningen met het stempel van het volkscommissariaat van Oorlog, een stapeltje opeenvolgende treintickets voor een reis die om drie uur die middag vanaf station Kazanskaja begint, en een adres voor de barakken waar zij zullen verblijven wanneer ze op de plaats van bestemming zijn. Ze moeten om twee uur op het station zijn.

Misha durft bijna niet te kijken, maar wanneer hij dat wel doet, ziet hij dat de tickets hen naar Nojabrsk zullen brengen. 'We zijn tewerkgesteld in de fabriek voor vliegtuiginstrumenten,' zegt hij met een brede grijns. 'Allebei.'

'Lees dat levensverhaal van jullie nog een keer heel goed door,' instrueert Nina. 'Geef me daarna jullie aantekeningen, dan gooi ik ze in het fornuis.'

Ze brengen de rest van de ochtend wachtend door en spelen wat met de kat van Antonina Ovetsjkin. 'Hoe zit het met de kat?' wil Misha weten. 'Maakt u zich geen zorgen over wat er met haar gebeurt als u er niet meer bent?'

Ze lacht. 'Die zorgt wel voor zichzelf. Kotja maakt zich niet druk om wie haar eten geeft of zich om haar bekommert. Als de Duitsers komen, sluit ze ook rustig vriendschap met hen. Best kans dat we dat de komende jaren allemaal moeten doen, als we willen overleven: vrienden worden met iedereen die ons een dienst kan bewijzen. Ook als dat Duitsers zijn. Dat is een beetje een cynische manier van in het leven staan, maar waarschijnlijk de beste manier om er goed doorheen te rollen.'

Moskou is nog steeds een puinhoop. Ze hebben net de veiligheid van Antonina Ovetsjkins appartement verlaten. Ze hebben elkaar omhelsd, tranen gelaten, wetend dat ze haar nooit meer zullen zien. Baba Nina heeft Misha nog een tas in handen gedrukt die uitpuilt met brood, kaas en gedroogd vlees, dat was het laatste wat ze deed.

Het sneeuwt flink en iedereen rept zich zo snel mogelijk naar zijn bestemming. De strijd kan elk moment losbarsten en de stad balanceert op het randje van complete chaos. Gelukkig is de route naar het station kinderlijk eenvoudig en is het bovendien maar een klein eindje lopen. Een paar brede lanen en boulevards, rechtuit in noordoostelijke richting, en ze zijn er. Ze hebben even een meningsverschil over of ze samen of apart gaan. Misha vindt het veiliger om op te splitsen, maar Valya zegt: 'We zijn broer en zus, toch?' Ze lopen samen.

Station Kazanskaja is een grote door elkaar krioelende mensenzee. Er wordt geschreeuwd, stoomfluiten gillen, baby's huilen, kinderen jammeren. Het is een verschrikking.

De reisinstructies zijn simpel. Eerst een trein naar Nizjni Novgorod en dan overstappen op de trein naar Nojabrsk. Op straat is er niemand die naar hun papieren vraagt. Hier, in de overweldigende drukte, kijkt een spoorwegbeambte even vluchtig hun papieren en reisdocumenten door. In de trein baant een man van de militie zich moeizaam een weg door de volgepakte gangen en controleert links en rechts tickets en identiteitspapieren. Hij besteedt amper tien seconden aan iedere passagier en perst zich dan langs mensen en koffers naar de volgende. De trein vertrekt een halfuur te laat en stoomt zonder onderbrekingen door steden en dorpen, langs akkers en fabrieken en berkenbossen. Met ieder uur dat verstrijkt, voelen zij zich veiliger.

In Nizjni moeten ze een dag op de aansluiting wachten en komen erachter dat talloze medereizigers ook op weg zijn naar de nieuwe fabriek om daar te gaan werken. Misha is Antonina Ovetsjkin heel erg dankbaar voor haar advies. Hij heeft het idee dat hun nieuwe identiteit overtuigend is en hoopt dat dat zo blijft.

* * *

Het schemert en het West-Siberische Laagland baadt in prachtig licht. Drie dagen geleden zijn ze uit Nizjni vertrokken en het uitzicht is sindsdien nauwelijks veranderd, de baan die de zon langs de hemel maakt, vormt de grootste afwisseling. Valya slaapt; haar hoofd rust op Misha's schouder. Hij staart naar buiten, waar het landschap op het gestage ritme van de wielen voorbijglijdt. Het is dat er hier en daar een paar plukjes bos staan, met diepe schaduwen, anders zou het net lijken of ze op drift zijn geraakt in een enorme roze oceaan. Een adembenemend landschap is het, helemaal nu het bedekt is met een dik pak sneeuw. Misha is nog nooit zo ver naar het oosten geweest en begint zich nu pas te realiseren hoe overweldigend groot zijn land is. Hij denkt aan Napoleon, aan de Hitlerieten, en hij weet, diep in zijn hart, met onwrikbare zekerheid, dat iedereen die Rusland binnenvalt, het onheil over zich afroept.

De trein maakt een lange, trage bocht noordwaarts en zwarte schaduwen van de locomotief, de rijtuigen en de lange rookpluim steken scherp af tegen de witte ondergrond. Het duurt niet zo lang meer voor ze er zijn. Een dag of twee, misschien. Dan, als ze eenmaal wat gesetteld zijn, gaat Misha op zoek naar zijn moeder. En hij zal haar vinden. Dat weet hij zeker.

Zijn ogen worden zwaar. Terwijl hij langzaam in slaap sukkelt, dwarrelen een paar regels uit *Drie zusters* van Tsjechov door zijn hoofd: 'Ons leven is nog niet voorbij. We moeten leven!'

Begrippenlijst

Lijst van veelvoorkomende woorden en termen uit Rusland en de tijd van de Sovjet-Unie die in het boek gebruikt worden

Baboesjka Grootmoeder, oma – ook vaak gebruikt om een oude vrouw mee aan te duiden. Soms afgekort tot baba.

Bourgeois De middenstand of, breder, de stand van welgestelden. Ook gebruikt voor de typische smaak en gewoonten van die sociale klasse, in het bijzonder de smaak en gewoonten die door het regime van de Sovjet-Unie werden afgekeurd.

Datsja Een buitenhuis voor vakanties en weekenden op het platteland. Veel Russen bezaten er een, meestal een eenvoudig en niet zo groot huisje.

Devotsjka Een meisje of jonge vrouw. Gebruikt als een aardige aanspreekvorm, zoals 'lieverd'.

Hitlerieten Sovjetterm voor Duitsers in het tijdperk van de nazi's.

Kolchoz Een collectief landbouwbedrijf ten tijde van de Sovjet-Unie. Boeren en landarbeiders waren mede-eigenaar en deelden in de winst. Een vast deel van de opbrengst ging naar de staat.

Kommunalka Een groter, al bestaand gebouw dat was opgesplitst in een aantal kleinere en slecht afgewerkte appartementen met gedeelde keukens en sanitaire voorzieningen. Een overheidsmaatregel om iets te doen aan de chronische overbevolking van Moskou in de beginjaren van de Sovjet-Unie.

Komsomol De jeugdafdeling van de Communistische Partij. Toegankelijk vanaf 16 jaar voor jongeren die kandidaat waren voor het lidmaatschap van de Partij.

Komsorg De schoolsupervisor van de leden van de Komsomol.

NKVD Het volkscommissariaat (ministerie) voor Binnenlandse Zaken – de geheime dienst van de Sovjet-Unie.

Partizaan Een soldaat die achter de vijandelijke linies vecht. Specifiek voor de strijd aan het oostfront. Krijgsgevangen genomen partizanen werden ter plekke geëxecuteerd.

Politbureau Een commissie van topministers in de regering van Stalin.

Pravda De belangrijkste krant uit het Sovjettijdperk. *Pravda* betekent: 'waarheid'.

Proletariër (proletariaat) Een lid van de arbeidersklasse. Een fabrieksarbeider of een ambachtsman.

Raspoetitza De periode van regen en modder in de herfst en het voorjaar.

Sovchoz Een collectieve staatsboerderij ten tijde van de Sovjet-Unie. Het hele bedrijf was eigendom van de staat, de arbeiders waren in dienst van de staat.

Oelitsa Straat, in de aanduiding van straatnamen.

Vozhd (de) (uitspraak: Vazd) De Baas. Stalins staf noemde hem zo.

Een opmerking over het gebruik van namen

Russische namen zijn een ingewikkeld verhaal. Namen bestaan uit drie delen: een voornaam, een patroniem (de naam van de vader) en een familienaam of achternaam. De meeste Russische achternamen krijgen een 'a' aan het eind als het om een vrouw gaat. Om het niet te ingewikkeld te maken, heb ik mijn personages alleen een voornaam gegeven en een achternaam waarbij geen rekening wordt gehouden met het geslacht.

Voornamen worden in Rusland door familie en vrienden vaak afgekort, net zoals in het Westen. Mijn hoofdpersonages, Mikhail en Valentina, worden bijvoorbeeld Misha en Valya genoemd.

In de twintiger en dertiger jaren van de vorige eeuw kregen veel Sovjetkinderen nieuw bedachte namen, vaak gebaseerd op Sovjetleiders of Revolutionaire thema's, zoals Barikada (naar de barricades waarachter communistische soldaten zich verschansten tijdens de Revolutie), Vladlen (naar Vladimir Iljitsj Lenin) of Marklen (samenvoeging van: 'marxist' en 'leninist'). Marx en Lenin waren de twee belangrijkste politieke ideologen van de nieuwe Sovjetstaat.

Weekdagen

Na een onbevredigend verlopen experiment met een zesdaagse week in 1930, voerde het Presidium van de Opperste Sovjet in 1940 weer een week van zeven dagen in. De dagen van de week kregen nummers in plaats van namen. Dag Eén, Dag Twee, etc. De zevende dag stond bekend als Rustdag. Ondanks dat gebruikten de meeste inwoners van de Sovjet-Unie liever de namen van de werkdagen zoals ze voor de Revolutie gebruikt werden.

Feit en fictie

Misha en Valya zijn verzonnen personages, net zoals de meeste mensen met wie zij te maken hebben. Maar ik heb geprobeerd de omstandigheden van hun leven zo realistisch mogelijk weer te geven. Ik heb ook geprobeerd om Stalin te beschrijven zoals hij werkelijk was. De meeste van de beschreven incidenten over hem zijn gebaseerd op historisch gedocumenteerde gebeurtenissen – denk aan de briefjes van zijn dochter, de gesprekken tussen hem en zijn generaals en het voorval waarbij er water in zijn fles wodka zat.

Het incident op het Kazan Station, in oktober 1941, waar Stalin besluit dat de regering in Moskou blijft, is gebaseerd op ooggetuigenverslagen. Ook de meeste personages rondom de Vozhd zijn echt: Beria, Rokossovski, Zjoekov, Molotov. Dat geldt ook voor hun gedrag.

In de beschrijvingen over de structuur en de samenstelling van Stalins staf heb ik me wat meer vrijheden veroorloofd. Igor Petrov vervult een aantal taken die bij Alexander Poskrebyshev horen: de echte persoonlijke secretaris van Stalin. Het personage van Igor Petrov is verder volledig verzonnen.

Dankbetuiging

Zoals altijd dank aan mijn fantastische redactionele team, Ele Fountain en Isabel Ford, die het verhaal met veel tact en kundigheid hebben fijngeslepen en vormgegeven. Mijn agent, Charles Viney, die waardevol advies en steun heeft gegeven. Ik wil ook graag Simon Tudhope, Jane en Jessica Chisholm, Tom Dickins, Nick de Somogyi en Olga Bakeeva bedanken voor hun hulp en advies. Ook dank aan Jenny en Josie Dowswell en Dilys Dowswell voor hun steun en advies.

En tenslotte... Bill Ryan, die ik via de Historical Writers Association heb leren kennen, heeft me enorm geholpen door me een heel aantal zeldzame boeken en een paar heel bruikbare en waardevolle toeristengidsen uit te lenen, waaronder eentje uit 1937. Die zijn een geweldige bron van inspiratie geweest. Bijzondere dank ben ik verschuldigd aan Tatyana en Valeri Mescheryakova, die me allervriendelijkst hebben ontvangen tijdens het bezoek dat ik aan Moskou bracht toen ik daar research deed voor dit boek. De zes dagen die ik in de Russische hoofdstad heb doorgebracht, zal ik niet vergeten. Tatyana heeft me ook het verhaal van haar overgrootvader verteld, die officier was op het slagschip Potemkin, en ik ben haar er zeer erkentelijk voor dat ik dat mocht gebruiken in het plot.